« Roman de passage émouvant, portrait d'époque crédible, analyse psychologique efficace et polar bien ficelé, passant souvent de l'anglais au français avec fluidité, *Bondrée* est porté par l'écriture limpide et poétique d'une écrivaine qui a autant le souci du détail que des mots qui sonnent juste et bien. Une réussite. »

Josée Lapointe, *La Presse*

« L'écriture est enflammée, inspirée. Le rythme est haletant, mais ponctué par des scènes de la vie quotidienne, familiale, qu'on pourrait faire nôtres. L'humanité côtoie le sordide. […] *Bondrée* ne se lit pas seulement comme un thriller psychologique, mais comme un roman d'initiation : la petite narratrice à la fin de l'été aura traversé de l'autre côté de l'enfance. »

Danielle Laurin, *Le Devoir*

« Porté par cette écriture somptueuse, ciselée et d'une élégance hors du commun, à laquelle nous a habitués l'auteure, le roman flirte avec le polar tout en se jouant de ses codes. »

Stanley Péan, *Les Libraires*

« Comme dans ses romans précédents, Andrée A. Michaud outrepasse les limites de l'énigme policière (pourtant impeccablement ficelée) pour mieux plonger dans les répercussions du drame. […] le style [d'Andrée A. Michaud] atteint, avec son 10ᵉ roman, le plus haut degré d'achèvement. »

Martine Desjardins, *L'actualité*

De la même auteure

Bondrée, Québec Amérique, coll. Tous Continents, 2014.
- **PRIX LITTÉRAIRE DU GOUVERNEUR GÉNÉRAL 2014, CATÉGORIE « ROMANS ET NOUVELLES »**
- **PRIX SAINT-PACÔME DU ROMAN POLICIER 2014**
- **PRIX ARTHUR ELLIS 2015 DU ROMAN POLICIER EN LANGUE FRANÇAISE**

Rivière Tremblante, Québec Amérique, coll. Littérature d'Amérique, 2011.

Lazy Bird, Québec Amérique, coll. Tous Continents, 2009.

Mirror Lake, Montréal, Québec Amérique, coll. Littérature d'Amérique, 2006. Nouvelle édition, QA compact, 2013.
- **PRIX RINGUET DE L'ACADÉMIE DES LETTRES DU QUÉBEC**

Le Pendu de Trempes, Québec Amérique, coll. Littérature d'Amérique, 2004.

Projections (en collaboration avec la photographe Angela Grauerholz), J'ai vu, coll. L'image amie, 2003, photos.

Le Ravissement, L'instant même, 2001.
- **PRIX LITTÉRAIRE DU GOUVERNEUR GÉNÉRAL 2001, CATÉGORIE « ROMANS ET NOUVELLES »**
- **PRIX LITTÉRAIRE DES COLLÉGIENNES ET DES COLLÉGIENS 2002 (COLLÈGE DE SHERBROOKE)**

Les derniers jours de Noah Eisenbaum, L'instant même, 1998.

Alias Charlie, Leméac, 1994.

Portrait d'après modèles, Leméac, 1991.

La Femme de Sath, Québec Amérique, coll. Littérature d'Amérique, 1987. Nouvelle édition, QA compact, 2012.

Bondrée

Projet dirigé par Marie-Noëlle Gagnon et Isabelle Longpré

Conception de la grille intérieure : Nathalie Caron
Mise en pages : Julie Villemaire
Révision linguistique : Line Nadeau et Sylvie Martin
En couverture : photographie de François Fortin

Québec Amérique
329, rue de la Commune Ouest, 3e étage
Montréal (Québec) Canada H2Y 2E1
Téléphone : 514 499-3000, télécopieur : 514 499-3010

Nous reconnaissons l'aide financière du gouvernement du Canada par l'entremise du Fonds du livre du Canada pour nos activités d'édition.

Nous remercions le Conseil des arts du Canada de son soutien. L'an dernier, le Conseil a investi 157 millions de dollars pour mettre de l'art dans la vie des Canadiennes et des Canadiens de tout le pays.

Nous tenons également à remercier la SODEC pour son appui financier. Gouvernement du Québec – Programme de crédit d'impôt pour l'édition de livres – Gestion SODEC.

L'auteure tient pour sa part à remercier le Conseil des arts du Canada pour son soutien financier.

Catalogage avant publication de Bibliothèque et Archives nationales du Québec et Bibliothèque et Archives Canada

Michaud, Andrée A.
Bondrée
Nouvelle édition.
(Nomades)
Édition originale : 2014.
ISBN 978-2-7644-2988-4
I. Titre.
PS8576.I217B66 2015   C843'.54   C2015-941018-5
PS9576.I217B66 2015

Dépôt légal : 3e trimestre 2015
Bibliothèque nationale du Québec
Bibliothèque nationale du Canada

Andrée A. Michaud

Bondrée

NOM▲DES

À mon père

Bondrée est un territoire où les ombres résistent aux lumières les plus crues, une enclave dont l'abondante végétation conserve le souvenir des forêts intouchées qui couvraient le continent nord-américain il y a de cela trois ou quatre siècles. Son nom provient d'une déformation de «boundary», frontière. Aucune ligne de démarcation, pourtant, ne signale l'appartenance de ce lieu à un pays autre que celui des forêts tempérées s'étalant du Maine, aux États-Unis, jusqu'au sud-est de la Beauce, au Québec. Boundary est une terre apatride, un no man's land englobant un lac, Boundary Pond, et une montagne que les chasseurs ont rebaptisée Moose Trap, le Piège de l'orignal, après avoir constaté que les orignaux s'aventurant sur la rive ouest du lac étaient vite piégés au flanc de cette masse de roc escarpée avalant avec la même indifférence les soleils couchants. Bondrée comprend aussi plusieurs hectares de forêt appelés Peter's Woods, du nom de Pierre Landry, un trappeur canuck installé dans la région au début des années 40 pour fuir la guerre, pour fuir la mort en la donnant. C'est dans cet éden qu'une dizaine d'années plus tard, quelques citadins en mal de silence ont choisi d'ériger des chalets, forçant Landry à se réfugier au fond des bois, jusqu'à ce que la beauté d'une femme nommée Maggie Harrison ne l'incite à revenir rôder près du lac et que l'engrenage qui allait transformer son paradis en enfer se mette en branle.

Les enfants étaient depuis longtemps couchés quand Zaza Mulligan, le vendredi 21 juillet, s'était engagée dans l'allée menant au chalet de ses parents en fredonnant *A Whiter Shade of Pale*, propulsé par Procol Harum aux côtés de *Lucy in the Sky with Diamonds* dans les feux étincelants de l'été 67. Elle avait trop bu, mais elle s'en fichait. Elle aimait voir les objets danser avec elle et les arbres onduler dans la nuit. Elle aimait la langueur de l'alcool, les étranges inclinaisons du sol instable, qui l'obligeaient à lever les bras comme un oiseau déploie ses ailes pour suivre les vents ascendants. Bird, bird, sweet bird, chantait-elle sur un air qui n'avait aucun sens, un air de jeune fille soûle, ses longs bras mimant l'albatros, les oiseaux d'autres cieux tanguant au-dessus des mers déferlantes. Tout bougeait autour d'elle, tout s'animait d'une vie molle, jusqu'à la serrure de la porte d'entrée, dans laquelle elle ne parvenait pas à introduire sa clé. Never mind, car elle n'avait pas vraiment envie de rentrer. La nuit était trop belle, les étoiles trop lumineuses. Elle avait donc rebroussé chemin, retraversé l'allée bordée de cèdres, puis elle avait marché sans autre but que de s'enivrer de son ivresse.

À quelques dizaines de pieds du terrain de camping, elle s'était engagée dans Otter Trail, le sentier où elle avait embrassé Mark Meyer au début de l'été avant d'aller raconter à Sissy Morgan, son amie de toujours et pour toujours, à la vie à la mort, à la vie à l'éternité, que Meyer frenchait comme une limace. Le souvenir flasque de la langue molle cherchant la sienne en se tortillant avait fait monter un goût de bile acide dans sa gorge, qu'elle avait combattu en crachant, ratant de peu le bout de ses sandales neuves. Esquissant quelques pas maladroits qui lui avaient arraché un fou rire, elle s'était enfoncée dans la forêt. Les bois étaient calmes et aucun bruit n'altérait la quiétude des lieux, pas même celui de ses pieds sur le sol spongieux. Puis un léger souffle de vent avait effleuré ses genoux et elle avait entendu un craquement derrière elle. Le vent, s'était-elle dit, wind on my knees, wind in the trees, sans se soucier davantage de l'origine de ce bruit au sein du silence. Son cœur n'avait cependant fait qu'un bond quand un renard avait détalé devant elle et elle s'était remise à rire, un peu nerveusement, songeant que la nuit suscitait la peur parce que la nuit aimait la peur dans les yeux des enfants. Isn't it, Sis ? avait-elle murmuré en se rappelant les jours lointains où elle tentait avec Sissy de provoquer les fantômes qui peuplaient la forêt, celui de Pete Landry, celui de Tangara, la femme dont les robes rouges avaient ensorcelé Landry, et celui de Sugar Baby, dont on entendait les jappements au sommet de Moose Trap. Tous ces fantômes avaient aujourd'hui disparu de l'esprit de Zaza, mais la noirceur du ciel sans lune ravivait le souvenir de la robe rouge qui s'enfuyait entre les arbres.

Elle s'apprêtait à bifurquer dans un sentier coupant Otter Trail quand un autre craquement avait retenti derrière elle, plus fort que le premier. Le renard, s'était-elle dit, fox in the trees, refusant que l'obscurité gâche son plaisir en exhumant ses stupides peurs d'enfant. Elle était vivante, elle était ivre, et la forêt pouvait bien s'écrouler autour d'elle, elle ne flancherait ni devant la nuit ni devant les aboiements d'un chien mort et enterré depuis des siècles. Elle avait recommencé à fredonner *A Whiter Shade of Pale* parmi les arbres ondoyants, s'imaginant danser un slow torride dans les bras puissants d'un inconnu, puis elle s'était arrêtée net après avoir failli trébucher sur une racine tordue.

Le craquement s'était rapproché et la peur, cette fois, était parvenue à se frayer un chemin sur sa peau moite. Who's there? avait-elle demandé, mais le silence était retombé sur la forêt. Who's there? avait-elle crié, puis une ombre avait traversé le sentier et Zaza Mulligan s'était mise à reculer.

PIERRE LANDRY

Je me souviens de Weasel Trail et d'Otter Trail, je me souviens de Turtle Road, de la côte Croche et des huards, des vagues et des quais flottant sur la brume. Je n'ai rien oublié des forêts de Bondrée, d'un vert à ce point pénétrant qu'il me semble aujourd'hui issu de la seule luminosité du rêve. Et pourtant rien n'est plus réel que ces forêts où coule encore le sang des renards roux, rien n'est plus vrai que ces eaux douces dans lesquelles je me suis baignée longtemps après la mort de Pierre Landry, dont le passage au cœur des bois continuait de hanter les lieux.

De nombreuses histoires circulaient à propos de cet homme qu'on prétendait frappé d'une rage étrange, des histoires de bestialité, de sauvageté et de folie desquelles il ressortait qu'en refusant la guerre, Landry avait signé un pacte de sang avec la forêt. Certains puisaient à ces légendes absurdes pour expliquer pourquoi Landry s'était pendu dans sa cabane, mais la version la plus plausible parlait simplement d'une histoire d'amour et d'une femme qu'il avait surnommée Tangara, confondant ses robes rouges avec le vol des oiseaux écarlates. Le souvenir de cette femme, qu'on associait spontanément à celui de Landry, s'était peu à peu immiscé dans la mémoire de Boundary. On en avait fait un fantôme que les enfants appelaient le soir venu en guettant les ténèbres qui dansaient sur la grève. Tangara, chuchotaient-ils, peureux, Tangara de Bondrée, espérant voir surgir du fin brouillard léchant la rive la silhouette de cette femme-oiseau née de quelques bouts de soie rouge assemblés par l'esprit dérangé de Landry. Je n'osais pour ma part invoquer Tangara, craignant confusément que son fantôme se matérialise devant moi pour me prendre en chasse. Je préférais, juchée dans un arbre immense, guetter la venue éclatante des tangaras dans l'épaisseur du couvert forestier de Bondrée, à peine entamé par la construction de la route menant au lac.

C'est cette route, disait-on, qui avait obligé Landry à reculer au fond des bois, puis les chalets arrivés par la route, puis les hommes, les femmes, les voix accompagnant le vacarme des pelles et des moteurs. Peu après ces bouleversements, des taches de couleur étaient apparues dans le paysage encore vierge, créant une mince enclave où, quelques mois par année, la couleur s'animait, s'opposant à l'immensité de la verdure au sein de laquelle Landry avait établi son risible empire.

En dépit du nombre relativement peu élevé d'estivants, la présence de l'homme, pour un temps, contrariait la nature sauvage du lieu. Dès le début juin, les portes commençaient à claquer, les radios à grésiller, et on entendait parfois un enfant crier qu'il avait attrapé un mené. C'est cependant en juillet que Bondrée s'animait, ramenant son lot d'adolescents, de mères exténuées, d'animaux de compagnie et de voitures familiales à ce point chargées qu'on les voyait presque fumer dans le dernier tournant menant à Turtle Road, le chemin de gravier ceinturant le lac, qui empruntait, disait-on, la route tracée par le lent exode de tortues venues d'anciennes rivières. Tous ces gens dont les automobiles brinquebalaient sur Turtle Road formaient une communauté mixte où anglophones et francophones originaires du Maine, du New Hampshire ou du Québec se côtoyaient sans presque se parler, se contentant souvent d'un signe de la main, d'un bonjour ou d'un hi! reflétant leur différence, mais indiquant le lien qui les unissait au lieu, qu'ils avaient choisi pour tenter de marquer leur appartenance lointaine à une nature qui les excluait.

Nous arrivions pour notre part après la Saint-Jean et la fin des classes, beau temps, mauvais temps. Cet été-là, mon père nous avait toutefois payé trois jours de Pitoune, de barbe à papa, de hot-dogs steamés et de voyages intersidéraux à l'Expo 67, au terme desquels, l'esprit chargé d'Afrique et de spoutniks, nous avions pris la route pour Bondrée, reprenant du même coup ces gestes familiers sans lesquels aucun été n'aurait mérité ce nom.

Le rituel était toujours le même et il avait le goût d'une liberté n'appartenant qu'à l'insouciance. Pendant que mes parents déchargeaient la voiture, je descendais près du lac m'enivrer des odeurs de Bondrée, mélange de senteurs d'eau, de poisson, de conifères chauffés et de sable mouillé se combinant à celles légèrement moisies qui imprégnaient le chalet jusqu'en septembre malgré les fenêtres ouvertes, malgré l'arôme des steaks et des poudings aux fruits, l'âcre parfum des fleurs sauvages ramassées par ma mère. Ces odeurs qui couraient de juin jusqu'aux nuits fraîches n'ont d'égal que l'humidité de l'atmosphère constituant ma mémoire de l'enfance, saturée de vert et de bleu, de gris couvert d'écume. Elles contiennent au creux de leur spectre ensoleillé la moiteur des étés où j'ai grandi.

Je n'avais que six ans à l'époque où mes parents ont acheté le chalet, une construction de bardeaux de cèdre entourée de bouleaux et d'épinettes ombrageant une pièce vitrée de laquelle nous pouvions admirer le lac. C'est pour cette raison qu'ils avaient acquis cette propriété, pour la véranda et pour les arbres, qui leur redonnaient accès à un rêve de pureté que la vie leur avait enlevé. Ils n'avaient que vingt ans quand mon frère Bob est né, vingt-trois quand je suis arrivée à mon tour, vingt-huit lorsque Millie s'est pointée et, s'ils n'étaient pas pour autant devenus vieux, leur vision du bonheur s'était rétrécie, elle avait pris la forme d'une véranda et d'un jardin fou où poussaient pêle-mêle le persil et les glaïeuls.

Je ne savais rien de ces rêves envolés avec la virginité de ma mère, le lavage de couches et le paiement des multiples factures s'accumulant sur le bureau de mon père, tassé dans un coin du salon. Je ne me rendais pas compte que mes parents étaient encore jeunes, que ma mère était belle, que mon père riait comme un enfant quand il parvenait à oublier qu'il en avait trois. Le samedi matin, il sautait sur sa vieille bicyclette et effectuait le tour du lac en plus ou moins quarante minutes. Ma mère le chronométrait, le regardait filer entre les arbres, s'engager dans le tournant de la baie des Ménard, et poussait un cri de victoire s'il battait son propre record. Trente-neuf minutes, Sam! s'exclamait-elle avec un enthousiasme dont l'ardeur m'échappait, car j'ignorais que mon père était un athlète reconverti dans la quincaillerie et qu'il aurait pu coiffer et décoiffer au poteau la poignée d'ados qui essayaient d'impressionner les filles en descendant la côte Croche, que les Anglais nommaient Snake Hill, les pieds sur le guidon de leur bicyclette.

La vie de mes parents commençait avec moi et je ne pouvais me figurer qu'ils avaient un passé. La fillette qui posait en noir et blanc sur les photos rassemblées dans la boîte de chocolats Lowney's tenant lieu d'album familial ne ressemblait en rien à ma mère, pas plus que le garçon aux cheveux rasés mâchouillant un brin de foin près d'une clôture de perches ne ressemblait à mon père. Ces enfants appartenaient à un univers n'ayant aucun point commun avec les adultes dont l'image immuable était garante de la stabilité du monde. Florence et Samuel Duchamp n'avaient d'identité qu'en tant que pourvoyeurs, que protecteurs ou qu'empêcheurs de tourner en rond. Ils étaient là et seraient toujours là, figures familières dont j'étais l'unique raison d'être avec Bob et Millie.

Ce n'est qu'au cours de cet été, quand les événements se sont précipités et que mes repères ont commencé à vaciller, que j'ai compris que la fragilité des petits personnages confinés dans la boîte de chocolats Lowney's avait survécu aux années, de même que ces peurs enfouies au cœur de toute enfance, qui refont instantanément surface lorsque vous constatez que la stabilité du monde repose sur des assises qu'un simple coup de vent mauvais peut emporter.

Sissy Morgan et Elisabeth Mulligan, dite Zaza, les deux filles par qui le malheur allait surgir, n'étaient encore que des gamines quand nous avons emménagé à Bondrée, mais elles ne se lâchaient déjà pas d'un pouce, Zaza toujours vêtue de la même façon que Sissy, et vice versa. Des jumelles, aurait-on dit, l'une rousse et l'autre blonde, qui dévalaient la côte Croche en criant look, Sissy, look! run, Zaza, run! poursuivies par je ne sais quelle créature les obligeant à courir jusqu'au bout de leur souffle. Run, Zaza, run! Ma mère les avait surnommées les Andrews Sisters, même si les sœurs Andrews étaient trois et chantaient cent fois mieux que Sissy et Zaza.

Ma mère, Florence Richard de son nom de jeune fille, adorait tout ce qui était passé de mode, y compris les Andrews Sisters, à l'exemple de qui elle s'essayait parfois à danser sur *Boogie Woogie Bugle Boy*. Dans les rares moments où elle se laissait aller à ce qui m'apparaissait comme une forme d'exhibitionnisme, je me poussais aussi loin que possible de la voix des sœurs Andrews grésillant sur le vieux pick-up du chalet, car j'avais honte de voir ma mère se donner ainsi en spectacle. La danse n'était pas pour les mères. La jeunesse non plus. Elles n'existaient que pour les LaVerne, les Maxene et les Patty Andrews, pour le genre de filles que deviendraient Zaza Mulligan et Sissy Morgan, pareilles à Denise Lachapelle, l'une de nos voisines, en ville, qui s'habillait de façon provocante et avait plein d'amis qui passaient la prendre le samedi soir dans leur décapotable ou sur leur moto, des Kawa 750 qui vrombissaient dans l'air tiède et soulevaient l'envie de mon père, qui n'avait même pas les moyens de remplacer sa vieille Ford 59.

Sissy et Zaza étaient à mes yeux des Denise Lachapelle en puissance, qui feraient tourner la tête des garçons et se maquilleraient le samedi soir. Mais dans l'esprit de la plupart des gens, elles n'étaient que des enfants gâtées, pourries, des gamines mal aimées à qui rien n'était interdit, qui penchaient du côté où soufflait le vent, appuyées l'une sur l'autre, et finiraient par se casser. Pas des mauvaises graines. Des plantes sans tuteur, c'est tout, qu'on ne pouvait empêcher d'avoir un faible pour le soleil. J'aurais voulu être celle qui transformerait leur duo en trio, mais elles n'avaient que faire d'une petite morveuse de quatre ou cinq ans leur cadette qui croyait les impressionner en leur montrant sa collection d'insectes vivants ou en attrapant des crapauds. Hew! s'écriaient-elles, is this your brother? Puis elles s'esclaffaient et me donnaient un bonbon ou une gomme balloune parce qu'elles me trouvaient mignonne, she's so cute, Sissy. Elles se sauvaient ensuite et me laissaient seule avec mon crapaud, mes sauterelles, mes cigales et mes friandises. Je demandais parfois à ma mère ce que signifiaient « frogue », « foc » ou « chize ». Fromage, me répondait-elle, pendant que son sourire s'élargissait sur le mot « cheese » et qu'elle exécutait une pirouette de mère par-dessus le mot « foc », une pirouette de pisseuse qui ne risquait pas de lui rabattre la jupe en haut des cuisses. Elle me décrivait alors des animaux qui habitaient au pôle Nord et parlaient l'esquimau, n'importe quoi, des réponses de grands, d'adultes qui ont oublié à quel point un mot détourné de son sens peut perturber l'enfance.

Les bonbons, je ne les mangeais jamais. Je les rangeais dans mon coffre au trésor, une boîte de fer-blanc rectangulaire ornée d'un sapin de Noël et contenant aussi des pierres, des plumes, des bouts de branches et des peaux de couleuvres. Je me réservais cependant les gommes ballounes pour les moments spéciaux, quand je venais d'apercevoir un raton laveur fouiller dans les poubelles ou une truite attraper une mouche à la surface du lac. La moindre crotte de lièvre collée à mes pichous de toile rouge devenait un événement dont je m'emparais pour courir me cacher sous un pin de Virginie dont les branches touchaient le sol, un espace ombrageux que j'appelais ma cabane, et je déballais la bubble gum en répétant here, a baby yum for you, littoldolle. Avec mes allures de garçon manqué, je n'avais rien d'une poupée, mais j'étais fière de projeter aux yeux des deux créatures les plus fascinantes de Bondrée, sauterelles et salamandres incluses, une image ayant la perfection de leur univers doré. J'écrasais la baby yum du bout des doigts, jusqu'à ce qu'elle soit bien molle, et me la collais au palais en souriant: here, littoldolle. Ces gommes ballounes étaient en quelque sorte les ancêtres des Pall Mall que je convoiterais plus tard, la marque distinctive de Sissy et de Zaza, qui parvenaient à faire éclater d'énormes bulles sans qu'elles leur collent au visage. Dans ma cabane, je m'exerçais à crever des bulles comme on s'exerce à créer des ronds de fumée, puis j'enterrais la gomme sous les aiguilles de pin et retournais au lac, aux pistes d'écureuils, à tout ce qui me comblait alors, à ces choses simples remplies d'odeurs qui me permettraient de revivre mon enfance et de toucher la simplicité du bonheur chaque fois qu'un froissement d'ailes soulèverait un parfum de genièvre.

Le dernier été que nous avons passé à Bondrée s'est toutefois chargé d'une nouvelle odeur, celle de la chair, à la fois sexe et sang, qui montait de la forêt humide quand le soir tombait et que le nom Tangara se répercutait sur la montagne. Rien ne laissait pourtant présager ce parfum tenace quand les feux de camp, un à un, s'étaient allumés autour du lac, celui des Ménard, celui des Tanguay, celui des McBain. Rien ne semblait pouvoir assombrir l'indolence bronzée de Boundary, car c'était l'été 67, l'été de *Lucy in the Sky with Diamonds* et de l'Exposition universelle de Montréal, car c'était le Summer of Love, clamait Zaza Mulligan pendant que Sissy Morgan entonnait *Lucy in the Sky* et que Franky-Frenchie Lamar, munie d'un cerceau orangé, dansait le hula hoop sur le quai des Morgan. Juillet nous offrait sa splendeur et personne ne soupçonnait alors que les diamants de Lucy seraient sous peu broyés par les pièges de Pete Landry.

L'écho des pièges avait cependant claqué jusqu'aux confins du Maine, puisque Zaza Mulligan et Sissy Morgan, que l'on considérait comme le genre de filles qui s'oublient au bout d'une nuit, allaient bientôt marquer au fer rouge la mémoire de Bondrée et nous prouver du même coup que les êtres comme Pete Landry, trop intimement liés à la forêt, ne mouraient jamais tout à fait. À la suite de Landry, elles allaient s'engager dans les méandres d'une forêt piétinée par l'homme pour devenir des légendes à leur tour, des histoires où la rousse et la blonde finiraient par se confondre, puisque là où l'on voyait Sissy, on était certain d'apercevoir Zaza. Les gamins avaient même inventé une chanson stupide qu'ils entonnaient sur l'air d'*Only the Lonely* chaque fois que les deux filles passaient en se dandinant, mais celles-ci s'en moquaient, elles étaient les princesses de Boundary, les lolitas rousse et blonde qui faisaient baver les hommes depuis qu'elles avaient appris à se servir de leurs jambes bronzées pour appâter les regards.

La plupart des femmes ne les aimaient pas, non seulement parce qu'elles avaient un jour ou l'autre surpris leur mari ou leur fiancé en train de reluquer le nombril de Zaza, mais parce que Sissy et Zaza n'aimaient pas les femmes. Zaza ne supportait que Sissy, et vice versa. Les autres n'étaient que des concurrentes dont elles évaluaient le potentiel de séduction en se poussant du coude et en ricanant. Les hommes non plus n'aimaient pas ces filles qui semblaient n'avoir d'autre but que d'exciter en eux ce qu'ils croyaient n'appartenir qu'aux autres hommes. Elles n'étaient à leurs yeux que des objets sur lesquels il leur arrivait de fantasmer, imaginant les pires cochonneries, Zaza les cuisses ouvertes, Sissy agenouillée, des aguicheuses qu'ils jetteraient avec leur kleenex, honteux d'avoir agi comme tous les hommes, quand leur conjointe les appellerait pour le souper.

On n'avait donc pas été surpris d'apprendre ce qui leur était arrivé. Ces filles l'avaient cherché, voilà ce que la plupart des gens ne pouvaient s'empêcher de penser, et ces pensées soulevaient en eux une espèce de repentir gluant qui leur donnait envie de se battre à coups de poing, de se gifler jusqu'au sang, car ces filles étaient mortes, bon Dieu, dead, for Christ's sake, et personne, pas plus elles que les autres, ne méritait la fin qu'on leur avait réservée. Il avait fallu ce malheur pour qu'on songe à ces filles autrement qu'à des intrigantes, pour qu'on comprenne que leur attitude ne cachait rien qu'un vide immense où chacun se jetait bêtement, ne voyant que la peau bronzée couvrant le vide. Si la vie ne leur avait coupé l'herbe sous le pied, elles auraient peut-être réussi à combler ce trou béant et à aimer les autres femmes. Mais il était trop tard et personne ne saurait jamais si Zaza et Sissy étaient pourries à l'os, destinées à devenir ce qu'on appelait des bitches et des vieilles bitches. Alors on leur en voulait presque d'être mortes et de provoquer ces examens de conscience où on prenait la mesure de sa banalité et de sa mesquinerie, de l'aisance avec laquelle on parvenait à juger et à condamner sans d'abord se regarder bien en face dans le miroir.

Heureusement que septembre était venu car, à la fin de l'été, pas moins de la moitié des membres de la petite communauté de Bondrée se détestait la face au point de s'en confesser, alors que l'autre moitié apprenait lentement les vertus du mensonge quand il est question de l'image qu'on a de soi. J'étais pour ma part à l'abri de la culpabilité qui rongeait les plus grands, ne connaissant ni le véritable sens du mot « bitch » ni le poids du péché de la simple pensée, de cette horrible tentation qui vous bousille une conscience autant que le geste assumé. Si j'évitais les miroirs, ce n'était ni à cause de Sissy ni à cause de Zaza, mais parce que j'avais douze ans et me trouvais moche. J'éprouvais au contraire une réelle admiration pour ces deux filles aux cheveux soyeux qui sentaient la pêche et le muguet, qui lisaient des romans-photos et dansaient le rock'n'roll comme ces groupies qui se déhanchaient à la télé sur des chansons traduites par les Excentriques ou César et les Romains. Elles représentaient à mes yeux l'incarnation d'une féminité à laquelle je n'osais aspirer, une féminité de magazine réservée aux filles qui avaient de longues jambes et des ongles laqués. Je les observais de loin et tentais d'imiter leur démarche et leurs poses, leur façon de tenir leur cigarette, tout en rêvant du jour où je rejetterais autour de moi la fumée d'une Pall Mall à la manière de Zaza Mulligan, en renversant la tête en arrière et en arrondissant les lèvres face au soleil de midi. Je ramassais une brindille et la tenais délicatement entre l'index et le majeur en disant foc, Sissy, disse boy iz a frog, jusqu'à ce que la plainte d'un huard ou le martèlement d'un pic-bois me ramène au lac, à la rivière et aux arbres.

Je rêvais d'avoir une amie, moi aussi, à qui j'aurais pu dire foc en me déhanchant, mais la seule adolescente de mon âge à Bondrée était une fille de Concord, Massachusetts, qui se prenait pour Vivien Leigh dans *Gone with the Wind* et passait ses journées à s'éventer sur la terrasse de ses parents. Taratata! De toute façon, je ne baragouinais à l'époque que quelques mots d'anglais, see you soon, racoon, et autres niaiseries du genre, et demeurais persuadée que Jane Mary Brown, c'était le nom de la fille, ne savait même pas traduire yes et no en français. Franky, I not gave a down, avais-je rétorqué le jour où elle m'avait fermé sa porte au nez, massacrant allègrement la célèbre réplique que Clark Gable assène à Vivien Leigh dans la lumière déclinante d'une Virginie en flammes. «Frankly, my dear, I don't give a damn.» Le cas Jane Mary Brown était réglé.

Françoise Lamar, dont les parents avaient acheté le chalet voisin du nôtre l'année d'avant, parlait pour sa part un anglais aussi impeccable que son français malgré un prénom qui la faisait rager chaque fois qu'un anglophone essayait de le prononcer. C'est sa mère, Suzanne Langlois, qui avait insisté pour que sa fille porte un prénom typiquement français, même si Franky était née d'un père anglophone en plein cœur du New Hampshire. Au début de l'été 67, elle avait abandonné la chaise longue où elle se faisait rôtir du matin au soir pour se rapprocher de Sissy et de Zaza et elle s'était mise à fumer des Pall Mall, qu'elle cachait sous l'élastique de son bermuda ou de son short à pois quand elle quittait le chalet familial en claquant la porte moustiquaire. J'ignore comment elle s'y était prise, mais il ne lui avait pas fallu plus de quelques jours pour se faire accepter par le duo Sissy-Zaza, que je croyais inébranlable. À partir de ce moment, ce ne sont plus deux paires de jambes qu'on voyait allongées sur le bastingage du hors-bord des Mulligan, mais trois, qui se perdaient dans un nuage de fumée blanche pendant que la radio diffusait les succès du jour.

C'est ainsi qu'a commencé, longtemps après celle de Pierre Landry, l'histoire de l'été 67 et de *Lucy in the Sky with Diamonds*, avec cette amitié et ces trois paires de jambes qu'on apercevait partout, qu'on voyait trop, omniprésentes, suivies de blagues obscènes et de rires gras qui tombaient avec les kleenex dans les égouts à ciel ouvert.

Pour les marchands de Jackman et de Moose River à qui il vendait ses peaux, Pierre Landry était rapidement devenu Peter ou Pete Laundry, un sauvage baragouinant un franglais élémentaire et se parfumant à l'huile de castor. Et c'est ce qu'il était, un sauvage, un exilé, qui n'en avait pas pour autant rompu tout contact avec ses semblables. Près de Moose Trap, il recevait parfois la visite d'un chasseur en octobre, d'un pêcheur en juin, avec qui il partageait son quarante onces de Canadian Club, mais il passait ses hivers à admirer seul la beauté glacée de Boundary, qu'avec son accent de Canuck, il avait rebaptisé Bondrée, le rude pays de Bondrée. Parmi ses visiteurs plus réguliers, figurait un jeune homme surnommé Little Hawk, un grand jack au nez en bec d'aigle à qui Landry avait appris les rudiments de la trappe, qu'il tenait lui-même de son père et de son grand-père, qui s'étaient nourris de tout ce que la Beauce comptait d'animaux à fourrure et à plumes. Little Hawk était son ami, le seul homme avec qui il consentait à lever ses pièges, le seul être humain, en fait, avec qui il acceptait de partager la mort. Little Hawk et lui ne parlaient pas la même langue, à quelques mots près, mais ils utilisaient le même langage, celui des gestes et des silences qu'impose la survie. Quand Little Hawk restait pour la nuit, ils s'assoyaient sur la galerie branlante de Pete et ils écoutaient la forêt, les grognements et les couinements des animaux s'entre-dévorant. C'est à la façon dont Little Hawk inclinait alors la tête que Pete avait deviné qu'ils étaient pareils, deux êtres admettant la triste nécessité de ce que certains appelaient la cruauté, mais qui n'était que l'écho de la respiration archi-millénaire de la terre. Puis un jour, Little Hawk avait cessé de venir. Landry l'avait attendu, et il avait conclu de son absence que celui-ci était tombé dans le piège que lui-même avait fui en quittant le Québec, refusant d'être jeté dans une guerre dont il ne comprenait rien et où la mort n'avait à ses yeux aucun sens. Little Hawk n'avait pas eu sa chance. Comme des milliers d'autres jeunes Yankees, il avait gagné à la loterie de Roosevelt un aller simple pour l'Europe, enrôlé avec tous ceux que l'on considérait comme aptes à se battre sans s'interroger sur leur aptitude à mourir ou à côtoyer la mort.

Sans personne avec qui parler de la beauté des forêts et des bêtes s'y multipliant, Landry s'était muré dans le silence. Au début, il parlait encore aux arbres et aux animaux, il s'adressait à la limpidité du lac. Il conversait aussi avec lui-même, annonçant le temps qu'il ferait, décrivant les orages, se racontant même quelques blagues éculées, quelques histoires de pêcheurs enroulés dans leur ligne, puis la parole l'avait peu à peu quitté. Il pensait les mots, mais ceux-ci demeuraient en lui, se diluaient dans la pensée, se dissipaient sur le contour des choses qu'il n'était plus utile de nommer. Si l'idée subsistait, elle ne se déclinait plus en sons. À l'époque où Little Hawk lui rendait visite et partageait ses truites mouchetées, il avait pourtant redécouvert le vrai sens de la parole dans les nuits ponctuées de silence. Little Hawk n'était pas bavard, mais il lui avait redonné le goût de commenter le ciel, de dire bleu ou nuage, midnight blue ou stormy clouds. Little Hawk parti, le bleu n'avait soudain plus de raison d'être, ni les sourires qu'il tentait de s'adresser dans le petit miroir surmontant l'évier taché où il faisait sa toilette et lavait ses casseroles.

Puis le bleu était soudain réapparu avec l'arrivée des pics et des pelles, des engins vrombissants qui construisaient une route et des cabanes, le bleu et toutes les couleurs de la création avec l'arrivée imprévue de Maggie Harrison, qui courait près du lac dans ses robes écarlates, qui dansait sous la lune et faisait chavirer les cieux. S'il en avait eu le pouvoir, Landry aurait renvoyé au diable les machines infernales qui semblaient n'avoir d'autre but que de détruire tout ce qui lui appartenait, le silence, l'eau claire, le vol éthéré des huards, mais les longs cheveux noirs de Maggie Harrison étaient rapidement parvenus à assourdir le vacarme incessant. Tout de suite il était tombé amoureux de cette femme à la peau trop claire dont il avait ravi l'image pour la rebaptiser Marie dans l'eau pure d'un ruisseau. Tout de suite il s'était mis à l'observer qui nageait vers le large, qui arpentait la plage avec son chien, Sugar, Sugar Baby my love. Dissimulé sous le couvert des arbres, Landry la regardait danser avec les vagues et chuchotait Marie, Baby, my love. Tout bas il répétait les mots traduisant son amour, tout bas, pour ne pas l'effrayer, my love, car Maggie Harrison, avec les couleurs de la création, lui avait redonné le goût des mots récitant l'allégresse, Marie, sweet bird, Tangara de Bondrée.

La lune de miel avait duré un temps, puis d'autres mots avaient brutalement répondu au chant d'amour de Pierre Landry, d'autres mots indécents, bastard, savage, prononcés par les hommes qui l'avaient vu quitter les bois pour marcher vers la plage. Bastard, savage, alors qu'il voulait simplement se rapprocher, alors qu'il tentait simplement d'effleurer le contour des choses lui ayant rendu la parole. Il avait allongé les bras et Marie l'avait repoussé, step back, au moment même où il allait toucher ses mains, ses yeux, ses lèvres rouges qui disaient don't, ses lèvres étincelantes qui s'ouvraient sur un grand trou noir et criaient don't, stay away, don't touch me !

Le jour même, Pierre Landry s'était enfoncé dans les bois et on ne l'avait plus revu aux abords de Boundary Pond. C'est Willy Preston, un trappeur surnommé The Bear, qui l'avait trouvé pendu dans sa cabane quelques semaines plus tard, probablement mort avec la nouvelle lune, son cadavre dévoré par les mouches et les asticots. Près de la cabane, reposait le corps de Sugar Baby, Sugar Baby my love, disparu le matin, éventré par un piège. Peu avant le coucher du soleil, on avait vu Preston sortir du bois en tenant contre lui la dépouille de Sugar Baby. L'écho des hurlements de Maggie Harrison avait alors fendu le vol éthéré des huards, il s'était marié à leur plainte et avait soulevé des frissons jusque sur les bras affairés des hommes. Après deux ou trois nuits, l'écho s'était éteint sur les flancs de Moose Trap et Maggie Harrison avait quitté Bondrée en appuyant son ombre sur l'épaule affaissée de son mari. Tout comme Landry, on ne les avait jamais plus revus dans la région, ni elle ni lui, qui hurlaient le nom de Sugar Baby.

Parmi tous les gens qui fréquentaient Bondrée à l'époque, seuls Don et Martha Irving, de même que les Tanguay, Jean-Louis, Flora et le vieux Pat, avaient connu Pete Landry, pour autant que l'on puisse connaître un homme ne sortant du bois que pour s'y engouffrer aussitôt. Ils l'avaient plutôt aperçu dans la baie devenue depuis la baie des Ménard, qui démolissait sa cabane en grognant afin de la reconstruire plus loin, là où les pelles et les machines ne viendraient pas. Ils l'avaient aussi vu à l'embouchure de la Spider River, lavant ses vêtements à l'eau claire, sans savon pour en déloger la crasse, nu comme un ver, famélique, les os de ses hanches formant une coupe où reposait le ventre creux.

Certains avaient talonné Don et Martha Irving pour qu'ils leur racontent ce qu'ils savaient de Landry, mais Don se contentait de marmonner que ça ne regardait personne, none of your goddam business, pendant que Martha leur soufflait au visage la fumée de sa quarantième Player's de la journée.

Même chose pour Pat Tanguay, qui refusait de parler de Landry, par respect pour les morts, disait-il en trimballant son panier de poissons agonisants, et parce qu'il détestait les racontars naissant inévitablement des témoignages, quels qu'ils soient. Flora, sa bru, ne se gênait toutefois pas pour multiplier les inventions à propos de Landry. Elle lui avait un jour rendu visite à sa cabane, entre voisins il fallait se connaître. Devant l'accueil glacial de Landry, elle avait reculé jusqu'à la porte, où elle avait déchiré sa robe de coton rose, dont quelques fils étaient demeurés accrochés au chambranle. Flora Tanguay ne ratait jamais une occasion de raconter cette expédition, décrivant les peaux de castor suspendues aux murs de Landry comme autant de cadavres vous fixant de leurs yeux laiteux, greffant à ces cadavres des têtes de lynx ou de loup et parlant de sang, de démesure, de bestialité. C'est à elle qu'on devait l'histoire de Tangara, qu'elle étirait dans tous les sens et modifiait selon le degré d'attention de son interlocuteur.

Plusieurs prétendaient qu'on aurait dû bâillonner cette Flora Tanguay, dont les bavardages ternissaient l'image déjà peu reluisante d'un homme qui, à ce qu'on sache, n'avait jamais fait de mal à personne, ni à Maggie Harrison ni à Sugar Baby, dont la mort n'était qu'un déplorable accident. Landry n'était qu'une autre des victimes de la forêt, perdu dans sa fascination pour la beauté des fleurs et des oiseaux. Il n'est qu'un point sur lequel tous étaient d'accord avec Flora Tanguay, la sauvageté de Landry, qui allait s'aggraver dans les gelées de son dernier hiver et entacher l'été suivant des dérèglements du désordre.

Après la mort de Landry, on avait cependant cru que personne, autour du lac, ne risquait d'être atteint de ce défaut d'humanité venu d'une trop grande proximité avec les bêtes. Les quelques dingues qui se baladaient encore dans le coin n'étaient pas vraiment dangereux. Il y avait le vieux patraque à Pat Tanguay, bien sûr, qui passait sa vie dans sa chaloupe, probablement pour se sauver des bavardages incessants de sa bru, qui pouvait elle-même être comptée parmi les originaux de la place. Il y avait également Bill Cochrane, un vétéran qui entendait le vrombissement des engins de guerre dans les nuits orageuses, et Charlotte Morgan, qui se promenait en pyjama à longueur de jour et ne sortait qu'au crépuscule pour garder sa peau blanche, mais personne qui soit atteint d'un mal semblable à celui de Landry, qui avait fini par faire corps avec la forêt. Quant à Zaza Mulligan et Sissy Morgan, elles étaient seulement différentes. C'était pourtant avec elles que la sauvagerie était revenue, à cause d'elles, croyait-on sans oser le dire à voix haute, car ces filles étaient mortes, bon Dieu, dead, for Christ's sake! C'était pourtant à cause de leur beauté et de celle de Maggie Harrison, de celle de toutes les femmes heureuses et désirables que les pièges de Pete Landry avaient surgi de la terre noire, et la violence des autres hommes avec eux.

ZAZA

Who's there? Who's fucking there? avait crié Zaza Mulligan avant que l'ombre d'un homme, gigantesque à ses yeux, traverse le sentier en courbant le dos. Pendant un instant, elle avait senti la fraîcheur du sol engourdir ses jambes, pareille à un long animal mouillé se frottant sur sa peau, et elle avait cherché un appui autour d'elle, un arbre auquel s'agripper. Ce n'était pas le moment de s'évanouir, pas maintenant, Zaz, not now, please. Elle avait enfoncé ses ongles dans l'écorce d'un chêne, avait respiré un grand coup et avait de nouveau crié who's there? who's fucking there? en tentant de garder son sang-froid, que l'homme ne sente pas la peur qui transpirait par tous ses pores, mais sa voix se brisait déjà et des larmes brûlaient ses yeux, qu'elle avait essuyés du revers de la main pour redonner à la nuit noire et ondoyante un semblant de clarté.

Who are you, for Christ's sake? Et l'ombre demeurait muette. Immobile et muette. Seul le bruit de son souffle parvenait à Zaza, qu'elle s'efforçait d'associer à celui du renard qui avait surgi devant elle, tantôt, wind on my knees, fox in the trees. Ce genre de chose ne pouvait pas lui arriver, pas à elle, pas maintenant. It's a fox, Zaz, you're drunk, it's a fucking fox, or a bear, that's it, a damned bear, car Zaza aurait de loin préféré affronter un ours que cet homme invisible et trop muet. Talk to me, please! You're not funny!

Repoussant les images qui déferlaient dans son esprit, toutes plus effrayantes les unes que les autres, elle s'était accrochée à l'idée que quelqu'un voulait tout bonnement lui donner la frousse, that's it, une saprée frousse. Mark, is this you ? Sissy ? Frenchie ? Et l'ombre demeurait muette, enveloppée de sa lente respiration.

Ne quittant pas des yeux la masse de calme obscurité où s'était réfugiée l'ombre de l'animal, it's a fox, it's just a bear, Zaza Mulligan s'était mise à reculer, un pas après l'autre, silencieusement sur le sol spongieux. It's a fox. Puis une main s'était abattue sur son épaule et Zaza Mulligan avait hurlé.

C'est Gilles Ménard, un riverain, qui avait trouvé Zaza, la jambe sectionnée par un vieux piège à ours par-dessus lequel la végétation avait poussé. Le membre avait été déchiré par le fer rouillé qui avait mis l'os à nu, un long tibia blanc de jeune fille aux longues jambes.

Zaza n'avait pas donné signe de vie depuis près de quarante-huit heures mais, ses parents étant absents, personne ne s'en était inquiété, sauf Sissy Morgan, dont la voix avait résonné deux jours durant autour du lac, du samedi matin au dimanche midi, pendant que les hommes tondaient leur gazon ou sirotaient une bière en lisant le journal. Les deux filles, accompagnées de Françoise Lamar, dite Franky-Frenchie, avaient passé la soirée du vendredi au camping. Elles s'étaient quittées vers les onze heures, après avoir partagé un vingt-six onces de gin piqué par Frenchie dans l'armoire à liqueurs de son père. Marcel Dumas, dont le chalet avoisinait le camping, les avait enten-dues rire alors qu'elles passaient sous la fenêtre de sa chambre, puis l'une d'elles avait trébuché, il ne savait laquelle, et leurs rires avaient redoublé.

Sissy était entrée par la porte de derrière, préférant ne pas croiser ses parents, qui recevaient les McBain, et était montée directement à sa chambre. Elle s'était couchée sans se déshabiller, s'agrippant aux draps pour empêcher son lit de basculer, puis elle avait sombré dans un sommeil sans rêves d'où une violente nausée l'avait rapidement extirpée. Elle avait couru vomir dans les toilettes pendant qu'une effraie, dehors, lançait ses cris de femme violentée. Un frisson l'avait parcourue en même temps qu'une giclée rosâtre maculait la cuvette. Zaza, avait-elle murmuré, et l'effraie s'était tue.

En voyant ses draps sur le plancher, le samedi matin, elle s'était demandé où elle était, puis les piaillements de l'effraie avaient traversé le chuintement des vagues. L'image de Zaza avait basculé dans la semi-obscurité de la chambre et elle s'était ruée sur le téléphone que son père venait tout juste de faire installer pour que Sissy puisse joindre Zaza. N'obtenant pas de réponse, elle s'était précipitée dehors malgré son mal de crâne, sans prendre le temps de déjeuner ni de se laver les dents, et était allée frapper à la porte du chalet des Mulligan, qu'elle avait failli défoncer à force de coups de pied. Elle s'était finalement introduite dans le chalet par la fenêtre de la cuisine, la petite fenêtre surmontant l'évier, dans lequel une pile d'assiettes sales s'était effondrée, goddam, Zaz, you could have washed your dishes, puis elle avait appelé, Zaza, Zaz, en parcourant les quelques pièces du chalet, un immense salon, quatre chambres, un boudoir, une salle à manger prolongeant la cuisine, Zaza, where are you, dammit? Ne trouvant Zaza nulle part, elle avait fait le tour du lac à vélo en criant toujours le nom de son amie, menaçant de lui arracher les ongles, les cheveux, les yeux, de lui arracher tout ce qui peut s'arracher dans l'esprit d'une fille qui flippe. Plusieurs riverains l'avaient vue passer sur Turtle Road, le visage en feu et le souffle court. What's happening? avait demandé Stella McBain en ratant une maille dans son tricot. Ed, son mari, lui avait répondu qu'il s'agissait de Sissy, la fille de Victor, qui courait derrière son ombre.

Après deux heures de recherches infructueuses, Sissy avait marché sur son orgueil et était allée sortir du lit Frenchie Lamar, qui dormait jusqu'à pas d'heure, en vue de l'entraîner avec elle. Frenchie avait également un mal de bloc carabiné et, n'étant pas d'humeur à se faire bousculer, elle avait pris le temps d'avaler un Nescafé. Elle a dû rejoindre ses parents en ville, disait-elle à Sissy en ajoutant du sucre dans sa tasse à mesure que le niveau du café baissait, ou se payer une balade nocturne avec Mark Meyer, le gardien du camping, qu'elle aguichait rien que pour le faire baver. Mais Sissy n'y croyait pas. Si Zaza était partie en ville, elle l'en aurait avisée. Zaza racontait tout à Sissy, et vice versa. Elle ne croyait pas non plus à la possibilité que Zaza se soit enfuie avec Mark Meyer. Meyer était un imbécile, un prétentieux qui frenchait comme une limace. Elle l'avait essayé aussi, avant Zaza, après Zaza, qu'importe. Jamais Zaza ne serait partie avec this stupid guy, jamais sans le lui dire, never !

Frenchie avait rétorqué que Meyer n'était pas si stupide que ça, qu'elle et Zaza ne le connaissaient même pas, et les deux filles avaient marché jusqu'au camping en se faisant la gueule. Affairé autour de la cabane du gardien, Conrad Plamondon, le propriétaire du camping, leur avait rappelé que Meyer était en congé, et Frenchie s'était traitée d'idiote pour avoir oublié que Mark ne travaillait pas le samedi. I told you, she's with him, avait-elle ajouté en donnant un coup de pied sur un ballon crevé, she's with him, that bitch. It's impossible, avait répondu Sissy, totally and fuckingly impossible. And Zaza's not a bitch ! Elle avait à son tour frappé le ballon crevé et Frenchie l'avait plantée là pour aller se faire bronzer. Zaza me l'aurait dit, Zaza would have told me, avait-elle crié dans le dos de Frenchie, puis elle avait passé l'heure suivante à lancer des pierres dans l'eau, des pierres de la grosseur d'un poing qu'elle destinait alternativement à Franky-Frenchie Lamar, à Mark Meyer et à Zaza Mulligan. You would have told me, répétait-elle chaque fois qu'elle prononçait le nom de Zaza, ajoutant le mot « bitch » à son désarroi, you would have told me, bitch ! Elle seule avait le droit de traiter Zaza de tous les noms, elle seule, son amie de toujours et pour toujours, elle seule : bitch ! À son inquiétude, se mêlait maintenant la colère, car quelle que soit la raison pour laquelle Zaza s'était volatilisée, celle-ci lui avait menti ou caché des choses. À moins qu'un accident se soit produit, que Zaza ait décidé de s'offrir un bain de minuit et ait été surprise par une crampe à l'estomac, une morsure au cœur qui l'avait obligée à se tordre et avait empêché ses plaintes d'atteindre le rivage. Sandra Miller avait failli se noyer de cette façon l'année d'avant, en cherchant son souffle entre les vagues. Si le vieux Pat Tanguay n'avait pas pêché ce matin-là, Sandra aurait coulé à pic et se serait fait bouffer tout rond par les brochets. Mais Zaza n'était pas Sandra Miller et Zaza n'était pas stupide. Elle nageait comme une foutue sirène et pouvait traverser le lac aller et retour les doigts dans le nez.

Or Zaza était soûle, or Zaza empestait le gin, avait songé Sissy en soupesant la pierre chaude qu'elle s'apprêtait à lancer sur le premier petit maudit mené qui passerait par là. Et Pat Tanguay, malgré son entêtement de vieux schnock, ne pêchait quand même pas au beau milieu de la nuit. Run, Sissy, run ! Et Sissy avait couru, d'autres vacanciers l'avaient vue filer, les cheveux en bataille et des larmes, peut-être, dans ses yeux rougis par la poussière. Elle avait lâché à ses pieds la pierre qu'elle tenait encore et s'était précipitée chez elle, vers les bras de sa mère, car où pouvait donc se réfugier une enfant qui ne savait plus, sinon dans les bras de sa mère, de sa génitrice, de celle qui était censée essuyer ses larmes et la consoler.

Charlotte Morgan préparait son premier cocktail de l'après-midi quand Sissy était entrée en trombe, mais elle était trop occupée à déployer l'un des petits parasols de bois et de papier de riz qu'elle collectionnait pour remarquer l'agitation de sa fille. Bloody hell, Sissy, go have a shower, avait-elle dit calmement, un peu dégoûtée, en voyant les cheveux trempés de sueur, les mains et les pieds sales, le débardeur taché d'elle ne savait quelle substance. En d'autres circonstances, Sissy serait repartie en claquant la porte, mais elle avait besoin d'un adulte, là, maintenant, de quelqu'un qui appellerait la police et les parents de Zaza, qui ferait draguer le lac, rameuterait les voisins, téléphonerait à son père pour lui demander de rentrer vite.

Charlotte Morgan n'avait rien fait de tout cela. Elle avait siroté son daiquiri en écoutant distraitement sa fille et lui avait répondu qu'il n'y avait pas lieu de s'alarmer, que Zaza était précisément le genre de fille à disparaître et à réapparaître sans prévenir. That kind of girl, avait-elle lâché du bout des lèvres, et Sissy avait eu l'impression de recevoir une gifle. That kind of girl, avait répété sa mère, parfaitement consciente que Sissy et Zaza étaient pareilles, qu'on les prenait pour des jumelles, des sœurs de sang, des bébés trouvés dans le même maudit panier. That kind of girl, you know? Alors Sissy avait reculé. Elle avait abandonné sa mère à son daiquiri et avait entrepris d'interroger les voisins, qui lui avaient tous répondu la même chose, that kind of girl, mais en des termes plus polis, plus insidieux. Elle avait même interrogé la petite, celle qui avait toujours le nez fourré partout, la petite Aundrey elle ne savait quoi, Aundrey Whatever. Contrairement à son habitude, celle-ci n'avait rien vu, rien entendu, mais elle avait paru troublée par la disparition de Zaza. Aussitôt, Sissy l'avait recrutée pour fouiller les abords de la forêt, les arrière-cours, pour arpenter le rivage. Sissy chercherait du côté du camping et de la baie des Ménard, la petite se chargerait du secteur nord, du chalet des McBain à celui de Brian Larue. Rendez-vous deux heures plus tard au même endroit, en bas de Snake Hill. La petite n'ayant pas de montre, elle lui avait prêté la sienne, elle passerait chez Frenchie en prendre une autre, puis elles s'étaient séparées. L'après-midi tirait à sa fin quand elles s'étaient retrouvées, bredouilles. Aundrey avait ramassé un paquet d'objets, un sac de chips au vinaigre, une plume de corneille, une pochette d'allumettes et un bouton nacré. Elle avait même réussi à mettre la main sur une boucle d'oreille perdue par Zaza au début de l'été, tout excitée de montrer sa découverte à Sissy, qui avait serré le bijou dans son poing en retenant ses larmes, avait caressé la chevelure de la petite, pleine de brindilles et d'aiguilles de sapin, et lui avait dit de rentrer chez elle.

C'était l'heure où les hommes allumaient les barbecues, où les mères appelaient leurs enfants, Michael, Marnie, Dexter, supper time, Julie, Bernard, vos hot-dogs vont brûler, come on. Des conversations s'entremêlaient, des bruits de vaisselle et d'ustensiles, à travers l'odeur du charbon de bois, des saucisses et du pain beurré qui grésillaient sur les grils. Chez les Morgan, on mangeait plus tard, comme des gens civilisés, disait Charlotte Morgan, qui avait visité la Côte d'Azur quatre ans plus tôt et se prenait depuis pour Grace de Monaco. Sissy n'avait rien avalé de la journée et elle mourait de faim, mais elle était trop orgueilleuse pour se préparer un sandwich sous l'œil méprisant de sa mère. No way! Elle préférait crever ou quêter un hamburger à Don Irving en se pâmant devant la coiffure de sa femme, une planche à laver permanentée qui sentait le vinaigre et fumait deux paquets de Player's par jour. Mais Sissy n'était pas dans ce mood. Elle s'était plutôt rendue au chalet des Mulligan, où elle attendrait Zaza dans la véranda après s'être déniché quelque chose à manger dans la cuisine Art déco de Sarah Mulligan, la mère de Zaza. Elle était de nouveau entrée par la fenêtre de la cuisine, atterrissant dans les assiettes sales et se demandant pourquoi elle n'avait pas déverrouillé la porte d'entrée un peu plus tôt. Comme d'habitude, le frigidaire était vide et le garde-manger ne valait guère mieux, mais elle était à ce point affamée qu'elle était prête à avaler un pot de moutarde à la cuiller. Elle s'était rabattue sur une boîte de Froot Loops, qu'elle avait emportée dans la véranda, l'odeur de renfermé du chalet lui donnant la nausée.

Elle avait honte de manger alors que sa meilleure amie ramassait peut-être des cailloux blancs au fond du lac, de ces cailloux magiques qu'elles empilaient autrefois pour s'en faire des Himalaya, mais la faim, avec ses gargouillis qui résonnaient dans le vide, était pour l'instant plus forte que la honte. À la faim, se conjuguait aussi l'avidité de l'angoisse, qui poussait frénétiquement sa main dans la boîte de Froot Loops pendant qu'elle se remémorait les matins où Zaza et elle, il y avait de cela des siècles, écrivaient sur la nappe en y alignant les lettres puisées dans les Alpha-Bits.

Alors que les souvenirs se bousculaient dans sa tête, les batailles d'oreillers, les concerts catastrophiques de guitare sèche, les parties de badminton, Sissy avait poussé un retentissant Jesus Christ et avait lancé les Froot Loops au bout de ses bras. La boîte était restée appuyée contre la porte moustiquaire et Sissy s'était ruée pour l'écraser, l'écrabouiller, démolir la maudite face de Toucan Sam, l'oiseau débile qui souriait sur l'emballage et conservait son air jovial malgré les coups de talon qu'il se prenait. Elle se comportait en idiote, comme si Zaza n'allait pas revenir, en ressassant des souvenirs mielleux qu'elle enjolivait de soleils de merde, d'étoiles et d'oiseaux qui n'existaient même pas. Elle avait donné un dernier coup de pied au toucan, en plein dans le bec, et était retournée à l'intérieur en vue de téléphoner à la maison de ville des Mulligan, à Portland. Après quinze sonneries, elle avait raccroché en jurant, puis elle avait recommencé, une fois, deux fois, trois fois, implorant les Mulligan de répondre, de rentrer à la maison, de répondre enfin. Autour d'elle, les objets vacillaient, d'un gris liquide dans la pénombre, et la sonnerie retentissait toutes les deux secondes dans le bureau de George Mulligan, là-bas, dans le boudoir aux meubles laqués, dans la cuisine et dans la chambre de Zaza, près du poster de Paul McCartney sur lequel s'imprimaient les milliers de lèvres de Zaza, recouvertes de rose ou de blanc, Dazzling Pink ou Everlasting Snows. Toutes les deux secondes, le téléphone vibrait devant le poster sale, dans l'attente du vrombissement d'un moteur, du cliquetis d'une clé dans la serrure de la porte d'entrée, et il semblait étrange à Sissy de percevoir le seul bruit perceptible dans la maison des Mulligan, à environ deux cents milles de là, alors que la maison des Mulligan n'entendait pas ses reniflements. Il lui paraissait incompréhensible que les sons, de part et d'autre, ne suivent pas l'invisible fil la reliant à la maison déserte. Et elle restait là, espérant un signe de vie au-delà du courant d'ondes. Elle avait recomposé le numéro jusqu'au soir tombé, jusqu'à la nuit, en vain. Les Mulligan n'étaient pas à Portland et Zaza non plus. Quant à Jack et Ben, les frères aînés de Zaza, ils devaient se faire bronzer quelque part en Floride ou en Virginie en attendant la rentrée universitaire.

Zaza venait à peine de se volatiliser que, déjà, Sissy ne savait plus qui elle était. Sans l'image que lui renvoyait Zaza, reflet souriant au fond des vastes miroirs ébréchés l'entourant, sans cette confirmation de sa réalité, elle se sentait privée de son identité. Zaza était ce qui comblait le vide et donnait un sens à la précarité du monde. Pendant un instant, elle avait eu envie d'aller sortir une autre fois Frenchie Lamar de son lit, pour se sentir moins perdue, mais Frenchie, outre qu'elle était idiote, n'était qu'une copie, un calque de Zaza dont les traits débordaient. Elle ne pouvait espérer aucune consolation de cette fille qui croyait que le chic du chic consistait à lever l'index et le majeur en clamant peace and love, man! Un peu nauséeuse, elle avait écrasé sa énième cigarette dans le cendrier en forme de coquillage et était descendue sur la plage.

Peu avant minuit, alors qu'elle arpentait le rivage en se répétant qu'elle aurait au moins trouvé la serviette de Zaza si celle-ci s'était offert un bain de minuit, son père avait débarqué. Elle avait aperçu la lueur de sa lampe de poche contourner le chalet et s'était demandé si l'homme projetant devant lui ce faisceau de lumière venait en ami ou s'il s'agissait de l'un de ces monstres sans visage qu'on voyait au cinéma, surgissant de nulle part et entraînant avec lui l'imbécile qui s'était aventurée seule dans la nuit. Paralysée par le silence de l'homme, elle avait cru se trouver en présence de l'une de ces créatures hideuses qui enlevaient les jeunes filles, les Zaza complètement soûles, puis elle avait reconnu son père, ses traits grossièrement découpés par le rayon jaunâtre de la lampe de poche n'accrochant que le bas du visage. Dammit, dad! s'était-elle écriée, you scared the hell out of me. Sorry, avait répondu Victor Morgan en baissant sa lampe et il avait pris la main de Sissy pour la ramener à la maison. Mais Sissy avait résisté. Pas question de rentrer quand Zaza avait besoin d'aide. Something happened to her, dad, I know it, I know it, avait-elle gémi en défiant son père de la forcer à bouger de là. Et Sissy savait, en effet, qu'un accident s'était produit, car le lien qui l'unissait à Zaza était plus fort que celui du sang. Il s'ancrait dans les nuits solitaires des fillettes, blotties l'une contre l'autre dans le lit aux draps roses de Zaza, quand la musique, en bas, quand l'alcool ignorait les maux de ventre et les monstres dissimulés dans la penderie. Leur lien venait de la surdité de cette musique, de la chaleur des petits corps collés dans les draps roses. Si l'une souffrait, l'autre éprouvait sa douleur, là, droit au cœur, de façon incompréhensible. Si l'une pleurait, l'autre ne pouvait rire, pas même sourire. Elle prenait un mouchoir et essuyait le visage mouillé, le sien, celui de l'autre, qu'importe.

Agenouillée dans les toilettes, la veille, Sissy avait tout de suite su, en entendant les cris de l'effraie, qu'un danger menaçait Zaza, que Zaza avait mal, que Zaza avait peur, et elle s'en voulait maintenant à mort d'avoir attendu le matin pour courir frapper à la porte des Mulligan, alors pas question de s'éloigner de leur chalet. No way, dad! À force d'arguments, son père était toutefois parvenu à la convaincre qu'il était inutile de se morfondre dans une maison vide et noire. Si Zaza réapparaissait avant le lever du jour, ce n'est pas ici qu'elle viendrait, mais chez eux, chez les Morgan, se réfugier dans les bras de Sissy, comme autrefois, deux gamines se confiant leurs peurs et leurs espoirs. Mais Zaza ne rentrerait pas cette nuit. Les jeunes filles, young ladies, young girls, avait murmuré son père, ne voyageaient pas seules en pleine obscurité. Ce sont ces simples mots qui avaient fait craquer Sissy, young girls, young ladies. Se rendant soudain compte de la fraîcheur du soir, elle s'était accrochée au bras de son père en grelottant. Ils retrouveraient Zaza le lendemain, avait promis celui-ci, I swear to God, allégeant ainsi l'effroyable solitude de Sissy sans Zaza et lui permettant de s'appuyer, pour quelques heures, contre une épaule où se rencontraient les parfums rassurants de l'Aqua Velva et du coton frais.

Autour du lac, toutes les fenêtres étaient noires. Quelques ampoules, seulement, demeuraient allumées sur les galeries. On distinguait aussi les deux lampadaires du camping, derrière les arbres, dont le faible halo s'entourait de brouillard. L'atmosphère était lugubre. Gloomy, avait murmuré Sissy, et elle s'était collée contre son père.

Elle n'avait dormi que quelques heures cette nuit-là, s'assoupissant puis se réveillant en sursaut, certaine d'avoir entendu la voix de Zaza, les pas de Zaza sous sa fenêtre, open this fucking window, Sis! Et la fatigue l'emportait, entrouvrait les couloirs du rêve. Zaza dansait sur *Lucy in the Sky*, à tue-tête elle chantait avec Frenchie, mais le ciel était noir, mais les vagues aspiraient les bateaux vers le large. Des halètements s'enroulaient autour de Zaza, run! mais Sissy n'avait plus de voix, des mains la prenaient à la gorge et elle hurlait silencieusement, les yeux ouverts sur la nuit ne finissant pas.

Aux premières lueurs de l'aube, elle s'était glissée dans la cuisine et avait préparé du café et des sandwichs jambon moutarde, les préférés de son père, qu'ils emporteraient avec eux. Il n'y avait encore personne dehors, sauf Pat Tanguay, qui finirait par vider le lac de ses poissons. Sa chaloupe était ancrée dans la baie des Ménard et on ne voyait que la tête du vieux, qui dépassait du bastingage, coiffée du même chapeau sale depuis dix ans. Ne contenant plus son angoisse, elle avait eu envie d'aller s'exercer au lancer de la pierre sur son chapeau, histoire de le réveiller et de lui demander s'il avait vu Zaza frayer avec les brochets, quand enfin elle avait entendu le jet de la douche. Elle avait laissé le vieux Pat à ses poissons, avait sorti les sandwichs du frigo et avait attendu, encore, que le parfum de l'Aqua Velva précède son père dans le couloir. En entrant dans la cuisine, celui-ci l'avait embrassée sur le front, good morning, Sis, avait avalé d'une traite une tasse de café noir, puis, comme la veille, il lui avait doucement pris la main, viens, come.

Victor Morgan n'avait pas bien dormi non plus. En fait, il ne s'était assoupi qu'ici et là, hypnotisé par les scintillements du flacon de cristal posé sur la commode, au fond de la chambre, qu'il fixait en se demandant s'il n'aurait pas dû écouter la peur de Sissy et agir sans tarder. Car Sissy avait raison, jamais Zaza n'aurait quitté

Boundary sans l'aviser, sans lui donner un coup de fil ou lui laisser un mot: Hi! Sis, gone to town with dad. Be back tomorrow. Zaz. Il pouvait maintenant palper l'inquiétude de sa fille dans la moiteur de sa main, dans les faibles tremblements qu'elle lui communiquait, et il ne savait que dire pour la rassurer, car le mauvais pressentiment qui s'était immiscé en lui durant la nuit s'amplifiait avec la clarté du matin.

Une bonne partie de la journée, Victor Morgan et sa fille avaient fait le tour des chalets, interrogeant des gens qui n'osaient plus dire that kind of girl, mais hochaient la tête quand Morgan leur demandait s'ils avaient aperçu Elisabeth Mulligan l'avant-veille au soir. Vers trois heures, il était enfin parvenu à joindre la mère de Zaza au téléphone, qui rentrait avec son mari d'un voyage à Boston. Non, Zaza n'était pas avec eux, Zaza était à Boundary, avait répondu Sarah Mulligan, puis, après un lourd silence, elle avait ajouté qu'elle serait là avec George avant la nuit.

Contrairement à ce que croyait Pete Landry, Little Hawk n'avait pas véritablement gagné un aller simple pour l'Europe. Il avait remporté un aller et, si l'on peut dire, un demi-retour, car il avait laissé là-bas plus que son sang. Au sein de la tuerie, il avait perdu cette faculté qu'ont la plupart des hommes de distinguer le bien du mal et attrapé cette rage, plus rare, de l'homme prêt à tuer quiconque s'en prendrait à son fils, sa fille, son frère, son chien.

Le mardi 6 juin 1944, au terme d'une traversée fébrile sur le *USS Augusta*, Little Hawk avait participé à la première vague d'assaut de l'opération Neptune à Omaha Beach, en Normandie. Quelques lancinantes minutes après que sa barge avait accosté, il pensait à la fraîcheur des forêts de Moose Trap en serrant contre son torse le corps ensanglanté de son copain de caserne, Jim Latimer, le meilleur joueur de poker de la 1re division d'infanterie de l'armée de l'oncle Sam, dont les cris résonnaient encore à ses oreilles, shut up, Jim, shut up, parmi la cacophonie délirante des mourants répondant aux détonations des armes. C'est Latimer qui lui avait alors sauvé la vie, le corps brisé de Latimer, qui sursautait sous l'impact des balles, qui giguait dans les bras de Little Hawk. Latimer était mort depuis longtemps quand Little Hawk l'avait déposé sur le sable froid de Bloody Omaha, au milieu de dizaines d'autres garçons opposant la blondeur de l'Amérique à celle de la jeunesse aryenne, mais Little

Hawk avait continué à lui parler pendant qu'il courait entre les projectiles, lui promettant qu'il le vengerait, qu'il l'arracherait à ce carnage, lui promettant la vie et l'impossible, la résurrection puis la félicité au sein d'une nature éternelle.

Officiellement, Little Hawk n'était pas mort ce jour-là, seul son regard avait rendu l'âme, frappé d'une forme d'aveuglement où se projetaient toujours les mêmes images, rouges et assourdissantes. Il avait plus tard survécu à la bataille de Caen grâce à cet aveuglement, échappant aux gueules rugissantes des Tigre allemands en se jetant dans les trous boueux ouverts par les machines de guerre, feulant, rugissant à son tour, un animal enragé défiant quiconque de l'approcher sans y laisser sa peau.

Rapatrié en Amérique pour cause de traumatisme mental, Little Hawk avait été interné dans un hôpital militaire, parmi les seringues et les blouses blanches qui le menaçaient comme autant de Gewehr 43 et d'uniformes de la Wehrmacht. Puis un jour, rassurés, peut-être, par le calme inusité ayant succédé à son agitation, les médecins avaient relâché Little Hawk dans la nature. Il avait erré quelque temps, perdu dans le vacarme affolant de la ville, et il avait pris la direction de Peter's Woods où, en dépit du silence, une colère tonnante lui avait brûlé les tripes lorsqu'il avait retrouvé Pete Landry. L'homme n'était plus qu'une loque, un être baveux réduit à l'état de larve par une femme que rien n'obligeait à lui donner son corps, mais qui, pire que tout, lui avait refusé son regard. Little Hawk en avait immédiatement conçu pour cette femme une haine puisant à la fureur contractée dans la baie d'Omaha, et les hurlements longtemps contenus avaient enfin surgi de sa poitrine le jour où, quelques semaines après avoir tenté de sortir Landry de sa torpeur en l'amenant relever des pièges abandonnés, il avait trouvé celui-ci pendu dans sa cabane.

La nuit suivant cette découverte, un loup avait hurlé jusqu'au matin dans Peter's Woods, puis l'animal était parti en chasse autour du lac et avait attrapé Sugar Baby, le bichon de Maggie Harrison, qui avait hurlé à son tour, deux bêtes déchirées ne comprenant rien au sort des maudits. Soulagé pour un temps de sa rage, le loup avait ensuite quitté les bois en laissant le corps de Landry se balancer dans sa cabane, au milieu de ce royaume dont il était malgré lui devenu le bouffon, se jurant que personne, jamais, ne toucherait à son fils, sa fille, son père, son frère.

Je rentrais en longeant le lac quand Gilles Ménard, vêtu d'un simple maillot de corps, était arrivé en courant, le visage blême, et s'était rué dans le chalet sans même frapper. J'avais ensuite entendu des voix, puis ma mère avait laissé échapper un couinement de souris, pareil à ceux qu'elle pousse quand on l'insulte ou qu'on lui annonce une mauvaise nouvelle. Trois minutes plus tard, mon père ressortait avec monsieur Ménard, deux faces de mi-carême qui étaient parties en courant en direction du chalet des McBain, où mon père ne mettait jamais les pieds. C'est des Anglais, disait-il, on se comprend pas, ou alors c'est des riches, on est pas du même monde. Cette visite aux McBain signifiait que quelque chose de grave s'était produit. J'avais tout de suite pensé à Zaza Mulligan, qui ne répondait pas aux appels de Sissy et n'était nulle part, alors que personne ne pouvait se trouver nulle part. Si on existait, on était assis, debout, à quatre pattes ou couché dans un endroit donné et on parlait. C'est le silence de Zaza, son silence de nulle part, qui faisait paniquer Sissy Morgan, je l'avais vu dans ses yeux de chat quand elle m'avait attrapé les mains et implorée de regarder partout en me donnant une montre dorée qui faisait doucement tic-tac contre l'oreille. Look, Aundrey, look everywhere. J'étais partie en courant, me disant qu'il devait bien y avoir un lieu qui était le quelque part de Zaza, une cabane, un fossé, une clairière d'où elle ne pouvait entendre Sissy, à moins qu'elle soit devenue complètement sourde. Je criais néanmoins Zaza, Zaza Mulligan, ramassant chaque objet susceptible de signaler son passage récent. J'étais investie d'une mission dont rien ne pouvait me détourner, mais ni les objets recueillis ni la fierté que j'éprouvais à devenir la complice de Sissy Morgan ne m'avaient menée au quelque part de Zaza.

J'avais toujours la montre dans la poche arrière de mes jeans, qui me rappelait que Zaza évoluait dans un lieu inconnu. J'avais oublié de la redonner à Sissy en même temps que la boucle d'oreille en forme de larme ou de goutte de pluie tombée d'un nid de corneilles. Sissy n'avait pas voulu des autres objets, mais j'avais conservé la pochette d'allumettes et le sac de chips au vinaigre, au cas où Zaza les aurait échappés alors que ses cheveux roux disparaissaient dans le feuillage d'un arbre invisible. À tout bout de champ, je tâtais la bosse que formait la montre sur ma fesse droite en me disant que Sissy n'aurait jamais confié ce bijou à la petite morveuse ayant remplacé la littoldolle d'autrefois si elle n'avait craint le pire, que je ne pouvais m'empêcher d'associer au visage cireux de Gilles Ménard, figé par quelque image d'épouvante dans laquelle aurait figuré Zaza. C'était l'inexplicable surdité de Zaza qui avait fait courir Gilles Ménard, j'en aurais mis ma main au feu, et qui poussait mon père derrière lui comme s'il était poursuivi par un vent glacé.

J'avais voulu les rattraper alors qu'ils contournaient la haie de cèdres séparant notre chalet de celui des McBain, mais ma mère m'avait ordonné de ne pas bouger de là, tu sors pas de la cour, Andrée Duchamp, et de jouer avec ma sœur, qui essayait de se construire un château de sable avec une pelle de plastique tordue. Contrairement aux deux hommes, ma mère avait les joues rouges et le petit cercle pourpre qui apparaît au milieu de son front quand son esprit ne parvient plus à contenir tout ce qui s'agite en elle commençait à se dessiner, signe qu'il ne fallait pas la contrarier. J'avais demandé ce qui se passait, mais j'avais encore eu droit à une réponse de grands. Apparemment, il ne se passait rien. Mon père était allé chez les McBain parce que seuls quelques Anglais, de même que les Maheux, de l'autre côté du lac, avaient le téléphone. Quant au motif de cet appel urgent, il ne me concernait pas.

Inutile d'insister. Quand ma mère se cousait les lèvres, elle le faisait avec du fil de fer. J'avais rejoint Millie sur la plage et l'avais aidée à solidifier son château en guettant du côté des McBain et en tendant l'oreille, au cas où je pourrais attraper une bribe de conversation portée par l'écho du lac. Mon père et monsieur Ménard étaient réapparus sous le porche des McBain alors que Millie me racontait qu'elle allait mettre des papillons dans son château, des jaune orange avec des picots noirs. Papa et monsieur Ménard avaient serré la main de McBain, ils avaient échangé quelques paroles accompagnées de signes destinés à combler les lacunes linguistiques de part et d'autre, et ils étaient revenus au chalet avec leur tête d'enter-rement. Ma mère s'était précipitée dehors sitôt qu'ils avaient mis les pieds sur le terrain, avec une chemise propre pour Gilles Ménard, dont la camisole se cou-vrait de cernes de sueur, et elle avait pressé mon père de lui résumer la situation. La police s'en vient, avait-il soufflé, fais souper les petites, on va attendre dans la cour. Mon frère était arrivé sur ces entrefaites, faisant crisser les pneus de son vélo sur le gravier, et avait voulu qu'on lui explique pourquoi papa avait l'air d'avoir avalé une pelle. Tu le sauras ben assez vite, avait répondu celui-ci, et il l'avait envoyé dans le chalet avec nous.

Des nuages s'amoncelaient derrière la montagne, qui masquaient le soleil et nous promettaient l'une de ces pluies torrentielles propres au microclimat de Bondrée. Je ne sais encore comment expliquer ce phénomène qui se produisait cinq ou six fois par été, quand les nuages, venant d'un horizon invisible, se regroupaient subitement au-dessus de Moose Trap pour ensuite dévaler vers le lac. Le temps virait alors au gris-mauve et les arbres s'agitaient doucement, attrapant les cornes du vent, balayant le front de l'animal qui se déchaînerait tantôt. Ce soir-là, cependant, l'inquiétante lumière du temps ne parvenait pas à pénétrer dans le chalet. Elle restait collée aux fenêtres et donnait un aspect lugubre à notre cuisine-salon-salle à manger. En temps normal, j'aimais ces couleurs inertes d'avant la tempête, qui nous plaçaient dans l'attente du bruit, des craquements de la toiture se conjuguant à ceux du ciel, des salves d'eau dans les fenêtres, mais le temps n'était pas normal. Un malheur allait nous tomber dessus avec la pluie.

Rapidement, ma mère avait allumé le plafonnier, refusant que le mauve se transforme en obscurité, puis elle avait sorti le baloney, la moutarde, le pain tranché. Nous devrions nous contenter de sandwichs et elle ne voulait pas entendre un mot de protestation. Mon frère et moi, on s'était regardés, évaluant les risques de la faire exploser si on osait ouvrir la bouche. Millie avait enfin rompu le silence en précisant qu'elle voulait du ketchup, pas de la moutarde, et mon innocent de frère en avait profité pour demander qui était mort. Une main s'était abattue sur le pain tranché, Millie avait pleurniché qu'elle ne voulait pas une sandwich écrasée, et ma mère avait murmuré que si l'un de nous s'amusait à faire le fanfaron, elle nous confinait dans nos chambres jusqu'au lendemain. C'était clair, quelqu'un était mort, sinon maman n'aurait pas détaché chacune de ses syllabes, ainsi qu'elle le faisait toutes les fois qu'elle paniquait, car ma mère paniquait calmement, en écrasant un sandwich ou une tomate, en coupant méticuleusement une carotte, dans un sens puis dans l'autre, méthodiquement, jusqu'à annihilation complète de la carotte, pendant que sa plaque rouge s'élargissait au milieu d'une pâleur ne se manifestant que quand la panique était sur le point de céder à l'hystérie.

J'avais de nouveau pensé à Zaza, trop jeune pour n'avoir plus de quelque part où exister, et j'avais vérifié la montre de Sissy, que j'avais remontée pour conjurer le sort. Au même moment, un amas de nuages s'était détaché de la montagne, que mon père avait désigné à Gilles Ménard. Debout face au lac, papa et Ménard piétinaient, poussaient une roche du bout du pied, tête basse, se retournaient pour surveiller la route et enfonçaient de nouveau la pointe de leur chaussure dans le sable. De temps en temps, Gilles Ménard levait un bras qu'il laissait aussitôt retomber le long de son corps, puis il se prenait la tête à deux mains et s'accroupissait. Il racontait à mon père ce qu'il avait vu, il lui décrivait l'horreur s'acharnant à ses trousses. Un mort, peut-être, recroquevillé dans un sous-bois ou pendu à une poutre, un deuxième Pete Landry venu prêter main-forte au fantôme du premier, à ce point délavé qu'il ne suffirait bientôt plus à faire dresser les cheveux des filles les soirs de pleine lune.

Je ne savais alors de ce Landry que ce que les enfants colportaient, un trappeur qui aimait les oiseaux et avait tenté de s'envoler en s'accrochant à une corde, mais je m'étais rendue à quelques reprises à l'emplacement de son ancienne cabane, dont on distinguait encore les fondations à travers les poutres et les solives noircies de suie. La végétation avait poussé depuis qu'on avait essayé d'effacer par le feu le souvenir de Landry, mais les planches dessinant le modeste quadrilatère dans lequel il avait vécu demeuraient visibles. Dans dix ou dans vingt ans, il faudrait creuser pour exhumer les ruines de cette cabane incendiée, mais elle serait encore là, témoin du passage d'un homme au cœur de la forêt. Les traces de Landry lui survivraient, plus troublantes que les empreintes des autres hommes parce que liées à la violence, puis à la témérité de ceux croyant qu'il était possible de détruire un spectre, de tuer ce qui était déjà mort.

La première fois que j'étais tombée sur ces ruines, je m'étais enfuie à toutes jambes, certaine que le spectre de Landry me décapiterait si je m'attardais dans le coin. Le soir même, j'avais interrogé mes parents à son sujet. Ils m'avaient répondu que Pierre Landry n'était qu'un pauvre homme, un malheureux, et avaient éludé mes questions concernant son suicide, m'expliquant que Landry était mort d'une maladie, car le suicide n'existait pas chez les Duchamp, pas plus que chez les Miller, les Maheux ou les McBain. Il faisait partie des nombreux sujets que la peur occultait, peur de l'enfer et des misères de la détresse, des inavouables conséquences du désespoir.

J'avais attendu une semaine avant de retourner dans les environs de la cabane, dont je m'étais tenue à distance en me demandant ce qui se produirait si j'appelais Landry. Pete Landry, avais-je fini par chuchoter en masquant ma bouche avec mes mains, et j'avais eu l'impression d'entendre remuer dans les buissons, pendant que l'une des poutres affaissées s'inclinait légèrement, pareille aux pierres tombales d'où surgissent les vampires. J'avais de nouveau pris mes jambes à mon cou, culbutant puis guettant le vampire dont la grande cape noire s'abattrait bientôt sur moi pour me sucer la jugulaire. J'étais pourtant revenue le surlendemain, poussée par cette fascination qui entraîne les enfants au fond des grottes remplies de bestioles ne voyant jamais la lumière du jour. Le lieu n'était pas malsain, mais l'ombre de Landry s'y promenait encore, cherchant l'issue de ce purgatoire incendié. Avec le temps, les abords de la cabane m'avaient paru moins hostiles, ce qui ne m'empêchait pas d'effectuer un large détour quand je m'aventurais dans cette portion de la forêt, craignant de voir les décombres se soulever sous la poussée d'une colère enfouie sous la terre noire. Il ne fallait pas se moquer des morts. Il ne fallait surtout pas provoquer les fantômes.

Perturbée à l'idée qu'une nouvelle ombre s'attache à l'errance de Landry, j'allais demander la permission de rejoindre mon père quand une voiture de police s'était garée à côté du chalet. En l'entendant, mon frère avait bondi de sa chaise, ignorant les interdictions de maman, qui nous avait attrapées par le collet, Millie et moi, pour nous empêcher de suivre Bob. Je n'avais pas insisté, ma mère était la plus forte, de même que les nuages, qui s'avançaient lourdement sur le lac. Dans quelques secondes, la pluie aurait rejoint notre rive et malmènerait les vagues qui poussaient les chaloupes contre les quais. J'espère que le vieux Pat est pas encore au milieu du lac, avait murmuré ma mère, son regard bleu maquillé de ces ombres n'appartenant qu'aux mères.

Comme maman ne semblait plus consciente de notre présence, j'avais entraîné Millie dans la chambre que je partageais avec elle et lui avais donné la permission de jouer avec Bill, mon robot à batteries, que j'avais baptisé ainsi parce qu'il marchait comme Bill Cochrane, notre deuxième voisin sur la gauche, revenu de je ne sais quelle guerre avec une jambe raide, une médaille et un caractère de cochon, si tant est que les cochons bougonnent à longueur de journée. Cochrane n'était pas le seul, dans notre entourage, à avoir participé à une guerre ou à une autre, mais on n'en parlait qu'à demi-mot, pour ne pas réveiller les mauvais souvenirs. Si l'un de ces hommes se comportait bizarrement, on disait il a fait la guerre de 39, il a fait la Corée, il a survécu au débarquement, comme si ça expliquait tout, et on se fermait le clapet.

Pendant que Millie catapultait Bill en bas de la commode, je m'étais allongée à plat ventre sur mon lit, près de la fenêtre, qui constituait le meilleur endroit du chalet pour surveiller la cour arrière et épier les conversations qui s'y déroulaient. Les hommes parlaient bas et je n'entendais que des murmures à travers le déchaînement du vent, desquels surgissaient parfois un mot ou deux, des mots qui ressemblaient à «blessure» ou à «déchirure», des mots tachés de sang. C'est Gilles Ménard qui parlait le plus, agitant les bras et se prenant encore la tête, puis la pluie était arrivée, tambourinant violemment contre la vitre, contre le sol, sur le toit du chalet. Les policiers s'étaient réfugiés dans leur voiture pendant que papa et monsieur Ménard entraient chercher des imperméables et des flashlights. J'en avais profité pour quitter ma chambre et aller me coller le nez à la grande vitre de la cuisine, d'où on pouvait observer la presque totalité du monde si on y mettait un peu du sien, transformer Moose Trap en Everest croulant sous les avalanches ou Boundary Pond en un océan traversé de drapeaux de pirates dont les lambeaux battaient au vent du large. Chaque arbre pouvait devenir une forêt entière, chaque pierre un monolithe aussi gros que le rocher de Gibraltar, que mon père m'avait montré dans l'un de ces magazines qui vous apprennent que vous ne savez rien, et chaque portion de plage un désert rempli de crotales, de sauterelles des sables, de lézards venimeux et autres animaux droit issus des histoires de peur quittant les livres après souper. Bondrée était un monde en soi, le miroir de tout possible univers.

On devrait pas rentrer trop tard, avait murmuré mon père en embrassant ma mère sur le front, en plein sur son cercle rouge, puis Gilles Ménard lui avait emboîté le pas jusqu'à notre vieille Ford, qui avait ouvert le chemin à travers la pluie. Le temps avait précocement viré à la brunante avec l'averse et, déjà, la route se transformait sous la lumière des phares en une boue luisante révélant les ornières creusées par le dernier déluge. Zigzaguant dans cette boue, ils avaient pris à gauche, en direction de l'intersection menant à la grand-route, et leurs phares s'étaient éteints derrière les arbres.

Ferme les rideaux, Andrée, avait murmuré ma mère d'une voix si lasse qu'on y décelait la lourdeur de tout ce qu'elle redoutait. Quand elle prenait cette voix, on entendait le futur qui se précipitait vers nous avec ses gros sabots et on avait envie de se cacher six pieds sous terre, comme si le futur ne savait pas où nous trouver. La tête basse, elle se tenait sur le tapis de l'entrée, face à la porte, mais elle ne devait rien voir que son reflet dans la fenêtre. Ses cheveux et ses vêtements étaient trempés, son rimmel coulait et elle semblait vidée de toute énergie. Je n'avais vu ma mère dans cet état qu'au décès de son père, grand-papa Fred. Pendant des semaines, après l'enterrement de papy, elle disparaissait à tout bout de champ. Son corps demeurait là, penché au-dessus de l'évier ou du comptoir de la cuisine, mais ce qui constituait ma mère s'était volatilisé. Ses mains demeuraient suspendues dans le vide, nos questions glissaient sur ses oreilles et il fallait qu'elle échappe son couteau ou sa patate pour réintégrer son corps. Ces absences m'effrayaient, car la fausse grimace qui figeait alors ses traits appartenait à une inconnue que je n'aurais pas voulu croiser dans le noir.

J'avais violemment tiré les rideaux, question de l'extirper de sa transe, et elle était instantanément réapparue. En une fraction de seconde, elle était redevenue la femme volontaire et déterminée que je voulais comme mère, même si son assurance me faisait suer plus souvent qu'à mon tour. Y fait aussi noir que la veille de la Toussaint, avait-elle lâché, puis elle était rapidement allée se changer et se sécher les cheveux. De la salle de bain, elle nous avait ordonné de mettre nos pyjamas, même s'il n'était que sept heures et demie, après quoi elle avait apporté un Seven-Up à mon frère, qui boudait dans le salon parce que mon père l'avait écarté de son entretien avec la police et n'avait pas voulu l'emmener avec lui. Pour tuer le temps, elle nous avait proposé une partie de Monopoly, mais personne n'avait envie de convoiter Atlantic Avenue ce soir-là. Elle avait donc sorti un jeu de cartes pour

Millie, qui préférait construire des châteaux afin de les remplir de papillons, et elle avait vidé le tiroir à légumes du frigidaire en marmonnant que les hommes auraient faim quand ils rentreraient.

Pendant qu'elle préparait une soupe qui ressemblerait davantage à une bouillie de légumes annihilés, j'avais emprunté un des *Bob Morane* de mon frère et je m'étais installée dans le La-Z-Boy. Dehors, la pluie tombait toujours à verse et c'est tout ce qu'on entendait, le vent, la pluie, entrecoupés du claquement sec et méthodique du couteau à légumes sur la planche de bois ou de l'effondrement à peine audible des châteaux de Millie. J'essayais de me concentrer sur la progression de l'Ombre jaune dans la nuit londonienne, mais la tension qui régnait dans le chalet rivalisait avec l'ardeur de Morane devant l'ennemi. La pluie écrasait la silhouette de Monsieur Ming et emplissait la pièce de cette ombre inconnue qui nous imposait le silence.

Tassé dans son coin, mon frère fixait le vide en se mordant les joues. Son pied droit tapait le sol à un rythme régulier qui s'accordait parfois au tempo du couteau à légumes, dont le tchack-tchack s'emballait puis ralentissait selon la force de résistance du céleri ou du navet. Même Millie retenait son souffle, jetant des coups d'œil rapides à ma mère et n'osant réclamer son verre de lait. Dans une vaine tentative pour faire baisser la tension, j'avais annoncé que j'allais lire dans la véranda tout en essayant d'attirer l'attention de mon frère, mais celui-ci s'était enfoncé plus profondément dans son fauteuil. Maman m'avait dit de mettre un chandail et le silence était retombé en même temps que le château de Millie, dont la dame de cœur, reine des lieux, avait valsé jusqu'à mes pieds. Zaza

Mulligan vient de tomber! s'était exclamée ma sœur, drette en bas du château. Ma mère s'était retournée d'un coup, le couteau brandi, la plaque empourprée. Qu'est-ce que t'as dit? Millie s'était recroquevillée sur sa chaise en désignant la carte que j'avais ramassée, pas trop certaine si elle devait répondre ou se manger un doigt ou deux. La reine de cœur, c'est Zaza Mulligan, avais-je précisé, pendant que Millie se rongeait le pouce droit jusqu'au coude, une manie qui la prenait quand elle avait peur d'être punie, coupable ou pas. Ma mère s'était forcée à sourire, ben sûr, Millie, ben sûr, elle avait planté son couteau dans une patate et était retournée s'enfermer dans les toilettes, dont l'exiguïté, semblait-il, avait le miraculeux pouvoir d'écraser ses angoisses.

Mon intuition ne m'avait pas trompée. Zaza Mulligan était à l'origine de la tempête qui s'abattait sur Bondrée. J'avais déposé la reine de cœur sur la table et m'étais réfugiée dans la véranda. Des images de blessures et de déchirures se bousculaient dans ma tête et je priais pour que Zaza se soit simplement écorchée aux branches d'un bosquet d'aulnes, faites, mon Dieu, faites, quand je savais pertinemment qu'on ne déclenche pas un ouragan pour quelques égratignures.

L'odeur de la soupe se glissait dans le parfum de terre mouillée emplissant la véranda quand des phares avaient balayé la cour, de la rangée de bouleaux, à gauche, à la balançoire qui grinçait sous l'effet du vent. Papa revenait, avec ou sans Gilles Ménard. Normalement, un ou deux claquements de portières auraient immédiatement succédé à l'extinction du moteur, mais mon père demeurait dans la voiture, observant peut-être avec Gilles Ménard la profondeur d'une obscurité dont ils n'arrivaient pas à s'extirper. Une portière avait finalement claqué et mon père était apparu au coin du chalet, le futur redouté par ma mère sur les épaules et ne courant pas, ne courant plus. L'horreur narrée par le corps nerveux de Ménard l'avait rattrapé dans la nuit pluvieuse, à deux ou trois milles de la lumière d'un monde sans déchirures. Inutile de courir quand on est rattrapé. Inutile de s'égosiller quand personne n'entend.

Salut, la puce, avait-il murmuré en entrant dans la véranda, puis il m'avait saisie dans ses bras et m'avait serrée contre son imperméable mouillé, qui sentait le sapin et le moisi. Il m'avait tenue longtemps ainsi et m'avait laissée là, ébranlée par ce débordement de tendresse signifiant que le pire était arrivé dans les bois. Quelqu'un était mort. Zaza Mulligan était morte.

Le drame s'était produit à environ un mille du chalet des Mulligan, dans la nuit du vendredi 21 au samedi 22 juillet, selon l'estimation du coroner, qui ne pouvait être plus précis quant à l'heure de la mort. Une enquête avait immédiatement été ouverte en vue d'établir les causes exactes du décès, de même que la raison pour laquelle Zaza se promenait dans les bois à pareille heure. Boundary chevauchant une frontière indistincte perdue dans les eaux profondes du lac, on avait eu de la difficulté à déterminer si l'enquête était du ressort du Canada ou des États-Unis. C'est finalement la police du Maine qui s'était chargée de l'affaire, la victime étant américaine. On avait d'abord ratissé les lieux de l'accident, mais la pluie qui s'était abattue sur Boundary le dimanche soir avait effacé toute trace susceptible de servir d'indice. Ne subsistaient, à demi séchées dans la boue, que les empreintes laissées par les policiers et par les hommes qui les avaient menés près du corps, Gilles Ménard et Samuel Duchamp, encore blêmes, encore sous le choc. Sans pistes ni autres indices, on ne pouvait donc affirmer si quelqu'un avait entraîné Zaza, de gré ou de force, au cœur de la forêt.

Les enquêteurs n'avaient rien de solide sur quoi s'appuyer. Il n'y avait pas de témoin, aucun appel à l'aide n'avait été entendu. À moins qu'on ait confondu les cris de Zaza avec ceux des bêtes qui traversaient Boundary du nord au sud toutes les nuits. À moins qu'on ait préféré accuser le vent et rester bien au chaud dans son lit. J'aurais dû réveiller Ted, se blâmait Hope Jamison en se rappelant avoir perçu un son rauque qu'elle avait trop vite associé au glapissement d'un coyote. J'aurais dû vérifier si c'était le vent, se disait Gary Miller, ou la porte du hangar, répétait Madeleine Maheux. La culpabilité, déjà, répandait son venin, la peur d'avoir laissé le sommeil ignorer les appels de Zaza, puisque c'était Zaza, that kind of girl, qu'on entendait depuis toujours chanter avec Sissy Morgan, crier avec Sissy Morgan, run, Sissy, run! si bien qu'on en était venu à ne plus se préoccuper des deux filles, devenues trois au cours de l'été, Sissy, Zaza, Frenchie.

Tout le monde avait été interrogé, tout le monde qui savait parler, des plus petits aux plus grands, mais l'enquête s'était concentrée sur les parents et les proches, George et Sarah Mulligan, Sissy Morgan, Frenchie Lamar, sur les dernières personnes à avoir vu Zaza en vie, Sissy Morgan, Frenchie Lamar, puis sur Gilles Ménard, l'homme qui avait découvert le corps. Que faisait Ménard dans le bois? avaient d'abord voulu savoir les policiers, et Ménard n'avait d'autre réponse à cette question que la plus banale. Il se promenait, c'est tout, parce qu'il aimait se promener, marcher sous le couvert des arbres et observer les jeux de lumière sur l'enchevêtrement des racines moussues. Il ne pouvait cependant expliquer pourquoi il avait pris cette direction plutôt qu'une autre. Il s'agissait d'une affaire de hasard, d'impulsion du moment. Un détail attirait votre attention, une piste d'animal, une éclaircie familière, et vous décidiez de vous enfoncer dans le bois à cet endroit.

Ménard ignorait quel chemin il aurait emprunté s'il avait su ce qu'il découvrirait ce jour-là et cette pensée le torturait. Aurait-il couru vers Zaza, porté par le fol espoir d'arriver avant la mort, ou aurait-il laissé à d'autres le soin de fermer les yeux révulsés de la jeune fille ? Se précipite-t-on vers le cauchemar, vers le fer qui va vous déchirer la poitrine ? Après être revenu chez lui, la veille, pendant que les policiers s'occupaient de Zaza Mulligan, il n'avait pu s'assoupir qu'au petit matin, hanté par le regard indescriptible de l'adolescente, mélange de résignation et de terreur blanche, puis par la longue jambe qui s'était glissée sous les draps, de la douceur gluante du sang frais, et l'avait poussé à se relever d'un bond. Le fer, déjà, avait brûlé sa peau, l'obligeant à mentir à Jocelyne, sa femme, à la réconforter maladroitement, incapable de lui avouer qu'ils coucheraient désormais avec une morte.

Les enquêteurs avaient aussi interrogé cette dernière, Jocelyne, d'une grande beauté, avait constaté l'un des policiers devant la légèreté des taches de rousseur rappelant l'immensité des soleils sous lesquels avait dû courir la petite Jocelyne. Celle-ci avait confirmé que son mari s'absentait souvent de longues heures pour revenir l'haleine chargée d'odeurs de gomme d'épinette, les yeux remplis de lueurs prises à l'eau des ruisseaux ou à l'œil des bêtes tapies dans l'obscurité verte des sous-bois. Elle ne connaissait pas la véritable origine de ces lueurs, ne comprenait pas que l'eau froide puisse se transformer en lumière au coin d'un œil, mais elle pouvait décrire le goût amer de la forêt, qui demeurait longtemps dans sa bouche après que son mari, à coups de langue lumineuse, avait tenté de lui inoculer cette essence contenant la beauté des arbres. Elle n'avait cependant rien pu leur apprendre sur Zaza Mulligan, sinon que son corps fantomatique marchait depuis la veille au côté de celui de son mari, qui lui avait parlé de la jambe déchirée de Zaza, mais surtout de sa chevelure, de cette traînée de lumière éteinte dans l'ombre verte. C'est ce qu'avait d'abord vu Ménard en s'écartant du sentier, une longue chevelure rousse, ne comprenant pas bien ce qu'était cet enchevêtrement soyeux. Il avait ressenti un violent coup au sternum en l'apercevant, pareil à ceux qui lui transperçaient la poitrine quand sa petite Marie lui échappait pour traverser la rue. Le temps s'arrêtait alors, n'était plus qu'un cœur battant à vide, jusqu'à ce que Marie ait atteint le trottoir d'en face et qu'il la rejoigne, les jambes molles, les oreilles bourdonnantes : si tu meurs, Marie, je vire fou.

Au sein de la forêt, il avait donc pensé à Marie en retenant son souffle, puis il s'était mis à rire aux éclats, à se moquer de lui, de sa bêtise, cherchant un mouchoir dans sa poche pour essuyer ses larmes et s'accroupissant, une crampe au ventre, maintenant, une bonne crampe de fou rire. Ce qu'il avait pris pour une chevelure n'était que la longue queue d'un renard roux, mort de faim, de maladie ou de vieillesse. Maudit Ménard, avait-il murmuré, maudit Ménard que tu m'énarves, des fois. Lorsqu'il avait relevé la tête, un éclair de chair blanche l'avait ébloui, quelques pouces de blancheur prolongeant la chevelure. Son rire avait cessé net, un tir de boulet l'avait frappé en plein cœur et il s'était approché de l'arbre au pied duquel gisait la chose inconnue. C'est un renard, Ménard, pogne pas les nerfs, c'est rien qu'un pauvre renard. Mais la chose était presque nue, plus longue qu'un renard, plus blanche aussi. La chose avait des jambes et des ongles vernis.

Comme tous les hommes de son âge, Ménard avait déjà vu la mort, mais il avait dû s'appuyer à un arbre pour ne pas tomber. Troublé par la quasi-nudité du corps, vêtu d'un simple short et d'un chandail retroussé jusqu'aux seins, il avait mis un certain temps à reconnaître Elisabeth Mulligan, la seule fille de Bondrée, pourtant, à arborer une pareille crinière. Vidé de son sang, le visage n'était plus qu'un masque, un objet de porcelaine froide autour duquel on aurait greffé de longs fils de soie roux. Ménard avait déjà vu la mort, oui, mais il ne l'avait vue qu'habillée et poudrée, dépouillée du trop franc souvenir de la chair chaude et masquant la proximité du corps avec la terre, avec cet humus se nourrissant de matières putrides.

L'envol d'un oiseau l'avait fait sursauter, calme-toi, Ménard, et il avait enlevé sa chemise pour couvrir Zaza Mulligan. Il avait ensuite posé un doigt nerveux sur la jugulaire, pour la forme, car il était évident que l'adolescente ne respirait plus. Les mâchoires d'un piège à ours rouillé s'étaient refermées sur sa jambe droite, mettant l'os à nu, un long tibia blanc de jeune fille aux longues jambes, puis le sang avait coulé, tout le sang de Zaza. Ménard avait alors pensé au sang de Sugar Baby, qui alimentait la légende de Maggie Harrison et de Pierre Landry et dont on n'évoquait la mort qu'à mots couverts, dont on ne parlait surtout pas aux enfants, craignant qu'un petit chien blanc vienne à son tour hanter la plage, un petit chien réel, avec du sang réel, se mêlant au suc écarlate des fleurs broyées de Tangara. Morte comme un chien, avait-il murmuré. La jeune fille avait d'abord dû s'évanouir, puis s'éveiller un peu plus tard, entre ombre et lumière, et chercher à s'agripper aux feuilles pourries, les mains molles, les paupières lourdes, son souffle s'accordant à l'égale lenteur du vent.

Sur le coup, Ménard n'avait pas su comment réagir. Il ne voulait pas quitter la dépouille, la laisser seule dans cette forêt où il apprenait soudain le sens de la peur, mais il ne pouvait pas rester là et s'époumoner jusqu'à ce que ses hurlements se perdent derrière ceux de Zaza. Il devait alerter quelqu'un, un ami, la police, les parents. Avant de partir, il avait toutefois baissé les paupières de Zaza, ne supportant pas l'idée qu'elle continue à fixer le rai de lumière qui filtrait à travers les branches et ne pénétrait son œil que pour se frapper à la plus grande des obscurités. Peut-être avait-il tort, peut-être valait-il mieux ne pas toucher le corps, mais il voulait que le regard se repose, que s'effacent les visions brouillées de rouge ayant entouré l'agonie. Ensuite, il avait couru à perdre haleine jusqu'au chalet de Sam Duchamp, un homme honnête qui l'aiderait à ne pas s'effondrer.

Jocelyne Ménard n'en savait pas plus, mais cela lui suffisait, avec ce corps mutilé qui encombrait le chalet et suivait son mari partout, mélangeant ses effluves nauséabonds au parfum âcre des arbres dans sa bouche.

Stan Michaud, l'inspecteur-chef chargé de l'enquête, avait également dormi avec Zaza Mulligan, au milieu des odeurs qu'évoque la blancheur inhumaine des chairs froides. Il regardait un épisode de *Bonanza* quand Jim Cusack, son adjoint, appelé sur les lieux en remplacement d'un agent malade, lui avait téléphoné. Cusack était inspecteur dans son équipe depuis trois ans et jamais il ne l'avait vu flancher devant l'horreur, laissant la souffrance couler sur sa carapace de flic sans lui offrir la moindre prise. Michaud savait pourtant que l'imperturbabilité de Cusack avait ses limites et qu'un jour ou l'autre, il craquerait. Ce jour était arrivé.

Pendant que Cusack lui décrivait la scène du drame, Michaud avait compris que la façade derrière laquelle s'abritait le policier se craquelait lentement et qu'il lui faudrait classer cette affaire parmi celles qui vous hantent longtemps après que la poussière est retombée, les cas boomerang, ainsi qu'il les nommait, qui vous reviennent en plein visage un soir d'été, alors que vous buvez tranquillement une bière dans le jardin, et vous pourchassent jusqu'aux premières neiges, sinon jusqu'à Noël. En général, ces cas concernaient des enfants ou des jeunes filles, des corps fragiles, découverts sous la tôle froissée d'une automobile ou à l'orée d'un champ de blé où ondoyaient parmi les barbes blondes quelques cheveux arrachés. Lorsqu'il avait entendu la voix cassée de Cusack, une image lui était tout de suite venue à l'esprit, ou plutôt un visage, Esther Conrad, seize ans, l'un des boomerangs qui le frappaient de plein fouet chaque fois qu'un autre était lancé.

L'affaire remontait à une dizaine d'années, mais la main d'Esther, refermée sur un caillou dont la forme pouvait évoquer celle d'un cœur, continuait à le tourmenter. Elle effleurait sa nuque après la chute des boomerangs, puis laissait tomber à ses pieds la pierre grise. Longtemps, Michaud avait cru que ce cœur pouvait le mener à l'assassin, qu'Esther avait resserré son poing sur l'unique objet susceptible de lui désigner son agresseur. Dans la lumière blafarde de la morgue, au milieu des surfaces de métal froid, il avait parlé à la jeune fille, qui, Esther, who? mais il faisait trop sombre dans ce sous-sol humide pour qu'Esther lui révèle quoi que ce soit. C'est à Salem qu'il aurait fallu l'interroger, dans le dépotoir où un brocanteur l'avait trouvée, alors il était retourné là-bas, dix fois, vingt fois, avec les rats se disputant les immondices, qui, Esther, who ? cherchant inutilement les initiales qui auraient dû être gravées dans le cœur, la marque de la flèche empoisonnée lui ayant pris tout ce qu'elle possédait, sa vie, son souffle.

Pendant que Cusack lui révélait le nom de la jeune fille qui le hanterait désormais, Elisabeth Mulligan, Michaud pensait au cœur d'Esther, maintenant remisé dans une boîte s'empoussiérant parmi les rayonnages anonymes des archives de la police d'État. Elisabeth Mulligan, avait-il répété pour s'imprégner du nom, puis il avait dit à Cusack qu'il serait à Boundary dans la prochaine heure. Il avait avisé sa femme de ne pas l'attendre pour se coucher, qu'il devait se rendre sur les lieux d'un crime, d'un crime ou d'un accident, il ne savait pas encore. Tout ce qu'il savait, c'est qu'il se rendait sur les lieux d'une mort qui ferait son nid en lui.

Il ne se trompait pas. Dès qu'il avait mis les pieds sur la scène éclairée par quelques projecteurs de fortune diffusant sur le corps trempé de Zaza Mulligan une lumière surréelle, un coup bref et tranchant l'avait frappé à la gorge, l'impact du boomerang. Il était resté là jusqu'au milieu de la nuit, discutant avec le légiste, avec ses collègues, avec la morte, qui, Elisabeth, who ? Après le départ du corps, il avait encore erré sur les lieux, s'agenouillant dans la boue, examinant le piège rouillé, s'essuyant la nuque, sans cesse, d'un geste machinal, là où les gouttes tombées des arbres frôlaient la main d'Esther Conrad. De retour chez lui, il avait hésité à rejoindre sa femme, sachant qu'il avait peu de chances de s'endormir, puis il avait fini par se glisser sous le drap de coton où l'attendait, longue et bronzée, la jambe sectionnée de Zaza Mulligan. C'est ainsi que le sommeil l'avait trouvé, sa jambe enlaçant celle d'une jeune fille morte. Les cauchemars s'étaient alors mis de la partie, les crissements de pneus, les claquements de métal, la panoplie habituelle. Il s'était éveillé deux heures plus tard, aussi éreinté que s'il avait dormi sur un tas de planches, et il était passé chercher Cusack, avec qui il entreprendrait la ronde des interrogatoires.

Ils avaient commencé par les parents, Sarah et George Mulligan, que Cusack avait vainement tenté d'interroger au cours de la nuit. Une autre fois, ceux-ci étaient demeurés quasi muets, répétant qu'ils ne savaient rien, qu'ils ne comprenaient pas, s'accusant de ne pas avoir prêté suffisamment attention à leur fille, puis retombant dans le silence, les yeux rougis, les mains tremblantes. Michaud et Cusack n'avaient pas eu plus de succès avec Sissy Morgan, animée d'une rage telle qu'elle ne pouvait leur être d'aucun secours dans l'immédiat. You would have told me, bitch ! You would have told me, scandait-elle en frappant le coussin de peluche orange qu'elle tenait contre son ventre, ses longs cheveux ramenés sur son visage, tout en implorant son père de lui avouer la vérité, it's not true, dad, she's not gone, tell me the truth, tell me, tell me ! Quand il avait réussi à voir ses yeux, Michaud s'était dit que ceux de Zaza devaient contenir la même fureur, que sa voix devait prendre les mêmes inflexions lorsqu'elle était en colère. La ressemblance entre la morte et la vivante n'était pas frappante, mais elle avait dû l'être quand la morte respirait encore. La jeune fille qui pleurait devant lui était une autre Zaza, une sœur, une jumelle. Il avait soudainement eu envie de la prendre dans ses bras, de la porter comme une princesse jusqu'où aucun piège ne pourrait se refermer sur ses longues jambes. Il avait avancé une main vers elle et la jeune fille avait vivement réagi. Don't touch me! Un peu honteux, il avait cherché appui dans le regard de son collègue, puis tous deux avaient battu en retraite. Ils reviendraient lorsque Sissy Morgan se serait calmée.

Dehors, le soleil tapait déjà. Ce serait une journée chaude, suffocante. Une journée interminable. Les grandes chaleurs, comme les grands froids, rendaient toujours la tâche plus difficile. Dans le premier cas, on traînait les pieds en espérant le vent, la pluie, en songeant aux odeurs de pourriture qu'amplifierait l'humidité. Et on n'y croyait pas, on se disait bêtement qu'aucune catastrophe ne pouvait survenir en plein soleil. L'été se prêtait mal aux fins tragiques et on invoquait le ciel pour que le cadavre remue un doigt, pour qu'il entrouvre une paupière, puisqu'il se reposait seulement de la lourdeur du temps. On essayait de se convaincre, malgré les mouches qui bourdonnaient près de la plaie. Dans le second cas, il vous semblait que tout était dévasté ou allait bientôt l'être, que le drame sur lequel vous enquêtiez n'était qu'un prélude à ceux qui suivraient. Une mort annonciatrice, qui épousait la mélancolie du gel, qui absorbait le froid et le rejetait autour de vous en buées glaciales.

Michaud avait besoin d'une pause avant de débarquer chez le promeneur qui avait trouvé le corps, Ménard, Gilles Ménard, un francophone qui ne comprendrait probablement pas un traître mot de ce qu'il dirait. Dans la précipitation des événements, il n'avait pas pensé à ça. Pendant que Cusack s'épongeait le front, il avait prétexté une envie de pisser et avait chargé ce dernier de lui dénicher quelqu'un qui pourrait faire office d'interprète. En attendant, il pourrait réfléchir au fait qu'en dépit de son nom, il ne parlait que quelques mots de français, lacune qu'il s'était autrefois promis de combler, désireux de connaître la langue de ses ancêtres, une langue qui, dans son esprit, lui apparaissait comme une langue blanche, issue de la poudrerie et du blizzard. Il aurait aimé pouvoir raconter le pays qui coulait dans ses veines dans des mots propres à ce pays, poudreuse, verglas, nordet, qu'il aurait rattachés à des verbes francs et durs. Son idée de ses origines était idyllique, puisée à quelque lieu commun ne montrant que l'écorce rugueuse des arbres dénudés, mais c'est dans cette rugosité qu'il aurait voulu se reconnaître. Puis, les années passant, le désir, avec les verbes, avait sombré dans la fatigue. À quoi bon, s'était-il dit, puisqu'il n'avait plus d'ancêtre à qui parler. À quoi bon, puisque son quotidien connaissait aussi la poudreuse et les vents cinglants, howling winds, gust, blast, flurry, et qu'il n'avait aucun enfant à qui transmettre cet héritage.

Il avait regardé Cusack frapper à la porte d'un chalet jaune dont les volets étaient ajourés de trèfles et de losanges. La maison de Hansel et Gretel, avait-il pensé, oubliant que la maison de pain d'épice était celle de la sorcière. Il n'avait rien avalé depuis le matin, sinon une tasse de café noir, et l'évocation du pain spongieux l'avait fait saliver, même s'il n'appréciait pas particulièrement les nourritures sucrées. Il était plutôt du genre steak et pommes de terre, c'est ainsi qu'on l'avait élevé, ainsi qu'on l'avait nourri, et il n'éprouvait aucune curiosité pour les mets qui le sortaient de son ordinaire. Dorothy, sa femme, s'essayait parfois à une nouvelle recette, ajoutant des fruits au filet de porc ou au jambon, des tranches d'ananas qui ensoleillaient l'assiette mais qu'il repoussait, grattant discrètement la viande quand Dorothy avait le dos tourné en vue d'en faire disparaître l'écœurant sirop altérant le goût de la chair. Il n'appréciait les aliments que non apprêtés, crus, vierges, aussi près que possible de la chose originelle.

Ces pensées lui creusaient l'estomac et il se demandait si Cusack et lui pourraient se dénicher de quoi manger au camping quand celui-ci était ressorti de la maison de Gretel, qu'il avait cru apercevoir sur le pas de la porte, derrière le tablier rayé de sa mère. Hope Jamison, la mère de Gretel, avait appris à Cusack qu'un certain Brian Larue, qui habitait de l'autre côté du lac, pourrait leur servir d'interprète, à supposer qu'il accepte de jouer ce rôle, car Larue était un ours, semblait-il, un sauvage qui ne se mêlait pas aux autres et restait enfermé dans son chalet de bois rond avec ses livres, où le visitait parfois une fille, sa fille, qui vivait avec la femme de Larue, partie on ne savait pour quel motif, les livres, peut-être, la place que prenaient ces objets dans l'esprit de certains hommes.

Prends la voiture et va voir si tu peux le convaincre, avait dit Michaud à Cusack, il faut que je réfléchisse. Il n'aimait pas profiter de sa supériorité hiérarchique pour refiler le boulot à ses subalternes, mais la chaleur l'avait fait plonger dans l'un de ces états brumeux qui ralentissent les gestes et vous emplissent l'esprit de tous les espoirs anéantis avec le temps et la fatigue, alignés près des souvenirs heureux, des souvenirs qui fleurent la jeunesse et l'innocence. Il devait affronter ces états loin de toute distraction et se concentrer sur le paysage, sur un arbre choisi parmi les autres arbres, sur une pierre, un filet d'écume, pour tenter de faire le vide en lui.

Pendant que Cusack s'éloignait vers la voiture, Michaud était descendu jusqu'au lac, s'était assis sur le sable, avait repéré un saule, près du rivage, qui pourrait le distraire de sa langueur, et avait enlevé ses chaussures, trop lourdes pour la saison. Le sable était brûlant, mais si on y enfouissait les pieds, on rejoignait vite une couche de fraîcheur humide qui tempérait le corps entier.

Malgré le beau temps, il était seul près du lac. Pas un enfant qui pataugeait dans l'eau, pas un homme qui réparait son quai ou sa clôture. Boundary était enveloppé du calme succédant au drame, de l'engourdissement des jours de deuil, quand tout le monde se croit tenu de chuchoter, de baisser le volume de la radio, de garder les enfants à l'intérieur. Ce silence durerait tout au plus une journée ou deux, puis le bruit reprendrait ses droits. La mort de Zaza Mulligan, comme toute autre mort, ne parviendrait pas à étouffer éternellement le rire des survivants. La vie se réorganiserait autour de cette absence et tous, sauf les proches et les flics de son espèce, incapables de repousser les fantômes, oublie-raient que dans l'espace occupé par l'absence, se tenait autrefois une jeune fille. Il devait en être ainsi, le jeu n'autorisait pas la participation des disparus.

Au moment où il se faisait cette réflexion, une porte s'était ouverte derrière lui et la petite Gretel avait dévalé le balcon de pain d'épice. You stay here and you stay calm, lui avait chuchoté sa mère, et la porte s'était refermée. Le silence était revenu quelques instants, puis Michaud avait entendu la petite sautiller sur le gravier, et une voix enfantine, incapable de résister à la vie, s'était élevée dans l'air humide. « Hurry Scurry had a worry / No one liked his chicken curry... » « Stuck his finger in the pot / Chicken curry way too hot », avait ajouté Michaud à la suite de la fillette, se rappelant qu'il avait faim et que, jusqu'à preuve du contraire, lui aussi était vivant.

Cette nuit-là, mon père n'avait pas fermé l'œil. Il s'était installé dans la véranda, disant à ma mère qu'il irait bientôt la rejoindre, mais il était toujours là, sur la vieille causeuse de rotin, quand les corneilles m'avaient tirée du lit à l'aube. La veille, il avait refusé de nous révéler où l'avait emmené Gilles Ménard, ne sachant comment annoncer la mort d'une enfant à d'autres enfants. Il avait préféré repousser au lendemain cette pénible tâche et nous épargner, pour quelques heures encore, les cauchemars qui l'empêcheraient de dormir. Aujourd'hui, il n'aurait toutefois pas le choix s'il voulait éviter que la rumeur défigure les faits et que nous suivions la piste des commères et des hommes à tête de fouine que l'odeur du sang ferait glapir sous le soleil voilé de Bondrée.

Viens ici, la puce, avait-il soufflé de cette voix un peu rauque qu'ont tous les adultes au lever du jour, une voix qui a trop respiré, peut-être, ou qui doit s'habituer à la lumière, puis il m'avait fait signe de m'asseoir près de lui. Autant je désirais savoir ce qui avait fait courir Gilles Ménard, autant je redoutais ce que mon père allait m'apprendre. Faut que je fasse pipi, avais-je prétexté en me précipitant dans la salle de bain, où j'avais pris le temps de compter à l'endroit et à l'envers tous les carreaux roses qui alternaient avec les blancs sur le mur faisant face à la toilette. Vingt et un, avais-je soufflé en rouvrant la porte, vingt et un, vingt et un, comme s'il s'agissait là d'un chiffre magique dont la répétition modifierait le cours du temps et interromprait la course de Gilles Ménard. Quand j'avais rejoint mon père, le soleil se levait derrière le chalet et j'avais prié en fermant les yeux pour que ce soit le soleil d'hier, faites, mon Dieu, faites, mais mon père avait pris trop de rides depuis la veille pour que la montre de Sissy Morgan, qui tictaquait doucement dans ma chambre, se soit arrêtée.

C'est Zaza Mulligan, avait-il lâché avant que je me sauve encore, reprenant ainsi les mots de ma sœur, c'est Zaza, c'est la reine de cœur. Elle a eu un accident, elle reviendra pas. Assise en Indienne sur le coussin défraîchi de la causeuse, je me triturais les orteils en attendant la suite, mais mon père ne prononcerait le mot qui m'éclairerait définitivement sur le sort de Zaza Mulligan que si je le lui arrachais. J'avais demandé si ça signifiait que Zaza était à l'hôpital et il m'avait répondu que non, que Zaza n'était désormais nulle part. Peut-être au ciel, avait-il ajouté, mais il n'y croyait pas plus qu'il ne croyait que les communistes allaient envahir l'Amérique et transformer le Maine en goulag. Il disait ça parce que c'était moins compliqué que de chercher à m'expliquer la mort, à m'expliquer que le ciel n'était qu'un rêve permettant à ma mère d'accepter l'absurdité du monde. Il avait depuis longtemps compris ce que je comprendrais plus tard, à savoir que la terre n'était comme nous qu'un accident, que le corps n'était que poussière et qu'aucune volonté, divine ou autre, ne pouvait ranimer cette poussière dans un quelconque au-delà. C'est ici-bas que la poussière revivait, au milieu de l'absurdité du monde.

Je n'étais pas parvenue à lui soutirer le mot qu'il refusait d'infliger à une fillette de douze ans, le mot qui me ferait vieillir d'un coup et pâlirait les taches de rousseur qui me picotaient les joues, mais il en avait assez dit. Zaza Mulligan n'était plus nulle part. Zaza Mulligan était morte. J'étais allée me chercher une brioche aux raisins dans la boîte à pain et j'étais descendue sur la grève en évitant de croiser le regard de mon père, où mon image se diluait dans les quelques larmes qui y étaient apparues, des larmes d'amour, de celles qui anticipent le pire : si tu meurs, punaise, je me pends.

À cette heure, la plage était déserte, si j'exclus les quelques fourmis qui commençaient à grouiller près d'un tas de branches sur lequel obliquaient les premiers rayons du soleil. J'avais tiré une miette de brioche dans leur direction et deux d'entre elles s'en étaient emparées, la brisant pour l'emporter dans leur nid au bout de leurs mandibules. J'avais planté les dents dans la pâtisserie, mais les croquées passaient de travers. Zaza Mulligan est nulle part, ma chouette, avait murmuré mon père, ce qui signifiait que Zaza n'existait plus, car personne, personne ne pouvait être nulle part. Je n'arrivais toutefois pas à me représenter la subite inexistence de Zaza, à concevoir cet état où tout ce qui constituait Zaza avait disparu. Comment pouvais-je encore dire Zaza s'il n'y avait plus de Zaza ?

J'avais jeté le reste de mon déjeuner à une sarcelle qui passait près du rivage avec ses petits, coin-coin, puis j'avais marché jusqu'à l'embouchure du ruisseau qui séparait notre chalet de celui des Lamar. La pluie de la veille en avait augmenté le débit mais, d'ici la fin de l'été, ce filet d'eau claire aurait disparu. Ne subsisterait que le lit creusé par son passage, que l'empreinte de son existence. Au printemps suivant, le ruisseau renaî-trait pourtant, sans arrêt il renaîtrait, jusqu'à ce que la forêt s'assèche et prenne le nom de désert ou qu'une montagne y apparaisse, transformant ce cours d'eau en cascade. Peut-être en irait-il ainsi de Zaza Mulligan, peut-être deviendrait-elle montagne, forêt, désert, puisqu'il n'était pas impossible qu'un peu de Zaza coule dans cette eau, un peu de sa poussière, qui se déposerait sur le fond sablonneux et reprendrait vie avec les pluies d'automne. J'ignorais où on avait trouvé son corps, mais elle avait très bien pu s'évanouir près du ruisseau, comme les princesses des contes de fées, en un long soupir faisant choir leur voile, ou s'y traîner pour soulager sa blessure, comme les chevreuils, les ours et les orignaux, y abandonnant un peu de sa matière vivante.

J'avais regardé l'eau couler jusqu'à ce que le soleil dépasse la cime des arbres, fascinée par la course des feuilles et des brins d'herbe qui se hâtaient vers les berges écumeuses, puis j'avais entrepris d'en remonter le cours, espérant y trouver un indice du passage de Zaza Mulligan, un bijou, un autre sac de chips, un mégot de Pall Mall, mais mon père, qui ne m'avait pas quittée des yeux, avait rappliqué en courant, tu sors pas du terrain aujourd'hui, ma puce. J'avais tout de suite compris ce que ça supposait. Interdiction de m'éloigner tant qu'on ne saurait pas pourquoi Zaza était tombée en bas du monde, dans ce nulle part que je n'arrivais pas à concevoir, tant qu'on n'aurait pas obtenu une réponse à toutes les questions que soulève la mort quand elle frappe sans s'annoncer. Aussi bien dire jamais.

Une fille avait disparu et, de ce fait, la disparition potentielle de toutes les filles transformait en une immense tumeur la seule et unique hantise de tout géniteur normalement constitué, incapable d'imaginer que la chair de sa chair ne lui survive pas et, plus encore, qu'elle ne soit pas promise à l'éternité. Le conditionnel prenait le plancher en claquant des dents et une flopée de parents atterrés fermaient les yeux en murmurant ç'aurait pu être Sissy, Françoise, ç'aurait pu être Andrée, Sandra, Marie ou Jane Mary, des noms que le sort les aurait condamnés à répéter à l'infini si le conditionnel n'avait pas existé. Zaza avait éveillé la peur et l'été ne serait jamais plus pareil. La liberté de mouvement dont je jouissais jusque-là venait de prendre une débarque. On me placerait sous surveillance, avec tout ce qui était trop petit ou trop faible pour se défendre, avec tout ce qu'on étoufferait pour que ça ne meure pas. Devant cette injustice, j'avais eu envie de crier à mon père que je mourrais pareil un jour ou l'autre, mais ses yeux inquiets, qui scrutaient le sous-bois d'où venait de détaler un lièvre, ne méritaient pas que je les tourmente davantage.

J'étais revenue sur la plage pour constater que la mise en quarantaine avait déjà commencé. À part moi, il n'y avait aucun enfant près du lac et on n'entendait que les oiseaux, les poissons qui sautaient à la surface pour s'attraper une mouche. Même le vieux Pat Tanguay n'était pas dans le trou que sa chaloupe avait fini par creuser dans la baie des Ménard. Bondrée était en quarantaine, mais aussi en deuil, parce qu'une fille était morte, parce qu'on allait tous y passer. J'avais écrit un mot sur la plage avec mon gros orteil gauche, Zaza, et m'étais excusée tout bas de ma colère. Sorry, Zaza, je sais ben que c'est pas de ta faute. Après quoi j'avais pleuré en rentrant le cou dans le col de ma veste de pyjama pour que mon père ne voie pas que j'avais peur, moi aussi, peur que la fin de Zaza annonce celle des jours heureux.

Brian Larue, en digne petit-fils de Canuck, avait mis un point d'honneur à apprendre la langue de son grand-père. Il avait cependant hésité quand on lui avait demandé de servir d'interprète entre la police et les francos de Boundary. Larue était un solitaire et l'idée d'avoir à pénétrer dans l'intimité d'hommes et de femmes séparés par le corps d'une morte lui répugnait, mais il avait accepté pour son père, pour la fierté qu'aurait éprouvé cet homme élevé dans une langue métissée, une langue bâtarde incapable de trouver sa juste place, s'il avait su que son fils travaillait à réconcilier ses origines, que celui-ci était maintenant porteur de la double parole enjambant les frontières de son enfance. Il s'était aussi contraint à cette tâche pour sa fille, Emma, qui aurait bientôt l'âge de la victime et entrerait dans ce long couloir où les femmes doivent courir lorsque la nuit tombe. Certains croyaient que Larue avait nommé sa fille Emma à cause de l'admiration qu'il portait à Flaubert et à Emma Bovary, mais ce n'était pas le cas. S'il appréciait Flaubert, il fuyait les Bovary comme la peste. C'était sa femme qui avait choisi ce prénom, y voyant une parenté avec le verbe «aimer». Larue était trop stupide, à cette époque, trop amoureux pour la contredire et lui indiquer qu'Emma mettait le verbe au passé, j'aimai, tu aimas, il aima. Il le regrettait aujourd'hui, quand il songeait que sa fille portait le nom d'une héroïne dont l'amour dérivait dans le souvenir.

Il était près de midi quand les enquêteurs avaient mis un terme à l'interrogatoire des Ménard et il s'était senti à la fois vide et sale, comme si le sang de Zaza Mulligan avait coulé jusqu'à ses mains. Il n'avait d'autre envie que d'aller se jeter tête première dans le lac, mais la journée ne faisait que commencer, en quelque sorte, car Stan Michaud, le type chargé de l'enquête, avait l'intention de frapper à toutes les portes et d'interroger jusqu'au dernier crétin de Boundary. Il semblait considérer ce drame comme une affaire personnelle et ne lâcherait pas la bride tant qu'il ne saurait pas ce qui avait poussé Zaza Mulligan à s'aventurer en forêt en pleine nuit. Larue aussi avait eu droit à son interrogatoire, Michaud n'allait quand même pas travailler avec un gars qui, s'il y avait eu crime, constituait un suspect au même titre que qui que ce soit séjournant à Boundary. L'interrogatoire avait cependant été bref, Larue était aussi blanc qu'un matin de gel, ce qui avait permis à Michaud de lui expliquer en détail ce qu'il attendait de lui : traduire sans omettre la moindre virgule, relever les hésitations, les inconséquences, les mots de trop, les accents imprévus, bref, se glisser dans la peau d'un flic et se remonter le zipper jusqu'au menton.

Michaud devait aussi avoir une fille, avait alors songé Larue, une petite Emma ressemblant à Zaza Mulligan et à toutes les jeunes filles, une jeune Nicole ou Deborah qu'il revoyait prononcer ses premiers mots, mommy, daddy, puppy, chaque fois qu'elle franchissait la porte de la maison, le samedi soir, pour sortir avec ses amies, également inconscientes de leur beauté et du danger que représentait cette beauté.

Mais Larue avait tort, Michaud n'avait pour filles que celles qu'il interrogeait dans les dépotoirs et les forêts humides, et n'en possédait pour cette raison qu'une plus grande compréhension des périls auxquels les exposait leur naïveté. Quoi qu'il en soit, Larue avait éprouvé de la sympathie pour Michaud dès que celui-ci lui avait serré la main d'une poigne à vous écraser les jointures, en plantant ses yeux gris dans les siens en vue de s'assurer qu'il avait affaire à un homme de confiance, un homme d'honneur. Larue avait perçu dans ces yeux la détermination du gars qui ne baisserait jamais les bras, à moins de se les faire arracher, de celui qui se prenait l'absurdité de la vie en pleine face, mais continuait néanmoins d'avancer, tête haute, parce que le mouvement est moins désespérant que l'inertie. Le monde avait besoin de ces hommes qui sacrifiaient leur existence à la violence et à l'imbécillité des autres.

En voyant Michaud s'éponger le front avec un mouchoir douteux, il avait oublié son envie de plonger dans le lac et les avait suivis jusqu'au camping, lui et son coéquipier, où ils avaleraient un cornet de frites et un ou deux hot-dogs avant de procéder à d'autres interrogatoires. Michaud avait insisté pour payer les frites et les hot-dogs de Larue et pour lui offrir un Mountain Dew, avec cette chaleur, et les trois hommes avaient mangé en silence autour d'une table à pique-nique sur laquelle étaient gravés à peu près tous les noms des jeunes qui avaient passé l'été à Boundary au cours des vingt dernières années. Une œuvre d'art, avait pensé Larue, un objet à classer dans les archives de l'adolescence, pendant que Cusack, le coéquipier, s'agitait sur son banc, mal à l'aise avec le silence, avec les mouches, avec le regard de Michaud, qui fixait le prénom de Zaza, inscrit sur l'une des planches de bois brut de la table. À quelques reprises, Cusack avait essayé d'engager la conversation, mais il avait rapidement abandonné devant le mutisme habituel de Michaud. Il s'était néanmoins plaint de l'humidité tout au long du repas, trempant nonchalamment ses frites dans la mare de ketchup qui s'étendait au fond de son cornet de carton en espérant que l'un des deux autres réagisse, en vain. Ceux-ci s'étaient réfugiés dans leurs pensées, dans les souvenirs qu'évoquaient les noms gravés sur la table.

Michaud se concentrait sur celui de Zaza, sur le soleil qui avait bronzé la peau de la jeune fille, tandis que Larue, à des années-lumière de là, pensait à Monica Bernstein, sa première flamme, à son prénom creusé dans l'écorce d'un bouleau qui avait peut-être rendu l'âme depuis, à moins qu'il n'ait été abattu par les dents de l'un de ces instruments réduisant la mémoire des arbres en papier journal ou en bois de chauffage. L'évocation des dents d'acier entamant l'écorce lui avait fait penser à Zaza Mulligan, inévitablement, dont les souvenirs avaient coulé sur le sol trempé de la forêt, puis il était revenu à Monica, aujourd'hui institutrice à Bangor et mère de trois enfants, deux filles et un garçon. Si Meredith, la mère d'Emma, n'avait pas supplanté Monica en lui faisant de l'œil entre les rayons de la bibliothèque de Stanford, il n'aurait jamais connu Emma, ce minuscule bout de femme de soixante-cinq livres sur lequel s'appuyait sa vie. Il aurait probablement eu d'autres enfants, d'autres petites Emma dont il n'aurait pu envisager l'absence sans avoir l'impression que sa vie tournait à vide, et pourtant, ces enfants qui n'existaient pas ne lui manquaient pas. Si Emma n'était pas née, il en aurait été de même avec elle. Il n'aurait jamais su qu'une fillette nommée Emma aurait pu transformer son destin. Ses lendemains reposaient sur ce hasard, sur cette perle issue d'une nuit d'amour qui aurait pu n'être qu'une nuit de sommeil ou d'insomnie, et cette vertigineuse emprise du sort ébranlait sa foi en toute forme de liberté. Rien, ou presque, n'était fondé sur les choix des hommes.

Deep in your thoughts? avait-il entendu alors qu'il songeait à la prochaine visite d'Emma, dans quelques jours à peine, et il avait vu Michaud, debout à côté de la table, qui attendait qu'il s'extirpe de sa rêverie. Il venait de perdre un moment du réel au profit de sa face cachée, là où se terrent les inconnues négligées par le hasard. Il aurait préféré demeurer à cet endroit quelques instants encore, dans la pensée des multiples vies qui lui avaient échappé, mais le visage soucieux de Michaud le rappelait à la concrétude du monde. Very deep, avait-il répondu, puis ils étaient tous trois repartis en direction du chalet de Marcel Dumas, le vieux garçon qui avait été réveillé par les rires de Zaza, de Sissy, de Frenchie, quand les jeunes filles avaient quitté le camping le vendredi soir.

Dumas était un petit homme sec, nerveux, dont les mains tremblaient lorsqu'il saisissait son Zippo pour allumer l'une des rouleuses qu'il avait préparées le matin et qui devaient lui durer jusqu'au soir. Quinze par jour, pas plus, car il était fragile des bronches. Il en avait pourtant fumé quatre en l'espace d'une demi-heure, agité, fébrile, lissant d'une main tremblante ses cheveux gras en répétant qu'il n'avait rien entendu de ce que disaient les adolescentes. Des paroles de jeunes filles soûles, incompréhensibles. Il n'avait pas remarqué non plus si quelqu'un les suivait. Il n'avait jeté qu'un coup d'œil à sa fenêtre, le temps de voir qui était responsable de ce tapage, le temps d'apercevoir la bouteille que Frenchie Lamar balançait au bout de ses bras, la faisant passer d'une main à l'autre en se déhanchant.

Michaud avait cependant insisté pour qu'il recommence son histoire, ask him what time it was, Larue, car la nervosité de Dumas ne lui disait rien de bon. Soit il était incommodé par la situation, à l'instar de tous ces gens qui perdent leurs moyens à la seule vue d'une plaque de police, soit il cachait quelque chose. Michaud penchait pour la deuxième hypothèse, mais Dumas s'en était strictement tenu à sa version des faits. Il n'avait rien vu ni entendu de plus que ce qu'il leur avait révélé.

We'll be back, avait grommelé Michaud en quittant le chalet de Dumas, commentaire que Larue n'avait pas jugé utile de traduire, puis ils étaient allés frapper à une autre porte, puis à une autre et à une autre encore, où on les recevait avec des mines graves, déjà au courant que la police avait entrepris une tournée dans Boundary avec un cadavre sur les épaules. L'après-midi s'achevait quand Samuel Duchamp les avait accueillis dans sa véranda. Ce n'était pas lui qui avait trouvé le corps, mais c'était lui qui, en compagnie de Gilles Ménard, avait demandé à son voisin d'appeler la police et guidé Cusack vers les lieux du drame. Il avait donc vu le sang séché, la peau déchirée, le visage exsangue. Pas surprenant qu'il ait l'air si abattu. Dès l'arrivée des trois hommes, il s'était levé pour serrer la main de Cusack comme on serre la main d'un compagnon d'armes. L'horreur crée des liens, et un lien s'était tissé entre Duchamp et Cusack lorsqu'ils s'étaient agenouillés près de Zaza Mulligan. Michaud se rappelait avoir aperçu ce type, la veille, qui se tenait à l'écart pendant que son équipe ratissait les lieux, mais il ne lui avait pas prêté attention. Toute son attention, alors, était concentrée sur Zaza Mulligan, sur Esther Conrad. À peine voyait-il les ombres affairées circuler dans la lumière des projecteurs.

Duchamp avait aussi serré la main de Michaud et de Larue, mais de façon plus formelle, sans ce regard exprimant l'horreur partagée, sans ce cillement de mutuelle compréhension, puisque aucun lien ne les unissait encore. Il les avait ensuite invités à s'asseoir pendant que sa femme apportait de la limonade dans un grand pichet couvert de buée. La femme de Michaud avait le même pichet, qu'elle s'était procuré en accumulant les sachets de Kool-Aid, et il avait regretté de n'être pas chez lui, en train de préparer le barbecue pour les hamburgers du lundi soir. Quant à Dorothy, Dottie, sa femme, elle se demandait sûrement si elle devait allumer les briquettes de charbon de bois ou attendre encore, au cas où Stan ne rentrerait qu'à la nuit tombée. Elle avait l'habitude. Depuis que Stan avait été nommé inspecteur-chef à Skowhegan, soit depuis plus de quinze ans, elle vivait pratiquement seule. Ses soirées s'étiraient dans l'attente, puis une portière de voiture claquait et Stan faisait son apparition, la plupart du temps fourbu, les traits tirés par l'inquiétude qu'il éprouvait devant la progression sournoise d'une violence dont il ne pouvait tout au plus qu'atténuer les effets seconds. Il n'était pas bâti pour ce métier, trop sensible, trop vulnérable, et pourtant, personne mieux que lui ne savait pister le mal. Quand il tenait encore sur ses jambes, elle lui servait un whisky, un Bulleit ou un Wild Turkey, des whiskys rugueux, comme il les aimait, et ils s'assoyaient au salon, où il se plongeait dans un ouvrage de sciences naturelles ou s'abrutissait devant la télé pendant que Dorothy dévorait le dernier Patricia Highsmith ou s'adonnait à son plus récent passe-temps, dessin, yoga, casse-tête ou jeux de logique. Certains soirs, il lui racontait sa journée, comment il avait dû témoigner au procès d'un adolescent qui avait tenté d'étrangler l'ordure qui battait sa mère, comment il avait prêté main-forte à des collègues pour encercler une jument apeurée par un feu de broussailles. D'autres soirs, il ne disait rien, ou presque, et Dorothy comprenait qu'il avait vu ce que personne ne désire voir, qu'il pataugeait dans cette boue qui finirait par l'engloutir, de la boue mouvante, comme savent si bien en créer les hommes.

Contrairement à d'autres femmes de flic, Dorothy ne se plaignait pas de cette situation. Elle travaillait trois après-midi par semaine à la bibliothèque municipale, avait quelques bonnes amies, dont Laura Cusack, la femme de l'adjoint de Stan, et n'était pas du genre à s'ennuyer. Quand il ne s'agissait pas de rempoter une plante ou de recouvrir un coussin, elle s'enfonçait dans un fauteuil avec un livre ou un magazine et ne voyait pas le temps passer. De toute façon, Stan et elle vivaient ensemble depuis trop longtemps pour meubler des soirées entières avec des mots. Une heure ou deux leur suffisaient maintenant pour l'accessoire, pour l'expression de ces pensées insistantes exigeant qu'on les formule à voix haute, ou quand s'imposait la nécessité de revenir sur l'essentiel, la peur, l'angoisse, de reformuler certaines paroles qui refusaient de se laisser happer par le passage du temps. N'empêche, Stan se sentait toujours coupable de la savoir debout dans le jardin ou dans la cuisine, à se demander si elle devait peler les pommes de terre ou si elle pouvait se plonger dans un bain chaud. Il lui téléphonerait tout à l'heure, quand il en aurait fini avec les Duchamp.

Florence Duchamp s'apprêtait d'ailleurs à les laisser avec son mari, visiblement intimidée par la présence de tous ces hommes, mais Michaud avait insisté pour qu'elle reste. Il désirait l'interroger aussi, car tout ce qu'il recueillerait concernant Zaza Mulligan pouvait lui être utile, un détail, une parole entendue au hasard. Ni Florence ni Sam Duchamp ne se souvenaient toutefois de quelque événement qui aurait dû les alerter, de quelque bizarrerie, de quelque comportement étrange. Ils ne connaissaient pas vraiment Zaza et ne lui avaient toujours porté qu'une attention distante. Elle faisait partie d'un autre monde, qui ne se mélangeait pas au leur. Depuis des années, ils la voyaient passer avec Sissy Morgan, chanter avec Sissy Morgan, les Andrews Sisters, avait murmuré Florence Duchamp en baissant la tête, attristée à la pensée que l'une des sœurs ne chanterait plus, rendant par conséquent son ombre muette, à moins que celle-ci n'enveloppe Bondrée de mélopées lugubres. Seule Andrée, leur fille, avait réussi à s'approcher des adolescentes. Elle était même partie à la recherche de Zaza, l'avant-veille, en compagnie de Sissy.

Faites-la venir, avait dit Michaud. Deux minutes plus tard, la petite leur montrait la pochette d'allumettes et le sac de chips qu'elle avait ramassés dans un sentier, la montre de Sissy et le bouton de nacre qu'elle tenait au creux de sa main, liseré d'or et scintillant au soleil de juillet. Un objet qu'elle hésiterait à placer dans son coffre au trésor, de crainte qu'il n'entame la magie des plumes colorées, n'atténue la brillance des bijoux poussiéreux.

Après avoir refermé sa main sur le bouton, elle avait décrit la boucle d'oreille remise à Sissy, une larme, une goutte de pluie rose, puis le chemin qu'elle avait emprunté en criant Zaza, Zaza Mulligan, du chalet des McBain à celui de Brian Larue, l'homme aux livres, qui se tenait maintenant devant elle, traduisant chacune de ses paroles d'une voix assurée, habituée aux mots, a tear, a drop of pink rain. Elle ne l'avait toujours vu que de loin, minuscule silhouette se déplaçant dans l'ombre de la montagne, de l'autre côté du lac, et se l'était imaginé de la teinte grise des livres. Or celui-ci était blond, de la blondeur du blé et du sable mêlés. Elle s'étonnait également que sa peau soit si brune et ses yeux si clairs. Les livres, contrairement à ce qu'elle avait supposé, n'avaient pas enlevé ses couleurs à Larue. Qui sait d'ailleurs si sa luminosité ne venait pas d'eux, du mot « soleil » et du mot « lumière » se détachant des pages, des éclaircies s'ouvrant dans les forêts où s'aventuraient les personnages ?

Un nuage assombrissait cependant le regard de Larue, aujourd'hui, un nuage qui ne se trouvait pas là habituellement, Zaza Mulligan, qui l'avait obligé à sortir des livres pour affronter la véritable odeur du sang. Les livres ne vous blessaient jamais, c'est pourquoi il les avait choisis. Chaque fois qu'il s'en éloignait trop, ce n'était que pour constater la douleur franche du réel, répandue jusque dans cette véranda, jusque dans les yeux de cette enfant, Andrée, qui répondait avec empressement aux questions qu'on lui posait, comme si elle croyait toujours possible de sauver Zaza Mulligan, car les enfants croyaient à la résurrection, à la réversibilité de la mort. Ils ne pouvaient admettre le caractère définitif de certains silences et parlaient aux défunts en espérant pouvoir un jour les prendre par la main.

Se rendant compte qu'elle l'observait, il avait posé une main sur le genou écorché de l'enfant, pareil à celui d'Emma, pareil à celui de toutes les petites filles qui couraient encore, pour lui demander pourquoi elle avait ramassé le sac de chips. Parce que c'étaient les préférées de Zaza, avait-elle répondu, au vinaigre. Vinègueure, avait-elle ajouté, fière d'elle, puis le regrettant aussitôt devant le rire spontané de Larue, qui s'était immédiatement reproché ce rire idiot, déplacé dans les circonstances. Il n'avait tout simplement pu se retenir devant la sincérité de ce vinègueure aux accents beaucerons. Désolé, avait-il glissé à la petite, mais celle-ci s'était refermée. Il avait blessé son orgueil et il allait devoir se montrer habile s'il voulait l'amadouer de nouveau, ce qu'il souhaitait, car il avait tout de suite pensé, en l'apercevant, que cette fillette pourrait devenir l'amie d'Emma, trop solitaire, trop renfermée, une amie d'été, de celles qui laissent les plus beaux souvenirs. Or Andrée n'en voulait pas à Larue. Elle s'en voulait à elle et enrageait d'être aussi stupide. Ta gueule, Andrée Duchamp, tu te fermes la trappe, tu traduis pus, t'as l'air d'une vraie tarte.

Devant le malaise qui s'installait, Michaud avait ramené son interprète sur le plancher des vaches, the Humpty Dumpty bag, demandez-lui de répéter où elle l'a ramassé exactement, s'il était vide ou plein, trempé, piétiné, n'importe quoi. Michaud désirait également savoir si la pochette d'allumettes était à côté du sac, si la petite en avait déjà vu une semblable dans les mains de Zaza et si on pouvait supposer que les deux objets avaient échoué en même temps sur le sol, l'un tombé des mains de Zaza, l'autre de celles d'un inconnu. Si la pochette avait au moins porté l'adresse d'un bar, d'un restaurant ou d'un motel, il aurait peut-être pu remonter jusqu'à son possesseur, mais il s'agissait d'une pochette anonyme, arborant la feuille d'érable canadienne, comme on en voyait partout dans le coin.

Il ne pourrait probablement rien en tirer, mais cette foutue pochette, avec le sac de chips, représentait tout ce dont Michaud disposait pour le moment. Sans trop savoir comment, il se disait que ces objets pouvaient le mener quelque part, lui indiquer quel trajet avait emprunté Zaza, le vendredi soir, après avoir souhaité bonne nuit à ses amies, dans quels sentiers elle se promenait quand elle voulait avoir la paix, dans quels endroits elle se réfugiait, des endroits, précisément, où on pouvait la suivre, l'attendre pour l'entraîner plus loin, dans la forêt des pièges, car il entrevoyait ainsi le lieu où la vie de Zaza Mulligan avait pris fin, comme une zone où s'accumulaient les chausse-trapes et d'où l'on ne revenait pas indemne. La preuve, c'est que ni lui, ni Ménard, ni Duchamp, ni Cusack n'étaient ressortis entiers de cette nuit où reposait Zaza Mulligan. Ils y avaient tous laissé une part d'eux, un reste de candeur ayant survécu à l'âge adulte, une image, un rêve dans lequel la forêt ne se repliait pas dans une atmosphère d'outre-tombe, dans lequel le monde était encore vivable. Il y avait des lieux maudits et celui-là en était un, qui dissimulait ses pièges depuis des décennies.

Un de ses hommes, la veille, lui avait parlé d'un certain Peter Laundry, un trappeur qui s'était pendu au cœur des bois et dont on retrouvait encore les pièges aujourd'hui, enfouis sous la végétation, sous les branches tombées, sous la pourriture, pareils à ces engins de mort disséminés dans le sol ravagé des pays se souvenant de la guerre. La forêt avait précipité Landry dans un espace-temps où elle lui avait ravi sa pensée d'homme et, des années plus tard, l'amnésie de Landry, conjuguée à l'hostilité des bois, poursuivait son œuvre. Zaza Mulligan, après Landry et le chien nommé Sugar Baby, était-elle leur première victime, ou y avait-il eu d'autres morts depuis, d'autres disparitions qu'on n'avait pas jugées suspectes, n'imaginant pas de quoi la nature était capable ?

Il avait eu un mauvais pressentiment en entendant l'histoire de Landry, se rappelant que certains hommes ne disparaissaient jamais tout à fait de la terre où ils avaient planté leurs hantises. Leur tristesse survivait aux battements du cœur et on les transformait en spectres hideux s'acharnant à bouleverser la quiétude de certains paradis. Le pouvoir de ces spectres lui échappait, mais il avait la désagréable impression que la mort de Zaza Mulligan en annonçait d'autres. C'était la raison pour laquelle il insistait, demandant à la petite de préciser tel détail, de décrire telle nuance, yellow lemon or gold yellow, parce qu'il craignait le début d'un nouveau cycle de violence. Et la petite s'en sortait bien. D'ailleurs, si ses parents acceptaient, il reviendrait peut-être l'interroger, car elle semblait connaître Boundary mieux que quiconque. Pas seulement ses habitants, mais aussi ses arbres, ses sentiers, ses impasses. Pour le moment, il était épuisé, sa chemise lui collait au dos et il avait envie de rentrer chez lui, de prendre une douche et de toucher la joue de Dorothy, de sentir cette douceur qu'il aurait voulu voir adhérer à sa propre peau.

Enough for today, avait-il murmuré, et il avait demandé à téléphoner. Les Duchamp n'avaient pas le téléphone, mais il pouvait aller chez les McBain, les premiers voisins sur la droite. La perspective d'avoir à serrer d'autres mains moites l'avait toutefois poussé à renoncer. Dorothy comprendrait. Dorothy comprenait toujours. Il avait quand même serré la main de Duchamp et de sa femme, puis celle de Larue, lui donnant rendez-vous pour le lendemain. On s'arrangerait avec les formalités d'embauche plus tard. Il avait ensuite regagné sa voiture de fonction en compagnie de Cusack, qui voudrait faire la conversation, incapable de supporter le silence, malgré le vent qui sifflerait aux vitres baissées. Cusack était jeune, il apprendrait bien à se taire un jour ou l'autre, quand il se rendrait compte que la parole n'atténue l'angoisse que momentanément. En attendant, Michaud s'arrangerait pour lui faire croire qu'il l'écoutait. Il grognerait en fronçant les sourcils, il hocherait la tête, lâcherait un yes of course de temps à autre, pour la forme, tout en tentant d'esquiver les boomerangs qui, sur la route, risquaient de surgir des bois.

Les policiers étaient revenus le lendemain avec Brian Larue, tous les trois fatigués, tous les trois s'épongeant le front sous la grande épinette près de laquelle mon père avait tiré des chaises. Jim Cusack, le plus jeune, tuait des frappabords avec son mouchoir, des frappabords dont la moitié n'existaient pas. Il se grattait le cou, anticipait la morsure, puis se donnait une claque sur l'épaule ou sur le genou en jurant tout bas. Au bout de quelques minutes, mon père s'était mis à se gratter aussi, par empathie ou selon un phénomène de contamination nerveuse, je suppose, voyant les mouches imaginaires ratées par Cusack se ruer sur lui. Il avait offert qu'on rentre à l'intérieur, mais Michaud voulait rester dehors pour profiter de la brise, si tant est qu'on puisse appeler brise le semblant de vent qui parvenait à peine à soulever les feuilles amollies des arbres.

Ma mère devait observer leur manège depuis le chalet, car elle avait fini par se pointer avec un flacon d'huile citronnée, dont mon père et Cusack s'étaient enduit toutes les parties du corps que ne cachaient pas leurs vêtements, sauf le crâne, que Cusack continuait à se frotter machinalement, victime de l'une de ces incontrôlables démangeaisons créées par l'agacement, la chaleur, la fatigue, et qu'aucun remède ne peut soulager. Il faut aller se coucher, oublier qu'on existe et recommencer à zéro le lendemain.

Michaud et Larue, quant à eux, semblaient immunisés contre les mouches et les moustiques. Ils interceptaient du revers de la main les gouttes de sueur qui tentaient de leur glisser dans l'œil, s'essuyaient les jointures sur leur pantalon et plissaient les yeux devant le soleil qui filtrait à travers les branches. L'atmosphère stagnait et Brian Larue s'allumait cigarette sur cigarette, probablement pour lutter contre les odeurs de citron, d'épinette et de sueur mêlées, car il me paraissait impossible que quelqu'un boucane de la sorte juste pour le plaisir. Chaque fois que Michaud me posait une question, il rejetait la fumée de sa dernière bouffée, puis il traduisait en secouant sa cendre d'un coup de pouce sous le filtre. Michaud voulait savoir si je connaissais les sentiers qui partaient du côté est de Turtle Road, Otter Trail, Weasel Trail, le sentier de la Loutre, celui de la Belette, et si j'y avais déjà vu Zaza en compagnie d'un garçon ou d'un homme. J'avais effectivement vu Zaza embrasser Mark Meyer, le gardien du camping, à l'entrée d'Otter Trail, mais j'étais incapable de raconter ça devant mon père. J'avais l'impression que, si je prononçais le verbe « embrasser », il m'imaginerait en train de frencher avec Réjean Lacroix ou Jacques Maheux, deux nuls qui organisaient des concours de crachats et se croyaient brillants parce qu'ils pissaient plus loin que Michael Jamison. J'avais fini par dire peut-être, une réponse stupide qui constituait carrément un aveu. Michaud, moins idiot que moi, m'avait relancée jusqu'à ce que j'explique que j'avais vu Mark Meyer mettre sa bouche sur celle de Zaza, je ne pouvais pas faire mieux en matière de figure de style.

Les questions avaient alors fusé de plus belle et j'avais compris qu'on avait trouvé Zaza pas loin d'Otter Trail, un sentier lumineux où rien de mal, me semblait-il, ne pouvait arriver. J'avais ramassé Gertrude, ma première grenouille, au milieu de ce sentier, où je l'avais cachée sous un nid de feuilles. Je retournais la voir tous les jours et Gertrude n'était jamais au même endroit, elle grossissait puis rapetissait sans cesse, mais, dans mon esprit, la grenouille que je faisais sauter sur mon avant-bras était toujours la même et elle s'appelait Gertrude, the Otter Trail Frog, même si c'était une grenouille francophone, une vraie grenouille, quoi. C'est aussi dans Otter Trail que j'allais me réfugier, derrière un tronc d'arbre pourri où les fougères me protégeaient des regards, quand je voulais ruminer mes tours pendables tranquille. Je me souvenais même d'y avoir longtemps cherché des loutres, alors que les loutres avaient quitté les abords du lac et de la rivière dès que les humains les avaient envahis, comme Pete Landry, qui s'était sauvé dans le bois en empruntant Otter ou Weasel Trail. Peut-être que Zaza s'était enfuie aussi, à la suite des loutres et de Landry, pour une raison liée à la présence des hommes. On ne le saurait probablement jamais, Zaza n'étant plus là pour nous révéler pourquoi elle avait couru dans la nuit d'Otter Trail. Seul l'homme ou le garçon qui l'y avait poussée, ainsi que semblait le croire Stan Michaud, aurait pu nous apprendre pour quelle raison Zaza n'était pas revenue, mais cet homme ne parlerait pas. S'il devait parler, il l'aurait déjà fait. S'il demeurait muet, c'est qu'il savait qu'au moindre mot de sa part, un paquet de matraques s'abattrait sur lui.

Je ressassais tout ça pendant que Jim Cusack s'arrachait le cuir chevelu, que Brian Larue s'organisait pour finir sa vie en crachant, que mon père essayait de placer sa chaise en équilibre entre les racines de l'épinette qui serpentaient sur le sol, se nouaient à d'autres racines puis réintégraient la terre, et Otter Trail me paraissait soudainement hostile parce qu'on pouvait y mourir, parce qu'on pouvait y croiser des hommes détenteurs d'un secret mortel. J'ignorais comment Zaza était morte, mes parents ayant refusé de nous le révéler. En attendant de l'apprendre entre les branches, je ne pouvais que supposer, que reproduire les scènes d'horreur que j'avais vues à la télé, où des mains armées d'un couteau étincelant s'avançaient dans l'obscurité. Otter Trail, désormais, serait hanté par l'ombre de Zaza Mulligan, puis par celle d'un personnage sans visage qui pouvait surgir des fougères pleines de rosée à tout instant, prêt à vous arracher les yeux pour préserver son secret. Parce que Zaza avait couru, rien ne serait jamais plus pareil.

Ma chaise s'enfonçait dans le sol, entre les racines tordues, quand mon père avait posé une main sur mon épaule. Ça va, punaise ? Il me donnait ce surnom dans les moments graves, punaise. J'aurais pu m'en offusquer, mais je savais que la punaise qu'il voyait en moi n'avait rien à voir avec la bestiole. Il s'agissait d'une punaise pas vraiment punaise, qui ne sentait pas le diable et savait grimper aux arbres. Punaise n'était qu'un synonyme de la puce, pas tellement plus flatteur, si on y pense bien, qu'un mot gonflé d'affection, et rien ne me faisait plus plaisir que de l'entendre m'appeler ainsi. Tant qu'il m'appellerait punaise, je saurais qu'il m'aimait. J'avais répondu que oui, ça allait, à quoi bon montrer la vérité quand celle-ci a la face sale, Michaud m'avait posé une dernière question, puis tout le monde s'était levé, Brian Larue en toussant, Michaud en faisant craquer ses articulations, Cusack en recommençant à tuer des mouches à chevreuil inexistantes et moi en regardant les racines sur lesquelles n'importe qui pilotait sans se demander si ça leur faisait mal.

Avant de partir, Brian Larue m'avait invitée à rendre visite à sa fille, Emma, qui arriverait à Bondrée le lendemain. Elle te ressemble, je suis sûr qu'elle aimerait te connaître, puis il m'avait appâtée avec le chien d'Emma, une teckel nommée Brownie, une courte sur pattes qui devait se ramasser plein de cochonneries dans le poil et faire fuir les autres animaux, les écureuils et les mulots. Son stratagème avait tout de même fonctionné, car si Emma Larue s'avérait aussi chiante que Jane Mary Brown, je pourrais au moins me rabattre sur le chien, d'autant plus que mes parents refusaient qu'on en adopte un, prétextant que ça faisait trop mal quand ils nous quittaient, qu'ils ne voulaient pas nous voir les yeux rouges pendant des semaines. Ils réduisaient l'animal à sa fin et oubliaient les grosses pattes sur les genoux, les derrières poilus qui vous réchauffent les pieds, les sourires fendus jusqu'aux oreilles. C'est justement pour ça qu'on voulait un chien, parce que c'est aimable, un chien. Si ç'avait été aussi cave qu'un ver à chou, le problème aurait été réglé. À ce compte-là, je me demandais pourquoi ils nous avaient fabriqués, Bob, Millie et moi, parce qu'on allait mourir, nous aussi, peut-être avant eux, comme Zaza Mulligan, dont les parents s'étaient enfermés derrière des rideaux tirés, refusant l'été, refusant le soleil. Même les frères de Zaza, Jack et Ben, revenus de Floride le lendemain de la découverte du corps, n'avaient pas réussi à les faire sortir ni à les ramener à Portland. Ils voulaient rester près de Zaza, près de ses derniers mots, de ses derniers pas, et n'iraient à Portland que pour l'enterrement, qui avait dû être retardé à cause de l'autopsie.

C'est ce que Brian Larue avait révélé à mes parents pendant qu'il me croyait hors de portée de sa voix, qu'on allait couper le corps de Zaza, l'examiner jusque sous la peau, au cas où l'état de son cœur pourrait expliquer pourquoi il avait cessé de battre. Michaud, qui se tenait à côté de Larue, avait pour sa part marmonné quelque chose à propos d'une jeune fille qui avait une espèce de cœur de pierre ou de cœur infirme, et je n'avais rien compris à ce qu'il racontait. Je pensais au cœur de Zaza, à son ventre ouvert, que je me représentais pareil à celui du mannequin de plastique qui trônait dans une salle de classe, à l'école, avec son foie jaune et sa rate orange, parcourue de stries obliques. Je pensais également à Sissy Morgan, qui restait cloîtrée dans sa chambre. Depuis la mort de Zaza, Sissy demeurait en effet invisible. Personne ne l'avait revue descendre Snake Hill en fredonnant *Lucy in the Sky*, personne ne l'avait vue plonger au bout du quai des Mulligan en hurlant whatever, Sam! une expression n'ayant de sens que pour Sissy et Zaza et n'appartenant qu'à elles, whatever, Sam! leurs maillots rouge et blanc dessinant des arcs parfaits sur le bleu du ciel. Je pensais à la tristesse de Sissy pendant que Laval Maheux passait sur son vélo neuf, signe que la mise en quarantaine tirait à sa fin. Les enfants recommençaient à sortir, les mères à crier après eux, Michael, Norman, don't pass the lifeline, et Michael et Norman criaient à leur tour, en deçà des bouées qu'il ne fallait pas dépasser, de cette ligne de vie au-delà de laquelle le nageur perd pied et risque d'être englouti par les eaux calmes. La vie reprenait son cours. Le vent transportait les bruits des vivants, mais il y manquait le bruit de Sissy, le bruit de Zaza. Il y avait des trous dans l'écho renvoyé par Moose Trap, dans les couleurs du paysage, qui ne seraient jamais comblés, quand bien même un autre duo apparaîtrait, un duo Emma-Andrée, par exemple.

Je redoutais de rencontrer cette fille et ne pouvais en même temps m'empêcher de rêver. Je me voyais enveloppée d'un nuage de fumée, une Pall Mall à la main et un paquet de foc Emma au bord des lèvres, prêts à surgir avec la boucane, mais un duo comme celui que formaient Sissy Morgan et Zaza Mulligan, il n'y en avait eu qu'un. Zaza partie, une entité pareille n'était plus concevable. Franky-Frenchie Lamar rôdait encore dans le coin, mais elle n'avait pas ce qu'il fallait pour aspirer au titre de reine Zaza. J'aurais d'ailleurs mis ma main au feu que son amitié avec Sissy Morgan allait prendre fin, Zaza n'étant plus là pour cimenter le trio. De toute façon, Frenchie n'était qu'un appendice, un surgeon plus ou moins viable, une sorte de rallonge qui ne tenait que parce que les deux autres le voulaient bien. Sans Zaza, aucun équilibre n'était possible. Il n'y aurait plus jamais de duo, rien qu'une Sissy tronquée, affaiblie par la perte, une demi-fille bancale qui ne pourrait retrouver son intégrité.

J'avais donné un coup de pied sur une roche, sans me demander si ça lui faisait mal, puis j'étais rentrée dans le chalet, où ma mère m'avait fait jurer de ne jamais remettre les pieds dans le sentier de la Loutre. Elle n'avait pas à s'inquiéter pour le moment. Je n'avais nullement l'intention d'aller me balader dans un lieu où la voix de Zaza s'élèverait du sol avec la rosée, mais j'y retournerais un jour, quand la curiosité chasserait ma peur et que j'en aurais assez de me traiter de pisseuse.

J'attendrais que la pluie lave le sang, tout le sang de Zaza, que le vent et les oiseaux emportent ses derniers cheveux, et je me rendrais là-bas, tout au bout du sentier de la Loutre, parce que c'est ce que font les enfants qui ne peuvent s'empêcher de plonger du haut des rochers, les yeux fermés ben dur mais la peau frémissante. Et là, penchée sur les fougères battues où s'estomperait la forme d'un corps aussi imaginaire que les mouches de Jim Cusack, je murmurerais Zaza, Zaz, ainsi que j'avais un jour chuchoté le nom de Pete Landry auprès des vestiges de sa cabane. Et Zaza me répondrait peut-être, qui sait, elle me dirait doucement ce que voient les yeux qui se ferment, avant que je décampe sans demander mon reste, heureuse d'être vivante, heureuse d'être une enfant.

Stan Michaud et Jim Cusack avaient passé quatre jours à Boundary, frappant et refrappant aux mêmes portes, interrogeant les mêmes personnes, sortant de leur tente les gens qui séjournaient au camping ou allant les chercher près du lac. Ces étrangers constituaient des suspects parfaits, or ils avaient tous un alibi également parfait, une petite amie qui ne les avait pas quittés de la nuit, un voisin de camping avec qui ils avaient fait la noce jusqu'à l'aube, un enfant qui s'était piqué un hameçon dans une fesse et qu'il avait fallu conduire chez un médecin, mais Michaud avait persisté, revenant vingt fois sur le même détail, traînant Cusack dans le sentier de la Loutre et lui demandant de l'attendre à l'orée du bois quand il voulait marcher seul dans les traces d'Elisabeth Mulligan. Dans ces moments, il s'agenouillait là où la jeune fille était tombée, près du trou laissé par l'enlèvement du piège, et il creusait le sol autour du trou, au cas où Zaza y aurait inhumé un cœur d'or ou de pierre. Le piège reposait maintenant dans les locaux de la police, à l'intérieur d'une boîte que Michaud ouvrait lorsqu'il se sentait acculé à une voie sans issue, à un mur derrière lequel se trouvait peut-être cette lumière ou cette vérité dévoilant l'inexplicable. Il observait alors le piège ainsi qu'il avait observé le cœur de pierre d'Esther Conrad, espérant que l'objet lui parle, qu'une soudaine illumination le saisisse pendant que la pluie tambourinait aux vitres crasseuses, puis il repliait les rabats de la boîte, dont les interstices ne laissaient toujours voir qu'une profonde obscurité.

Il faisait également sombre au bout d'Otter Trail, mais un rayon de soleil, parfois, creusait l'anfractuosité où le piège s'était enfoncé. Il semblait alors à Michaud que Zaza souriait, que dans cette lumière s'épanouissait l'ultime ravissement de la jeune fille, transgressant la douleur devant l'évocation d'un jour d'été ayant la perfection de la jeunesse. How, Elisabeth? Why? Mais le jour demeurait silencieux. Ce silence était simple à traduire. Elisabeth Mulligan était morte pour rien, sans raison, parce que la plupart des jeunes gens meurent ainsi, sans motif valable, sans rien qui explique la rapidité de l'exécution. Cette mort, comme à peu près toutes les morts prématurées, était privée de sens. À moins qu'il faille trouver la justification de la mort dans le privilège accordé au vivant de respirer l'air de la terre. Ceux qui respiraient plus vite, peut-être, ou plus intensément, seraient ainsi condamnés à une fin plus rapide. Devant le drame répété du sang, ces réflexions venaient naturellement à Michaud, toujours accompagnées de questions sans réponses. Pourquoi si jeune? Pourquoi si belle? Pourquoi celle-ci et non celle-là?

Dans les jours qui avaient succédé à la disparition d'Esther Conrad, il s'était aussi penché sur ces questions absurdes, pourquoi, pourquoi, pourquoi? Il se souvenait que Dorothy, pendant qu'il s'interrogeait sur la durée de la beauté, lui avait parlé des jonquilles et des roses, des lilas qu'on coupait la plupart du temps avant qu'ils soient prêts à mourir. Tel était le destin d'une certaine beauté. Il n'avait su que rétorquer, il avait pensé aux chevaux qu'on achève alors que leur regard se perd dans l'écume du souffle, à cet acte de charité sans lien, pourtant, avec les fleurs cueillies au milieu des jardins, puis il était revenu à son idée de départ, la mort n'avait de sens que si le cœur s'arrêtait de fatigue, que si elle était le résultat d'un geste conscient, d'une trop grande inadaptation à la vie.

Zaza Mulligan, il le savait, n'appartenait pas à cette catégorie d'êtres ne croyant plus en la nécessité de durer. Zaza Mulligan avait de trop longs cheveux pour ne pas aimer la vie. D'ailleurs, on ne choisit pas la torture pour mettre fin à ses jours. Jusqu'à preuve du contraire, elle n'appartenait pas non plus à cette poignée de malheureux dont le sort était décidé par un assassin. Malgré les doutes qu'il entretenait encore, il avait été contraint d'en arriver à cette conclusion : Zaza Mulligan était morte accidentellement, à cause des errements d'un homme nommé Landry qui ne savait pas qu'il déraillait. C'est ce qu'il avait dit aux parents et c'est ce qu'il écrirait dans son rapport, mort accidentelle, mort stupide, pour rien, dans la fleur de l'âge, puisque aucun élément tangible ne contredisait cette thèse et que le légiste n'avait relevé aucune anomalie au cours de l'autopsie, sinon un léger souffle au cœur, heart murmur, qui expliquait peut-être les joues rouges de la jeune fille quand elle demandait à son cœur de murmurer plus fort. Il conserverait néanmoins le piège, au cas où l'objet sortirait de son mutisme, et il continuerait d'ouvrir l'œil, car on ne sait jamais où ressurgissent les assassins ni où la part hasardeuse de l'accident peut laisser entrevoir le geste prémédité, la main versant le poison ou poussant l'innocent au fond du ravin.

Après avoir annoncé à George et Sarah Mulligan que son enquête était terminée et qu'ils ne le reverraient plus, il était allé rendre une dernière visite à Brian Larue, qu'il regrettait de ne pouvoir embaucher dans son équipe, non seulement parce que Larue lui permettait de s'y retrouver dans les méandres d'une langue vers laquelle il se sentait trop vieux pour retourner, mais parce qu'il avait l'impression que celui-ci appartenait à cette catégorie d'hommes avec qui on peut discuter de n'importe quoi sans qu'ils pirouettent immédiatement pour se planter la tête dans le sable. S'il avait mieux connu Larue, il lui aurait parlé de la solitude de ceux qui acceptent de toucher la peau des morts, froide et devenant lentement visqueuse, de l'odeur de pourriture qu'ils trimballent derrière eux, une odeur dont ils ne peuvent révéler l'origine à leurs proches sans les contraindre à toucher la peau gluante à leur suite. Larue aurait compris, puisque sa main, au cours des derniers jours, avait maintes fois frôlé le corps de Zaza Mulligan. À quoi bon, cependant, rappeler à un homme qu'il empestait aussi. En arrivant chez Larue, il avait prétexté qu'il venait le remercier une dernière fois, mais Larue avait vu les épaules voûtées, le regard cerné, et avait invité Michaud à prendre un verre. On ne refuse pas sa maison à un homme qui a besoin de repos.

Michaud n'avait pas l'habitude de boire de si bonne heure. Il avait néanmoins accepté la bière fraîche, qu'il avait savourée à l'ombre de la galerie, calé dans un fauteuil où il se serait rapidement endormi s'il avait été seul. À ses côtés, Larue buvait aussi en tournant puis retournant sa bouteille, dont l'étiquette imbibée de buée se déchirait en minces languettes adhérant à ses doigts. De temps à autre, l'un des deux glissait un mot à propos de la chaleur ou de l'acharnement du vieux Pat Tanguay, qui devait avoir décidé de se faire frire dans sa chaloupe avec ses poissons, mais aucun ne semblait prêt à aborder le sujet qui les unissait, Zaza Mulligan. Chacun demeurait perdu dans ses pensées, dans la contemplation des nuages ou dans l'observation des fillettes, en bas, qui jouaient sur la plage. Même si Michaud ne connaissait pas Emma, la fille de Larue, il avait tout de suite deviné, en voyant la petite Andrée Duchamp sauter du bout du quai, que l'enfant courant derrière elle était Emma. Quant au chien qui arpentait le quai en aboyant, inquiet de voir sa maîtresse si longtemps dans l'eau, il s'agissait sûrement de Brownie, le teckel mentionné par Larue.

Pendant une vingtaine de minutes, les filles avaient plongé à tour de rôle, éclaboussant Brownie et créant de petits arcs-en-ciel au-dessus de la surface plane du lac, puis elles s'étaient assises sur le quai, leurs serviettes de plage sur la tête pour se protéger du soleil et retenir dans la pénombre du tissu humide les secrets que s'inventent les enfants. Elles parlaient avec empressement, agitant leurs bras minces hors de l'abri des serviettes, et Michaud se disait qu'on voyait déjà, dans la délicatesse des muscles, que ces bras seraient bientôt des bras de femmes. Leurs poignets s'orneraient alors d'or ou de bracelets de pacotille dont l'entrechoquement créerait cette musique propre aux femmes qui parlent avec leurs mains et dessinent à l'aide d'amples gestes les mots qu'elles veulent qu'on entende mieux que les autres. Michaud avait toujours été fasciné par ces créatures bruissantes, qui ne ressentent aucune gêne à rire aux éclats en pleine rue, à faire claquer leurs talons sur les trottoirs, mais elles l'effrayaient aussi. Il préférait les femmes discrètes, comme Dorothy, à la féminité moins tapageuse. Il se demandait à quelle catégorie appartiendraient Emma et Andrée quand

Larue lui avait offert une autre bière, qu'il avait immédiatement acceptée, même s'il n'aurait pas dû, même si la chaleur allait décupler l'effet de l'alcool. Il se sentait bien, sur cette galerie. Le silence empathique de Larue le rassérénait après cette semaine durant laquelle tout un chacun avait voulu s'exprimer à propos de la mort de Zaza Mulligan, l'oppressant d'opinions absurdes et de racontars à ce point banals qu'ils en devenaient obscènes.

En revenant avec les bières, des O'Keefe bien fraîches achetées du côté canadien, Larue avait désigné les nuages qui s'assemblaient au sud, annonçant un orage. Michaud s'était alors inquiété des incendies de forêts, évoquant celui qui avait rasé une partie du Maine en octobre 1947, le pire feu qu'ait connu l'État, qui avait détruit près de la moitié de Mount Desert Island, incendié les maisons de Millionaires' Row, à Bar Harbour, et brûlé au total plus de dix-sept mille acres de terrain. « The year Maine burned », avait soupiré Michaud en citant l'un des gros titres de l'époque, puis il était retombé dans son mutisme. Les fillettes, toujours coiffées de leurs serviettes, étaient maintenant assises dans la chaloupe tirée sur la grève, face au lac. Si la lumière avait été plus basse, on aurait pu croire qu'il s'agissait là de frêles fantômes, mais la lumière était trop vive, les couleurs trop éclatantes pour qu'on associe ces silhouettes à quelque spectre.

Michaud aurait voulu imprimer ce tableau dans un album parlant d'immortalité, deux fillettes et un chien dans la lumière de l'été, le photographier en vue de le garder à portée de la main, pour les moments durs, pour pouvoir l'opposer aux tableaux rongés de grisaille qui encombraient son esprit, mais il savait la chose inutile. Sa tête en était pleine, de ces scènes empreintes d'innocence, écolières jouant à la marelle, orignal traversant un lac au crépuscule, gamin caressant son chat, lesquelles s'effaçaient rapidement devant la crudité d'autres images. De toute façon, ces tableaux ne montraient toujours qu'un moment fugitif du réel. Ils occultaient l'ennui des écolières, la mort du chat, puis celle de l'orignal abordant le rivage dans une détonation qu'il avait à peine le temps d'entendre, se renversant sur le dos et se demandant pourquoi il avait chuté. Les fillettes assises près du lac disparaîtraient aussi à la fin de l'été. Des bijoux encercleraient leurs poignets et le chien serait oublié sur le pas de la porte.

En temps normal, l'alcool l'empêchait de sombrer dans ces pensées spiroïdales où le côté ombragé des choses, à chaque révolution du cercle, empiétait sur la lumière, mais aujourd'hui ses raisonnements partaient en vrille au cœur de la spirale, dont le mouvement semblait s'accélérer à mesure que l'effet de l'alcool s'amplifiait. Ce devait être la fatigue, le souvenir encore frais de Zaza Mulligan. Il s'était néanmoins esclaffé quand le vieux Tanguay, au milieu du lac, s'était mis à jurer contre les mouches, preuve que l'effet du ridicule est immédiat, quelles que soient les circonstances, puis il avait reporté son attention sur les enfants, au cas où elles auraient le pouvoir d'aplanir la spirale.

De son côté, Larue les observait aussi, se félicitant d'avoir vu juste en invitant Andrée Duchamp à visiter Emma. Cette dernière avait rechigné quand il lui avait annoncé la nouvelle, arguant que c'était à elle de choisir ses amies. Il n'avait pourtant pas fallu plus de dix minutes aux deux filles pour nouer ce qui deviendrait une amitié. Inséparables, c'est ainsi qu'il les voyait déjà, deux fillettes qui s'étaient reconnues, comme Sissy

Morgan et Zaza Mulligan, deux enfants qui souffri-
raient également de la perte, mais à qui il n'aurait
voulu pour rien au monde épargner ce malheur. C'était
le prix des amitiés d'enfance et ce prix n'était jamais
trop élevé. Michaud avait dû deviner à quoi il pensait,
car il avait soudainement parlé de la douceur de
certains âges, des petites silhouettes qui s'effilochaient
lentement dans la brunante, puis il s'était levé en
disant à Larue de bien surveiller les gamines. Don't let
them grow old too fast, avait-il ajouté en serrant la
main de Larue, qui avait eu envie de lui demander à
ce moment s'il avait aussi une fille, ainsi qu'il l'avait
supposé, mais il s'était abstenu. Michaud et lui ne
se reverraient probablement jamais, sinon dans une
rue commerçante de Portland ou de Bangor où ils
se salueraient au passage. À quoi bon, alors, banaliser
l'existence de sa fille, si tant est qu'il en ait une, avec
une question de pure convenance. Ils étaient demeurés
silencieux jusqu'à ce que Michaud désigne la masse
noire qui s'avançait sur Bondrée, calme et menaçante.
Il était temps pour lui de partir.

Larue l'avait regardé s'éloigner, les épaules aussi
voûtées qu'à son arrivée, puis il avait entendu le moteur
de sa voiture démarrer en même temps qu'un premier
éclair zigzaguait sur la rive opposée du lac. Plusieurs
personnes, immédiatement après l'éclair, avaient vu
passer la voiture au gyrophare éteint, croisant les doigts
pour qu'on ne la revoie jamais dans les environs. Quand
elle avait disparu au-delà de l'embranchement menant
à la grand-route, quelques femmes avaient soupiré,
et l'orage avait éclaté.

Chez les Ménard, chez les Lacroix, chez les McBain,
les hommes avaient tiré les barbecues sous les auvents.
À l'odeur de la pluie, se mélangeait celle des grillades,

et les voix des mères inquiètes se mesuraient au vrombissement de l'orage, Michael, Marnie, don't you go near the lake. La vie reprenait son cours, mais près de ceux qui songeaient que l'averse laverait les dernières traces du drame, se tenaient ceux qui ne pouvaient s'empêcher de penser que tout avait commencé ainsi, avec la pluie. Ceux-là avaient observé le ciel en priant pour que la foudre ne s'abatte pas sur leurs enfants.

APRÈS ZAZA

Aucune pensée n'avait traversé l'esprit de Zaza Mulligan lorsqu'elle avait hurlé. Elle n'était plus que pure terreur. Elle n'était plus que cet interminable cri dont elle ignorait le sens et la provenance. Puis la main arrêtée sur son épaule, chaude et humide, s'était plaquée sur sa bouche hurlante. Zaza en avait goûté la sueur et le sel, mêlés d'une forte odeur de bois, et les injures qu'elle avait tenté d'assener à son agresseur s'étaient transformées en gargouillements, en une purée de sons baveux, arg, argul, gargul, plus horrifiants que la forêt dont les arbres penchaient, dont les arbres valsaient au rythme de ses gargouillements et des injonctions de l'homme, shut up, you little bitch, shut up, shut up, ces mots prononcés dans les larmes et les détonations, ces mots crachés à la face d'un Dieu sourd, shut up, Jim, please, shut up...

Même s'ils la connaissaient à peine, la plupart des gens établis pour l'été près de Boundary Pond s'étaient rendus aux funérailles de Zaza, par respect des convenances, par compassion pour George et Sarah Mulligan ou à cause de cette culpabilité qui les rongeait déjà, de ce sentiment que leur affliction n'était pas à la mesure du drame, parce que c'était Zaza, parce qu'elle l'avait cherché. Tous, du plus cynique au plus bienveillant, avaient revêtu leur air de deuil, jusqu'au vieux Pat Tanguay, qui avait consenti à troquer sa camisole crasseuse contre une chemise propre. Personne ne s'attendait à le voir là, car il avait passé ses derniers étés à fulminer contre le hors-bord des Mulligan, menaçant même George de lui péter son maudit moteur à coups de carabine, mais Pat se souvenait de l'hilarité des gamines, Sissy et Zaza, de ces éclats de joie qui se répercutaient parfois sur la montagne et l'avaient plus d'une fois empêché de se jeter au fond du trou noir qui s'élargissait autour de sa chaloupe quand il songeait que la douleur de ses articulations n'était que le prélude à l'absence de toute douleur. Dans ces moments, il lui prenait l'envie d'en finir tout de suite, avant la chute du rideau, puis l'une des filles criait whatever, Sam ! et l'onde provoquée par leurs rires brouillait le cercle noir entourant son embarcation, au fond de laquelle il s'effondrait en se traitant de vieil imbécile. Il devait bien ça à Zaza Mulligan, une chemise propre et quelques génuflexions.

L'église était déjà bondée quand Stan Michaud avait trempé ses doigts dans le bénitier, au cas où cette eau que l'on prétendait miraculeuse pourrait soulager le mal de tête qui l'attendait à son réveil, une migraine semée d'éclairs vifs semblable à celles qui l'accablaient deux ou trois fois par an, quand il avait l'impression d'être passé à côté d'un élément déterminant dans une affaire, d'un détail qui cherchait à se frayer un chemin à travers les synapses survoltées de son cerveau. Avant de s'endormir enfin, la nuit d'avant, il avait ressassé le cas Zaza Mulligan tout en songeant à la cravate et au complet qu'il devrait porter le lendemain, à la tristesse qu'il lui faudrait affronter, tourmenté par le sentiment tenace qu'il n'avait pas posé les bonnes questions et qu'un salaud se moquait de sa maladresse en lui tapant sur le crâne. Dans son esprit, l'affaire Elisabeth Mulligan, tout comme l'affaire Esther Conrad, constituait l'un de ces cas non résolus qu'on ne classe que parce qu'ils aboutissent dans des culs-de-sac.

Après avoir jeté un coup d'œil sur la foule, il s'était assis dans l'un des derniers bancs de l'église, là où s'assoient les flics par habitude, pour avoir une meilleure vue d'ensemble et se tenir aussi loin que possible de la famille endeuillée, qui n'aime pas qu'on lui rappelle que la vie de l'être disparu s'est achevée dans la violence. Plusieurs des personnes qu'il avait interrogées à Boundary avaient déjà pris place dans l'église, la plupart à l'arrière, n'osant se mêler aux proches. Il avait reconnu Gilles Ménard, les McBain, Samuel Duchamp, sa femme et leurs enfants, de même que le gardien du camping, Mark Meyer, à l'étroit dans un complet qu'il n'avait pas dû porter depuis longtemps. La gueule de Meyer ne lui revenait pas et il aurait bien aimé pouvoir le cuisiner encore un peu, mais Meyer avait un alibi en béton. Le soir de la disparition de Zaza, il avait quitté le camping vers les dix heures avec son père, qui l'avait ramené à West Forks, le village où il habitait, pour ses deux jours de congé. Malgré son innocence, le jeune homme semblait nerveux et ne cessait de regarder à gauche et à droite, comme s'il se savait surveillé, et quelqu'un l'observait en effet, Bob Lamar, le père de Françoise, dite Franky-Frenchie, assise pour sa part un peu plus loin, derrière les Morgan. Il était clair que Lamar ne pouvait pas sentir Meyer et cette aversion se comprenait. Meyer était un petit don Juan sans envergure dont le charme ne tenait qu'à son bronzage et à ses dents blanches. Michaud ignorait pourquoi Lamar fixait ainsi le jeune homme, mais il aurait mis sa main au feu que celui-ci s'était un peu trop approché de sa fille. Il avait ce regard qu'ont les pères qui flairent des relents de charogne derrière la politesse du prétendant.

Le prêtre arrivait dans le chœur, accompagné par une musique d'orgue tonitruante, quand Michaud avait enfin aperçu Sissy Morgan, tassée entre ses parents, aussi immobile qu'une statue. Lorsque le prêtre avait demandé à l'assemblée de se lever, elle n'avait pas bougé, refusant de se signer avec les autres, puis ses épaules avaient été secouées de convulsions quand le nom de Zaza avait retenti depuis la chaire. Des pleurs plus proches du cri que du sanglot s'étaient aussitôt élevés sous la nef, recouvrant la voix de l'officiant et déclenchant ceux de Sarah Mulligan, de Frenchie Lamar, de Stella McBain. Aux gémissements et aux reniflements de l'une succédaient ceux de l'autre, propageant la contagion dans l'église et accroissant le malaise propre à ce genre de cérémonie.

Michaud, pour sa part, ne pleurait pas. Il y avait des années qu'il ne pleurait plus. Sa douleur s'exprimait autrement, elle le rongeait de l'intérieur pour se transformer en nuits d'insomnie qui lui laissaient les yeux rouges, mais aussi secs que ceux des criminels. C'est cette sécheresse qui le rapprochait d'eux et lui permettait d'entrevoir ce que voient les yeux sans larmes. Chaque fois qu'il devait se pencher sur un corps privé de vie, il descendait profondément en lui, là où la source s'était tarie, et se postait derrière cet écran mat d'où l'assassin observe froidement la peur. Il s'était forcé à cette indifférence devant la dépouille d'Esther Conrad, à cette cruauté qui n'entend pas les supplications, et il avait clairement perçu le détachement du geste qui tue. Esther n'avait eu aucune chance. Cette sensation, il l'avait aussi éprouvée auprès de Zaza Mulligan. L'écran était tombé sur la forêt et, l'espace d'un instant, il avait entrevu la haine contenue dans la main qui frappe. Zaza Mulligan n'était pas morte des suites d'un accident, s'était-il dit en examinant son corps, et il le croyait toujours. Quelqu'un s'était tenu là, aussi près d'elle qu'on peut l'être d'une enfant qui va mourir, avec ses mains et ses yeux secs, quelqu'un qui se trouvait peut-être dans cette assemblée. Il chercha instinctivement ceux et celles qui ne pleuraient pas et en repéra quelques-uns, des hommes surtout, mais cela ne prouvait rien, puisque la plupart d'entre eux n'avaient aucun lien réel avec la défunte. Michaud avait toutefois appris à ses dépens qu'il n'y avait pas de meilleur refuge pour un coupable que la lumière du jour, là où le mal peut aisément se dissimuler parmi les innocents. Alors il observait, au cas où. Il guettait les gestes attentionnés, les regards blancs, les mains qui ne tremblaient pas assez.

Durant la communion, il avait aperçu Pat Tanguay dans une allée latérale, aussi courbé, aussi vulnérable que sur le lac. Était-ce le lieu ? Étaient-ce les circonstances ? Il avait immédiatement ressenti une immense compassion pour le vieux pêcheur dont les doigts crochis pianotaient sur le prie-Dieu l'air entamé par l'orgue, un requiem qui faisait vibrer l'église entière. Quand l'organiste avait plaqué les derniers accords, une douleur fulgurante avait traversé le crâne de Michaud, un feu embrasant la sécheresse, et il s'était laissé tomber sur son banc. Pat Tanguay n'existait plus, ni ses mains déformées par l'arthrite, ni la détresse de Sissy Morgan. Lorsque enfin le feu s'était calmé, le cercueil descendait l'allée centrale, posé sur les épaules noires de Jack et Ben, les premiers porteurs, les frères. Il avait incliné la tête, mais pas assez rapidement pour ne pas croiser le regard de Sarah Mulligan, la mère, pour sa part enflammé par le passage répété du sel et de l'eau.

La procession lui avait paru durer une éternité et il avait maudit sa migraine, qui l'avait exclu du temps s'écoulant au rythme de la musique funèbre et l'avait empêché de sortir plus tôt. Il aurait voulu observer la procession à quelque distance, pour ne pas blesser quiconque avec son œil de flic, mais le mal était fait. Sarah Mulligan avait été touchée et il n'y pouvait rien. Sitôt qu'il en avait eu la force, il avait chaussé ses verres fumés et s'était glissé dehors. La journée était chaude et le ciel sans nuages. Personne ne voyait pourtant cette clarté qui faisait étinceler les chromes du corbillard. La pénombre régnant dans l'église avait suivi le cercueil sous le ciel bleu.

Normalement, Stan Michaud aurait dû se rendre au cimetière, c'était son boulot, être là, surveiller, s'incliner devant les prières éplorées et encaisser les regards en coin, mais cette corvée était au-dessus de ses forces. L'étincellement des chromes le transperçait de part en part, se brisait en fines aiguilles vrillant leur dard sous la peau de ses paupières. Inutile d'aller jusqu'au cimetière, puisqu'il n'y verrait qu'un amas de formes lumineuses penchées sur une fosse tout aussi lumineuse. Aucun flic, aujourd'hui, ne se tiendrait à l'ombre de l'un des arbres de l'Evergreen Cemetery pour voir le cercueil de Zaza Mulligan être mis en terre dans un dispersement d'étincelles.

Avant de regagner sa voiture, il avait jeté un dernier coup d'œil à la foule, au cas où il y apercevrait Brian Larue. En vain. L'homme aux livres avait réintégré son antre.

Zaza se diluait déjà. La beauté de Zaza s'effaçait parmi les milliers d'images de ces passés immenses succédant à la mort, les leçons de piano, les combats d'oreillers, les plumes grises voletant sur les visages s'épanouissant dans la clarté du rire. Where are you, Zaz? Where were you? Why?

Debout près de la fosse au-dessus de laquelle le cercueil demeurait suspendu, en état d'apesanteur malgré sa lourdeur, Sissy Morgan ressassait ses souvenirs de merde, enjolivés de fleurs n'existant pas, de soleils dérisoires et de rêves aussi vains que stupides. Engourdie par les pleurs, elle se mouvait au cœur de cette pensée vitreuse qui lui emplissait l'esprit depuis que son père était entré dans sa chambre avec son air de déterré pour lui annoncer la mort de Zaza: don't say it, dad! Please, don't… Mais les mots redoutés avaient quitté la bouche de Vic Morgan comme un essaim de mouches molles qui avaient envahi l'espace pour venir s'écraser sur elle. Le sol s'était creusé et la blancheur de la mort, déjà là dans les anfractuosités de la terre, avait recouvert de sa lumière toute chose auparavant vivante. La pensée de Sissy Morgan avait alors pris la consistance du verre et s'était mise à reculer loin des mots inaudibles qui voletaient dans la pièce, se déversant comme autant d'obscénités des lèvres livides de Vic Morgan, ce père qui n'avait su la protéger des tourments de toute vie. Dead, Zaza. Dead, indeed.

Une semaine s'était écoulée depuis, au cours de laquelle on avait découpé le ventre de Zaza, son cœur, sa tête, mais la pensée reculait encore, loin dans le couloir étroit s'ouvrant à l'infini dans l'esprit de Sissy Morgan. Erase it, dad, avait-elle murmuré en échappant à ses pieds la fleur qu'on lui avait mise dans les mains. Un lys, peut-être. Puis le son mat des pelletées de terre sur le métal avait donné le signal du départ. Quelques oiseaux étaient passés dans le ciel bleu. Au sol, le soleil noircissait les ombres.

Dorothy préparait des confitures quand Stan était rentré. L'odeur sucrée des framboises emplissait la maison avec le soleil de fin d'après-midi et lui donnait un air de fête. Cette odeur rappelait à Michaud son enfance, les poudings encore fumants dont il dévorait d'énormes portions avant de retourner courir dans la lumière d'août, la plus chaude à ses yeux, immensément pleine et douce. D'aussi loin qu'il se souvienne, août avait toujours été son mois préféré, un mois de plénitude jaune où la chaleur ne brûlait pas. Son souvenir le plus marquant se déroulait d'ailleurs à la fin août, un souvenir qui avait la beauté d'un mirage. Il se trouvait seul au milieu d'un champ, près d'un pommier aux branches lourdes, entouré de foin doré, et cette image constituait ce qu'il connaissait de plus vrai et de plus parfait. Rien ne pouvait être retranché ni ajouté à ce moment. Tout était là : la solitude, le silence, l'odeur du foin et des pommes, la teinte voilée du jour, se conjuguant au sentiment d'une liberté ne tenant pas à la faculté de mouvement dont il jouissait ni à l'infini s'ouvrant au-delà du champ, mais à cette fusion parfaite avec le temps, à cette apaisante compréhension du lieu, à cette intelligence du moment que rien, aucun malheur ni aucune entrave, ne pourrait lui enlever. Si on lui avait demandé qui il était ou en quoi consistait son idéal, il lui aurait fallu décrire cette scène dont la brièveté exprimait la possible beauté du monde. Il ne s'agissait pas de bonheur, mais de plénitude, c'est le seul mot qui lui venait à l'esprit, et il lui semblait que la définition de son être entier tenait dans ces quelques instants.

Il avait connu d'autres moments se rapprochant de celui-là, sous les arbres d'automne, près d'un lac embrasé par la lumière odorante de Thanksgiving, mais aucun qui ait cette humble splendeur et cette pureté. Curieusement, c'est toujours une odeur qui le ramenait à ces souvenirs, accompagnée d'un sentiment de solitude heureuse issu du parfum des fruits ou des lilas. S'il rassemblait tous ces souvenirs, son passé ne durait que quelques minutes entre lesquelles il avait l'impression de n'avoir pas existé.

À quoi penses-tu? lui avait demandé Dorothy en retirant sa casserole du feu, voyant qu'il s'était arrêté sur le pas de la porte. Il avait hésité, ne sachant comment lui expliquer la joie qu'il ressentait à humer l'air sucré, en même temps qu'il éprouvait un profond vertige à l'idée que sa vie se comprimait à mesure qu'elle s'écoulait.

Aux poudings de ma mère, avait-il répondu, préférant se concentrer sur ce qui subsistait de son passé et éviter le retour de la migraine, qui s'était transformée en un vague mal de tête au cours des quelques heures qu'il avait passées à dormir dans son auto, sur un chemin de traverse où il s'était garé à la sortie de Portland, après les funérailles de Zaza Mulligan. Leur odeur me rendait heureux, avait-il ajouté en se rapprochant de Dorothy pour poser un baiser sur sa nuque, qui sentait aussi le sucre, le miel légèrement teinté du parfum de cire des alvéoles. You also smell like childhood, et cela était vrai. Dorothy dégageait des parfums d'enfance qui le rasérénaient, des odeurs que l'âge n'avait pu ravir à l'innocence.

Dorothy s'était moquée de lui, refusant de croire qu'un peu de ses jeunes années colle encore à sa peau, et elle lui avait servi un verre de Wild Turkey, optant pour sa part pour un kir, un cocktail qu'elle avait récemment découvert dans un magazine et qu'elle se réservait pour les jours sereins, comme celui-là, quand Stan parvenait à se détendre sans qu'une procession d'ombres rapplique autour d'eux. S'abstenant de lui demander son avis, elle l'avait entraîné dans le jardin, sous la tonnelle qu'il avait construite vingt-cinq ans plus tôt, alors qu'ils étaient jeunes, alors que chaque clou enfoncé leur parlait de l'avenir du bois, du vieillissement dont ils seraient témoins.

Il va falloir couper le lierre, avait-elle dit en cognant son verre contre celui de Stan. Il faudrait également tailler les rosiers grimpants, des Nancy Hayward qui fleuriraient la clôture jusqu'à l'automne et commençaient à se répandre sur le gazon. Elle aurait dû demander à Stan comment s'était déroulée sa journée, mais elle ne voulait pas convoquer les ombres, qui se rueraient en masse si elle faisait allusion aux funérailles de la jeune Elisabeth Mulligan, auxquelles Stan avait assisté en vue de traquer un meurtrier qui n'existait peut-être que dans sa tête ou dans le peu de confiance qu'il accordait à l'être humain, incapable de croire à la nature parfois accidentelle de la violence. Dans l'esprit de Stan Michaud, aucune pierre ne dévalait au bas d'une colline sans qu'un homme l'y ait poussée.

Michaud non plus n'avait pas envie d'évoquer cette journée. Il voulait l'oublier et parler des roses, du lierre, des dahlias et des phlox en laissant la chaleur du bourbon se répandre dans sa poitrine et l'engourdir lentement. Enjoy your drink? avait-il demandé à Dorothy, ne comprenant pas cet engouement des femmes pour les boissons mélangées, où se super-posaient parfois deux ou trois bandes de couleurs douteuses. Delicious, avait-elle répondu, lui rappelant qu'elle aimait varier, s'offrir des boissons et des plats en harmonie avec la saison. Dans trois jours, juillet céderait sa place au mois d'août, le mois des baies, et la liqueur de cassis lui donnait l'impression d'anti-ciper le mûrissement des buissons de blackcurrant.

Tu savais que c'est un chanoine français qui a donné son nom à ce mélange? Et elle avait poursuivi en lui parlant de Félix Kir, un homme qui avait fait la guerre, engagé auprès de ses semblables aussi bien qu'auprès de Dieu, dont il affirmait l'existence à l'aide d'un humour douteux, «you don't see my ass but you know it's there», avait-elle ajouté, voyant bien que Stan se retirait peu à peu en lui, indifférent au franc-parler du chanoine Kir. Qu'avait-elle dit pour le perdre ainsi? Il devait s'agir de son allusion à la guerre. Elle avait essayé de se rattraper en rappelant à Stan qu'ils devaient rendre visite à sa sœur au cours de la fin de semaine, mais il était trop tard, les ombres étaient de retour. Tout en faisant mine de s'intéresser à la conversation, c'est avec elles que Stan s'entretenait, avec les ombres arrivées sous la tonnelle par elle ne savait quel chemin, celui des tranchées boueuses, peut-être, qu'avait vues Félix Kir.

Elle n'avait pas tout à fait tort. Stan Michaud se promenait actuellement dans d'autres tranchées, ouvertes celles-là par un homme qui avait refusé la guerre. Il marchait sur les pas de Peter Landry au cœur de la forêt portant son nom, jonchée de pièges ne constituant dans son esprit qu'une autre des consé-quences de la guerre. Zaza Mulligan, jusqu'à preuve du contraire, était l'une des milliers de victimes de ce conflit qui avait poussé Landry dans la profondeur des bois de Boundary. Sans cette guerre, Zaza Mulligan serait toujours vivante.

Saisi par l'odeur de la confiture, tout à l'heure, il avait oublié la jeune fille pour laisser la douceur des souvenirs d'août se déverser sur le jardin, mais l'odeur de la mort était plus forte. Elle enveloppait maintenant Dorothy, qui semblait avoir renoncé à le tirer des tranchées de Peter's Woods. Sorry, avait-il murmuré, puis il avait appelé ses souvenirs, de toutes ses forces il les avait appelés, pour lui, pour Dorothy, le pommier, le champ d'herbe jaune, dont il avait tenté de lui détailler la perfection malgré l'impuissance des mots à traduire ce qui traverse la peau pour renouveler le souffle du vivant. The colours of childhood, avait-il ajouté, the shades of August, révélant pour la première fois à la femme qui partageait sa vie ce souvenir de l'éternité du paradis.

Ils avaient passé la soirée dans ces couleurs, dans ces odeurs se mélangeant à celles de la confiture, des steaks qu'il avait cuits sur le charbon de bois, des haricots braisés, légèrement imprégnés du goût du charbon, un goût d'éternel été. Pour quelques heures, Stan Michaud avait décidé d'enterrer Zaza Mulligan, de poser sur sa tombe un pommier, un champ de foin jauni. Il l'exhumerait le lendemain, il le savait, le surlendemain, et se consacrerait à ses autres affaires en attendant qu'elle s'éveille et le frappe à la nuque, car elle était du bois dont on fabrique les boomerangs. D'ici là, il essaierait de vivre, de respirer normalement. Il taillerait le lierre, encerclerait avec ses collègues les juments apeurées, il gagnerait son ciel en parcourant l'enfer, puisque les incroyants de son espèce n'avaient d'autre destin que de croiser celui des damnés.

Il fallait ratisser les bois, nettoyer cette forêt qui mettait les enfants en danger. Le lendemain des funérailles de Zaza Mulligan, le samedi 29 juillet, un groupe de riverains s'étaient réunis dans le chalet de Victor Morgan, le père de Sissy : Samuel Duchamp et Gilles Ménard, les hommes qui avaient conduit la police près du corps de Zaza Mulligan, Bob Lamar, le père de Frenchie, Ted Jamison, un voisin, Ed McBain, le meilleur ami de Morgan, et Gary Miller, un charpentier entraîné aux durs travaux, accompagné de son fils Scott, un gaillard de dix-sept ans qui dépassait son père d'une tête et semblait déterminé à prouver qu'il avait la trempe d'un coriace.

C'est Vic Morgan, devant l'état de sa fille, en proie à une révolte le laissant impuissant, qui avait décidé d'agir. Aucun autre enfant ne subirait le sort d'Elisabeth Mulligan dans les bois de Boundary, aucune autre jeune fille ne perdrait sa sœur à cause de l'imprudence de la folie. Dès après les funérailles, alors que les gens retournaient à leur voiture tête baissée, il avait pris Bob Lamar à part et l'avait chargé d'enrôler Ménard et Duchamp. Après ce dont ils avaient été témoins, ces hommes seraient les premiers à vouloir débarrasser la forêt de ses pièges. Il s'occuperait de son côté de recruter deux ou trois volontaires.

Le matin du 29, Vic Morgan avait préparé des sandwichs, du café, des jus de fruits, et il avait attendu l'arrivée des autres pendant que Charlotte se faisait les ongles en lui répétant qu'ils ne récolteraient rien de cette entreprise, sinon de nouveaux blessés, à supposer qu'il subsiste encore des pièges dans Peter's Woods. Selon elle, Zaza avait été victime d'un déplorable accident, qui n'avait cependant aucune chance de se reproduire. La preuve, personne avant Zaza n'était tombé sur l'un de ces pièges. Si la forêt en avait été jonchée, d'autres promeneurs, ce Djill Menarde, for instance, auraient depuis longtemps laissé un de leurs membres aux coyotes.

Charlotte avait probablement raison. Dans ce type de circonstances, la froideur de Charlotte avait toujours raison, mais Vic Morgan n'aurait le cœur en paix qu'après avoir ratissé le moindre secteur de Peter's Woods. Il se sentait responsable de la mort de Zaza Mulligan, responsable de n'avoir pas été là, de n'avoir jamais été là quand les filles décidaient de se soûler, de montrer leurs jambes à qui le voulait, de foutre leur vie en l'air. Il ne pouvait toutefois partager ce sentiment avec Charlotte, qui ne voyait sa fille que lorsque celle-ci piquait des crises et ne demeurait avec eux que parce qu'elle aurait été incapable de vivre dans une maison où elle n'aurait pu opposer son indifférence à la futile agitation des autres. Charlotte était ainsi, ses traits s'étaient crispés dans une amertume ne s'atténuant que dans le faux-fuyant des soirées mondaines et il aurait été vain d'essayer de la changer. Trop de réalité la tuerait.

Elle avait profité de ce que les hommes commençaient à arriver pour se retirer dans sa chambre, Vic avait fait asseoir tout le monde autour de la grande table de la cuisine et il avait exposé son plan. Bob Lamar, qui maîtrisait quelques rudiments de français grâce à sa femme, traduisait grossièrement quand

c'était nécessaire, mais le plan était clair. Ils se sépare-
raient en groupes de deux et chaque équipe passerait
un secteur au peigne fin, puis ils recommenceraient le
lendemain, espérant que de nouveaux venus se join-
draient à eux entre-temps. Morgan avait dessiné une
carte et numéroté chacun des secteurs, qui partaient
du lac et s'enfonçaient dans la forêt, au-delà des
divers sentiers que les enfants et les adolescents
empruntaient. Un territoire immense qu'une poignée
d'hommes ne pourrait couvrir en une fin de semaine,
mais tous semblaient décidés à aller jusqu'au bout,
à fouiller chaque buisson, à soulever chaque tas de
branches mortes, chaque motte de terre suspecte. Il en
allait de la sécurité de leurs enfants. Si besoin était, ils
consacreraient leurs prochains congés à cette tâche,
jusqu'à avoir la certitude que Boundary était à l'abri
des pièges de Pete Landry, que certains s'étaient mis à
traiter de bastard, de maudit innocent d'irrespon-
sable, ajoutant que Landry avait vendu son âme à la
forêt, alors que celle-ci la lui avait simplement ravie.

Sam Duchamp avait naturellement formé équipe
avec Gilles Ménard, comme si Zaza Mulligan avait
tissé entre eux un lien les obligeant à traquer le mal
côte à côte. Ils avaient récolté le secteur trois, celui de
la montée à Juneau, que Ménard connaissait bien
pour s'y être promené à maintes reprises à la fin des
nombreux étés qu'il avait passés à Bondrée, quand
l'envie lui prenait de se gaver de bleuets. Il y avait un
abattis, tout au bout de la montée, qui constituait le
terreau à bleuets idéal. Il s'y rendait tôt le matin, avant
la grosse chaleur, et remplissait en moins de deux
heures une chaudière de cinq livres, avide de tout ce
que lui donnait la nature, de toute forme d'odeur ou
de nourriture. Il montrerait l'endroit à Duchamp,

puisqu'il y avait là assez de bleuets pour trois ou quatre cueilleurs et autant d'ours. Avant de partir, les hommes s'étaient munis de bâtons dont ils piqueraient le sol et s'étaient donné rendez-vous à cinq heures au camping, où ils organiseraient la journée du lendemain.

Ménard et Duchamp avaient ratissé tout l'avant-midi, parlant peu et ne s'arrêtant que pour pisser ou décrotter leurs bottes. Ils avaient avalé en marchant les sandwichs de Morgan, dans lesquels ce dernier n'avait pas lésiné sur le beurre, affamés par leur ascension et par la crainte de passer à côté d'un piège. À midi, ils s'étaient arrêtés près de l'abattis, où plusieurs plants de bleuets croulaient sous le poids des fruits encore blancs, et avaient mangé leurs propres sandwichs en parlant de l'été qui filait, de leur femme, de leurs enfants, incapables de prononcer le mot « piège », mais n'ayant que ça à l'esprit, une mâchoire dont la rouille était couverte de sang et de morceaux de peau. Ils s'étaient remis à la tâche au bout de vingt minutes, désignant de leurs bâtons une perdrix ou un lièvre, et recommençant à piquer la terre. Peu avant cinq heures, ils avaient rebroussé chemin, renonçant à atteindre l'extrémité de leur secteur, dans lequel ils n'avaient trouvé que des douilles à chevrotines datant du dernier automne.

À l'heure prévue, tous les hommes étaient de retour au camping, sales, tachés de sueur, les bras et le cou couverts d'égratignures et de piqûres d'insectes. Morgan avait offert une tournée de boissons gazeuses et ils avaient fait le bilan de la journée autour de deux tables à pique-nique qu'ils avaient réunies, dont l'une était gravée de tous les noms de la jeunesse qui s'était épanouie à Boundary. Personne n'avait trouvé de piège dans son secteur, sauf Scott Miller, le fils de Gary, qui avait repéré un collet à lièvre ne pouvant cependant dater de l'époque de Landry. Ils s'apprêtaient à se répartir le terrain pour le lendemain quand ils avaient vu d'autres hommes arriver, qui avaient eu vent de la battue au cours de la journée. À six heures et demie, à peu près tous les hommes de Boundary piétinaient le terrain de camping, jusqu'au vieux Pat Tanguay, jusqu'à Bill Cochrane, avec son sale caractère et sa jambe de bois. Jack et Ben Mulligan s'étaient également joints au groupe, désireux de venger la mort de leur sœur, d'effacer toute trace de Peter Landry de cette forêt maudite.

Vic Morgan avait été secoué par l'arrivée massive de ces hommes, des pères, des frères, des fils qui refusaient le sang, et il avait dû se ressaisir. Il avait baissé la tête et s'était raclé la gorge avant de prendre la parole, puisque c'est ce qu'on attendait de lui, puisqu'on avait décrété qu'il était toujours le chef des opérations. À sept heures, tous les secteurs avaient été redécoupés puis distribués aux équipes qui s'étaient formées devant un verre de Coke ou de ginger ale. Chacun savait ce qu'il avait à faire le lendemain.

Le deuxième jour de fouilles avait été une journée chaude, harassante, au cours de laquelle, du premier au treizième des secteurs délimités par Morgan et Ménard la veille, on avait entendu des hommes renifler et jurer, des hommes s'esclaffer et des bâtons frapper le sol ou le retourner pendant que les fougères bruissaient et que les oiseaux se taisaient, apeurés par cette profusion d'animaux dont les grognements s'avançaient en fouettant la terre.

En fin d'après-midi, les animaux étaient ressortis des bois, puants et sales, une grive avait chanté et le camping avait de nouveau été envahi. Avec l'accord de Conrad Plamondon, le propriétaire du lieu, quelques femmes avaient installé des nappes de plastique sur les tables, où elles avaient aligné des boissons fraîches, des petits gâteaux confectionnés par Stella McBain, la reine de la pâtisserie, des sandwichs, des salades de macaroni et de pommes de terre, des œufs farcis, attendant le retour des hommes comme on attend celui des conscrits. Lorsque, deux à deux, ils avaient franchi le portail du camping, les femmes s'étaient précipitées pour avoir des nouvelles.

Presque tous les secteurs avaient été arpentés, sauf ceux qui couvraient Moose Trap et ses falaises. La plupart des hommes retournant travailler en ville durant la semaine, les plus braves et les plus athlétiques s'y rendraient le samedi suivant. Tout en avalant un sandwich ou un petit pain fourré, on avait ensuite fait le bilan de la journée. La chasse n'avait pas été bonne, ce qui était en soi une nouvelle rassurante, un signe que le passé n'était pas éternel et ne pouvait indéfiniment blesser le présent. Seule l'équipe formée par Valère Grégoire et Henri Lacroix rapportait un trophée, un piège à ours semblable à celui qui avait déchiré la jambe de Zaza Mulligan. On avait immédiatement remisé l'engin dans la boîte du pick-up de Grégoire, qui se chargerait de s'en débarrasser. Quelqu'un avait suggéré qu'on avise la police, mais que pourrait faire la police d'un vieux piège, puisque la jeune Mulligan était morte accidentellement? Une fois cet objet lugubre hors de vue, l'atmosphère s'était détendue et on avait pu faire honneur au repas préparé par les femmes dans la cuisine de Hope Jamison et dans celle de Jocelyne Ménard, où une ambiance de joyeux désordre avait régné tout l'après-midi entre les casseroles qui fumaient, les enfants qui claquaient les portes et voulaient goûter, les potins sur les vedettes du cinéma et de la télévision. Un à un, les plats et les plateaux s'étaient vidés, les pichets de jus de fruits, les coolers remplis de bouteilles trempant dans une eau glacée rafraîchissant les mains et les fronts moites. On avait commenté la saison de baseball et la performance des Red Sox de Boston en croquant un bout de céleri. On avait parlé politique, jardinage, coupe de bois, oubliant peu à peu le drame à l'origine de cette réunion évoquant les fêtes de village.

À la fin du repas, le camping ressemblait à un champ de bataille. L'herbe était tapée, des assiettes de carton jonchaient le sol, des verres de plastique, des serviettes de papier, que les femmes avaient ramassés avant de rentrer chez elles au bras de leur mari, de leur fils, de leur frère. Dans tous les chalets de Boundary, ce soir-là, celui des Lacroix, celui des Cochrane, celui des Jamison, celui des Duchamp et des Maheux, on avait savouré le plaisir du devoir accompli en s'offrant quelques bières bien méritées. Même Florence Duchamp, qui ne buvait qu'à Noël et au jour de l'An, s'était permis un verre de 50 qui avait rosi ses joues et empourpré le petit cercle, son troisième œil, disait-elle en riant, marquant son front autrement blanc. Après, toutes les lumières s'étaient éteintes. Boundary et ses enfants pouvaient dormir tranquilles.

La chute aux Chauves-Souris se déverse dans le secteur ouest de Moose Trap, entre le chalet de Brian Larue et celui des Tanguay, là où plusieurs ruisseaux convergent pour former la Spider River, que les bûcherons ont nommée ainsi à cause de l'étalement des cours d'eau dévalant la montagne, qui ressemble davantage à une tête de sorcière échevelée qu'à une araignée quand les feuilles sont tombées et qu'on voit les ravines creusées par le dégel. En dépit de toutes les interdictions qui pesaient encore sur nous, interdiction de nous éloigner des chalets, d'emprunter Otter Trail, d'emprunter Weasel Trail, de nous gratter le nez après cinq heures, de porter des chapeaux pointus et de monter des échelles à quatre pattes, mes parents avaient accepté que je passe la fin de semaine chez Emma après m'avoir fait une liste de recommandations aussi longue que les bras du Géant Vert mis bout à bout. Le samedi soir, Emma m'avait entraînée jusqu'à la chute, disant à son père qu'on allait jouer dans sa cabane, derrière le chalet, pendant que je faisais une boule avec la liste de recommandations qui sortait de ma poche et l'avalais tout rond.

En pleine lumière, l'endroit n'avait rien de menaçant, l'eau tourbillonnait au pied de la chute et se précipitait entre les rochers de Spider River dans un vacarme évoquant celui d'un concert d'applaudissements. Le soleil faisait étinceler les pierres mouillées et on pouvait parfois apercevoir un poisson qui se frayait un chemin dans ce labyrinthe. C'était un lieu où la vie s'accélérait entre l'immobilité des arbres et qui donnait envie de courir, de sauter de pierre en pierre, de plonger tête première sous la cascade d'eau claire. Le soir venu, cependant, le décor se métamorphosait. Il n'y avait plus d'applaudissements, mais un vent qui soufflait en rafales au cœur même de la chute. Dans la coulée noire ouverte par la rivière, des tourbillons d'écume dérivaient, seules taches de clarté par les nuits sans lune, pareils aux filets de bave d'un animal préhistorique. Parmi les arbres bordant la rive, on n'avait plus envie de courir. On retenait son souffle pour épier les bruits confus de la forêt, perdus sous le vent prisonnier du tumulte.

À une centaine de pieds de la chute, deux arbres récemment tombés formaient un abri invisible du sentier. C'est là qu'Emma m'avait emmenée, dans ce terrier où il fallait se plier en deux, le nez sur les pichous, si on ne voulait pas se racler le crâne sur les troncs rugueux. On aurait été plus confortables au grand air, accotées sur une bûche, mais Emma voyait des espions partout. On avait donc improvisé une nouvelle position de yoga, le lotus inversé, histoire de ressortir avec tous nos membres, et on avait parlé des hommes qui avaient sillonné la montagne toute la journée, armés de piques et de bâtons destinés à chasser un animal qui n'avait pas de nom, une bête morte mais qui rugissait encore. Emma et moi, on les avait regardés s'enfoncer dans la forêt, nous demandant s'ils captureraient la bête et ses petits, puis on les avait vus ressortir vers la fin de l'après-midi, fatigués et trempés de sueur, alors que les barbecues s'allumaient. Mon père se trouvait parmi eux, coiffé d'un vieux chapeau sale semblable à celui de Pat

Tanguay. J'avais couru vers lui avec Emma et m'étais arrêtée net en constatant qu'il y avait du sang séché sur ses mains et ses vêtements, de même que sur les mains de Gilles Ménard, qui avait remis sa face blême, ce masque qui ne le quitterait jamais tout à fait, plissé au coin des yeux et de la bouche.

Le père d'Emma, qui avait participé à la fouille du dimanche précédent, était venu à leur rencontre s'enquérir des résultats de la traque. Mon père l'avait immédiatement pris à part, probablement pour lui expliquer l'origine du sang, puis il m'avait dit au revoir, amuse-toi bien, la puce, comme si de rien n'était. Avant que j'aie le temps de répliquer, il avait tourné le dos à la vitesse de l'éclair, la foudre avait fait revoler trois ou quatre garnottes à ses pieds, et hop! il s'était camouflé derrière le pick-up de Valère Grégoire, aussi sale que sa calotte. Brian Larue, à qui n'avait pas échappé l'esquive malhonnête de mon père, nous avait ramenées au chalet, Emma et moi, en répétant qu'il n'y avait pas à s'inquiéter, que le sang n'était pas du sang, mais de la boue formée par la terre rouge des ravines de Moose Trap, une argile qui teintait tout ce qu'elle touchait, peau, poils, eau des ruisseaux. Aussi bien nous prendre pour des cruches.

Sous les arbres tombés de la chute aux Chauves-Souris, Emma, la moitié des cheveux entortillés autour d'une racine, me demandait si j'avais vu le sang de Zaza Mulligan, si j'en avais aperçu des traces sur la camisole de Gilles Ménard, le soir où il était arrivé chez nous à toute épouvante. On ne croyait pas une minute aux explications du père d'Emma, que nous aurait lui-même fournies mon père si elles avaient été vraies. Les deux hommes avaient conspiré pour nous tenir dans l'ignorance. Depuis quinze jours, tous les adultes nous mentaient, ne distillant l'information qu'au compte-gouttes miniature pour Lilliputiens attardés, quand nos commentaires leur faisaient craindre qu'on invente n'importe quoi, désireux de nous protéger, mais ne parvenant qu'à alimenter la peur des uns et la curiosité des autres, qui se forgeaient leurs propres histoires, leur propre version des faits. Emma et moi, on faisait partie de cette deuxième catégorie, celle qui inventait n'importe quoi, préférant nous creuser les méninges que d'attendre comme des imbéciles que nos parents se décident à nous parler. Entassées sous les arbres avec Brownie, les yeux aussi grands que des trente sous, on surveillait les bruits, les mouvements furtifs dans les hautes branches, en forgeant des histoires à dormir debout dans lesquelles Moose Trap conspirait à son tour contre les hommes. Dans ces histoires, Pete Landry n'était pas mort. Il sortait la nuit des flammes léchant sa cabane, les bras en l'air, de la lave coulant de ses lèvres brûlées, et continuait à installer des pièges qui n'étaient plus réservés aux bêtes, mais aux jeunes femmes nommées Tangara, Tangara de Bondrée, Zaza de Boundary. C'est ce que cherchaient nos pères dans la forêt, des pièges à Tangara.

Après avoir évoqué la possibilité que le sang salissant les mains de mon père était peut-être celui d'une jeune fille évanouie dans les mâchoires d'un piège, on s'était blotties l'une contre l'autre, ce qui n'était pas difficile vu l'exiguïté du lieu, et on avait observé la rivière en silence. Devant l'abri, des chauves-souris rasaient l'eau noire, plus fébriles que des papillons et semant la mort pour ne pas mourir. Pendant plusieurs minutes, on avait regardé apparaître puis disparaître ces petites bêtes qui avaient donné son nom à la chute, nous demandant si les grognements de Brownie étaient dirigés contre les chauves-souris ou contre quelque démon attaché au vol de ces mammifères parcourant les histoires d'horreur. Emma n'osait pas avouer qu'elle avait peur, moi encore moins, mais quand Brownie s'était précipitée hors de l'abri pour une raison qui nous échappait, on avait décidé de rentrer avant que le père d'Emma découvre qu'on n'était pas dans sa cabane. Deux hypocrites qui ne veulent pas admettre que les dents sont sur le point de leur claquer au palais.

Dans le sentier serpentant vers le lac, suivant les méandres de la rivière, les chauves-souris nous avaient accompagnées avec le grondement de la chute, pareil au vent du nord, qui nous propulsait au cœur d'une tempête où le nordet ne se manifestait que par des roulements indistincts, captifs des eaux qui se déchireraient quand la chute ne pourrait plus contenir sa fureur.

La nuit était nuageuse et on ne voyait pas deux pieds devant nous, forcées d'avancer à tâtons, alors que les chauves-souris, mieux équipées que les filles pour se promener en pleine nuit, voletaient sans heurter le moindre obstacle. Là où le sentier frôlait un marécage, un des pichous d'Emma s'était englué dans la vase et elle avait dû s'agenouiller pour l'en extirper. Écoute, avait-elle chuchoté, écoute, on dirait que quelqu'un nous suit. Alertée par l'inquiétude de sa maîtresse ou par ce qui avait suscité cette inquiétude, Brownie avait échappé un faible jappement et s'était remise à grogner en direction de la noirceur qui s'était refermée derrière nous. C'est dans ta tête, avais-je répondu pour me rassurer, mais il y avait bel et bien des bruits, plus haut dans le sentier, qui pouvaient tout aussi bien être causés par les pas d'un animal que par ceux d'un homme. Remets ton pichou, on décampe, avais-je chuchoté à mon tour, puis un craquement avait retenti, trop fort pour avoir été provoqué par la fuite d'un lièvre ou d'un raton laveur. Brownie, qui n'en menait pas large non plus, s'était alors mise à aboyer comme une enragée, signe qu'on avait raison de s'énerver. Run, Emma, run! Et on avait couru, trébuchant sur les racines, les pierres, les mottes de terre, jusqu'à enfin voir la lueur du lac. Run, Emma, fly! Brownie sur les talons, on était rentrées en trombe dans le chalet, où Brian Larue préparait deux verres de Quik en vue de nous les apporter dans la cabane d'Emma. Il nous avait demandé d'où on arrivait comme ça et Emma avait répondu de nulle part, qu'on avait juste couru pour le plaisir et qu'on boirait nos Quik dans sa chambre.

On avait enfilé nos pyjamas en vitesse, caché nos vêtements sales sous le lit et, cinq minutes plus tard, assises en Indiennes sur la couette brodée d'Emma, on avalait nos Quik en guettant les bruits, au dehors, multipliés par le vent qui s'était levé. C'était Pete Landry, avait enfin lâché Emma, et j'avais acquiescé, même si je n'étais plus du tout certaine que cette histoire de mort-vivant tienne la route. Pendant une heure ou deux, on avait essayé d'imaginer la créature qui nous avait poursuivies, détaillant son regard, sa bouche et ses dents noires, reconstituant notre trajet depuis la chute jusqu'au marécage, y cherchant des indices, des bruits auxquels on n'aurait pas prêté attention, puis la fatigue avait eu raison de notre fébrilité et le vent, dans la chambre d'Emma, s'était enfin couché.

J'ai souvent repensé à cette soirée depuis, me demandant si quelqu'un nous avait réellement observées de loin, un homme, un chasseur de Tangara, mais je ne le saurai jamais, pas plus que je ne saurai si les images que je conserve de cette nuit ressemblent à celles qu'ont vues les chauves-souris ou si elles n'appartiennent qu'aux terreurs de l'enfance. Je me dis toutefois, quand je regarde la noirceur tomber à ma fenêtre, que la simple existence de ces images, que la simple persistance du craquement du bois sec dans mon souvenir attestent une forme de réalité que rien ne pourra jamais démentir.

Lorsque Gilles Ménard avait aperçu le renard, un grognement sourd s'était échappé de sa gorge, un feulement qui l'avait poussé à reculer d'un pas, effrayé par ce son caverneux qu'il n'avait pu retenir, issu de la peur dans ce qu'elle a de plus primitif et de plus instinctif, un réflexe bloquant la pensée et ordonnant la fuite. Incapable de faire un pas de plus, il avait levé le bras gauche pour signaler à Sam Duchamp de s'arrêter et lui avait désigné l'animal.

Un renard, avait dit Duchamp, puis il avait voulu se rapprocher, mais Ménard l'en avait empêché, ne voyant que la rousseur de l'animal, la chevelure sur la mousse, le filet de sang suivant la déclivité du terrain. Non, c'est pas un renard, avait-il soufflé de sa voix blanche. C'est pas un maudit renard, Sam, regarde comme y faut, avait-il imploré en se plaçant devant Duchamp pour s'assurer que celui-ci était bien réel et pour le retenir, surtout, loin de cette bête qui n'était qu'un autre des leurres de Peter's Woods, une illusion démente créée par les jeux d'ombre et de lumière. Lorsqu'ils s'avanceraient, ils verraient la peau, les jambes et le ventre nu. Ils apercevraient la montre ornant le bras fin et constateraient que le renard n'était qu'un mirage. Va appeler la police, avait-il ajouté, mais Duchamp n'avait pas bougé. Il avait doucement écarté Ménard et s'était dirigé vers l'animal, un renard de l'année, pratiquement coupé en deux par les mâchoires du piège.

La mort était récente, le sang encore frais, les derniers halètements quasi visibles. Pas besoin de la police, avait marmonné Duchamp en retournant auprès de Ménard, qui lui avait sacré une saprée frousse, tout à l'heure, quand il avait lâché ce grognement, un son qu'il n'avait jamais entendu, une espèce de râle comme doivent en pousser les idiots, mais il lui faisait presque aussi peur maintenant, totalement immobile, le regard figé, arrêté sur la queue rousse.

Réveille-toi, Gilles, c'est rien qu'un renard. C'est rien qu'un renard, avait répété Ménard, rien qu'un pauvre renard, puis ses épaules avaient été secouées de tremblements, ses yeux s'étaient remplis de larmes et il avait éclaté de rire, maudit Ménard que tu m'énarves, des fois, et son rire s'était transformé en fou rire, en une succession de glapissements mêlés de couinements qu'il ne parvenait pas à arrêter, maudit Ménard, maudit innocent, et Duchamp s'était mis à rire aussi, soulagé de voir Ménard revenir sur terre, à rire comme un malade, une crampe au ventre et la morve au nez, maudit Ménard, maudit innocent. Puis leurs rires avaient peu à peu cessé et Ménard était allé vomir derrière un arbre.

À son retour, son visage avait repris sa fixité, mais il pouvait au moins parler. Va falloir s'occuper de lui, avait-il dit en pointant l'animal du menton, va falloir récupérer le piège. Il avait marché jusqu'au renard avec Duchamp, qui n'arrêtait pas de renifler et répugnait à se moucher dans sa manche de chemise. Accroupis près du renard, ils avaient saisi chacun une extrémité du piège, se traitant d'imbéciles pour n'avoir pas apporté de gants, et étaient parvenus à l'ouvrir, la sueur au front, préférant ne pas trop regarder la blessure qui laissait s'échapper les viscères, mais

Ménard voyait quand même, il voyait la peau déchirée, les entrailles de Sugar Baby, il voyait un tibia de jeune fille aux longues jambes et des ongles vernis de rose près d'un ruban de satin rose, une couleur à la mode, qu'on ne trouvait pas en pleine forêt. Il voyait Zaza Mulligan qui courait sur la grève, il voyait la vie et la mort, des oiseaux qui planaient, des oiseaux mutilés, il voyait sa petite Marie dans un champ d'herbe pâle, un chien de la légèreté d'un nuage s'accrochant à ses pas.

On va pas le laisser là non plus, avait-il marmonné. Duchamp avait donc creusé avec lui un trou dans la terre molle, de la taille d'un renard, puis ils étaient repartis avec le piège, silencieux, à la recherche d'autres pièges.

De retour à leur point de rencontre, Ménard avait confié le piège à Valère Grégoire pour qu'il s'en débarrasse et il avait pensé à Marie, sa minuscule Marie, en voyant le sang sur ses mains, qu'il n'avait pas lavées, puis le regard d'Andrée Duchamp, la fille de Sam, qui venait à la rencontre de son père avec la petite Emma Larue et s'était arrêtée net en apercevant le sang. Instinctivement, il avait fourré ses mains dans ses poches et s'était éloigné, comme s'il était possible de cacher le sang imprimé dans un regard. Après le départ des deux enfants, il était descendu au lac, avait enlevé ses chaussures et avait marché jusqu'à ce que l'eau le recouvre entièrement. Marie ne verrait pas ce sang, jamais. Marie n'arrêterait jamais de courir.

Un peu plus tard, les hommes s'étaient séparés, troublés par cette histoire d'animal sacrifié inutilement, mais animés de ce sentiment qui vous lie à vos semblables devant le malheur. La mort de Zaza Mulligan avait modifié le paysage de Boundary, amenant des gens qui se parlaient à peine à se serrer les coudes, à se donner des claques d'encouragement dans le dos, fucking Morgan, maudit Lacroix, à échanger leurs langues et leurs jurons, leurs recettes de carrés aux Rice Krispies. Rien ne serait plus pareil, désormais. On se saluerait d'une galerie à l'autre, on klaxonnerait en croisant Duchamp qui effectuait son tour du lac à bicyclette, go, Duchamp, t'es capable, on s'emprunterait des tournevis et des tasses de cassonade, et les enfants, le soir venu, ne chuchoteraient plus le nom de Tangara, Tangara de Bondrée, en s'enfuyant devant le chuintement des vagues.

Agenouillé près du corps évanoui de Zaza Mulligan, l'homme avait pris sa tête à deux mains pour faire taire les bruits d'obus qui explosaient sous son crâne, pour recouvrir les hurlements de la fille, une pute, une autre Maggie Harrison, qui se mêlaient à ceux de son copain de caserne, Jim Latimer, le meilleur joueur de poker de la 1re division d'infanterie de l'armée de l'oncle Sam. Shut up!

Puis il avait craché sur le visage de la jeune fille, take it, you little bitch, avant de la rebaptiser Marie et de la prendre dans ses bras, sweet girl, sweet Marie, sweet Tangara of Boundary, en vue de la porter au piège qu'il avait exhumé pour elle du sol spongieux de la forêt.

Et légère, si légère dans les bras de l'homme, Zaza Mulligan avait aperçu le ciel entre ses cils, le ciel entre les branches, et les étoiles, là-haut, avaient ouvert leurs ailes, ouvrant du même coup son sourire: le ciel entre ses lèvres. Peu de temps avant de s'évanouir de nouveau, de sentir le contact du fer froid sur sa jambe droite, elle avait pensé à Sissy et lui avait décrit le firmament, là-haut, les oiseaux qui dansaient. A bunch… a flight… Sissy, a cloud of flickering birds, un vol d'oiseaux épars et des vents lumineux. Un vol d'effraies muettes. Puis sa voix n'avait plus été qu'un souffle. I saw… Sissy… a flight of flickering doves. Et la mort avait effacé la nuit.

SISSY

JOUR 1

La dernière fois qu'on avait vu Sissy Morgan, elle descendait Snake Hill en donnant des coups de pied devant elle, l'air hagard, les cheveux pas brossés, ses yeux rouges enfin secs. Depuis quelques jours, les couleurs de l'été étaient réapparues, les odeurs et les sons, et les rires des enfants, car comment empêcher une saison chaude de s'épanouir sous le soleil ? On pensait encore à Zaza, mais on y pensait comme à un avertissement, comme à toutes ces morts stupides qui nous font mesurer le périlleux privilège du vivant. Seuls les proches de la jeune fille ne percevaient toujours pas l'été, lequel était pourtant bel et bien là, amalgame de verts et de bleus résultant en lumière.

Puis un soir, on avait vu Vic Morgan faire le tour du lac en criant le nom de sa fille, les cheveux en bataille, la chemise ouverte, de la salive au coin des lèvres. On l'avait ensuite entendu frapper à la porte des Mulligan, à celle des McBain, des Lamar, des Miller, un père anxieux qui parlait rapidement, d'une voix haletante et affolée. Sissy avait quitté la maison durant la matinée et n'était toujours pas rentrée, alors qu'elle n'avait rien mangé, pas même avalé le café au lait qu'il lui avait préparé. Avant la mort de Zaza Mulligan, Morgan n'aurait pas couru ainsi, mais il savait maintenant que la mort courait plus vite que lui et il craignait que cette salope ait rattrapé Sissy et ses yeux rouges pour la précipiter dans une falaise, sous une auto, au bout d'un quai. Il voyait le corps de Sissy repoussé par les vagues, il voyait son enfant sombrer, des pierres attachées à ses pieds, des pierres dévalant sur sa nuque, et il se sentait projeté avec elle dans un déferlement d'eau blanche emportant aussi sa raison.

Avant la mort de Zaza Mulligan, on aurait également cherché à rassurer Morgan, pariant que sa fille allait rentrer bientôt, qu'elle était le genre de fille à disparaître sans crier gare, vous savez, that kind of girl. Ce soir-là, cependant, on avait écouté Morgan en silence. Quelques personnes étaient même allées à sa rencontre, lui disant qu'elles regarderaient alentour et interrogeraient leurs voisins. À neuf heures et demie, Sissy étant toujours introuvable, les hommes avaient enfilé leurs vestes, embrassé leurs femmes, qui guettaient la noirceur du lac, et on avait bientôt aperçu les faisceaux de leurs lampes de poche se réunir, frémir entre les feuilles des bouleaux et des trembles, pour ensuite s'enfoncer dans les bois en criant le nom de Sissy, Sissy Morgan.

Florence Duchamp avait regardé partir Sam, son mari, en triturant la ceinture de son peignoir, Stella McBain avait insisté pour qu'Ed enfile un coupe-vent, the nights are becoming cold, Marie Lacroix avait vidé les tiroirs de la cuisine, mettant la pièce sens dessus dessous afin de trouver des piles pour la lampe d'Henri, et elles avaient attendu, que pouvaient-elles faire d'autre, en guettant la noirceur du lac.

Vers les deux heures, Stella McBain avait entendu des pas précipités se diriger vers le chalet. Ed était entré en trombe, Ben Mulligan sur les talons, et il avait décroché le téléphone sans se préoccuper de Stella, qui le pressait de questions d'une voix aiguë qu'elle ne se connaissait pas. What's happening, Edward? For God's sake, what's happening? Puis le mot «again» avait résonné dans le chalet et Stella McBain s'était effondrée dans la berceuse, qui avait à son tour couiné again, again, again...

Avant le lever du soleil, en ce dimanche 13 août, il faisait presque clair à Boundary, car toutes les lampes, de la baie des Ménard en passant par la rive où s'échouait Moose Trap, s'étaient allumées une à une. Il y avait également des lampes, dehors, qui se déplaçaient lourdement, se regroupaient, se séparaient. Un essaim de soleils artificiels. Et il y avait des gyrophares, dont les feux balayaient de rouge les visages atterrés.

Stan Michaud n'écoutait pas *Bonanza* quand le téléphone avait sonné. Il rêvait qu'il tombait, qu'il s'abîmait dans une chute sans fin, comme James Stewart dans ce film d'Alfred Hitchcock qu'il avait vu à Portland avec Dorothy, durant l'une de ces fins de semaine qu'ils se payaient encore il y a quelques années, loin de la maison, dans des draps de motel qui sentaient le javellisant, puis le parfum de Dorothy, puis son odeur à lui, musquée, une odeur dont il avait un peu honte, mais dans laquelle Dorothy enfouissait son visage en soupirant, le soulageant du même coup de sa gêne. La sonnerie avait pénétré son rêve telle une musique lointaine, un maillet dévalant rapidement les lames d'un xylophone. Elle avait envahi l'espace et il avait touché le sol. La chute avait été brusque, lui donnant l'impression qu'il tombait hors de lui, puis il avait ouvert les yeux et décroché l'appareil qui résonnait sur sa table de nuit pendant que Dottie gémissait doucement à ses côtés. Comment pouvait-elle dormir quand cette sonnerie aurait réveillé un mort?

Empêtré dans son rêve, il avait eu du mal à saisir ce que lui racontait la voix surexcitée au bout du fil, celle d'Anton Westlake, le plus jeune de ses collègues, qui écopait pour cette raison des gardes de nuit plus souvent qu'à son tour. Après quelques instants, il avait compris que Westlake parlait de Boundary, Boundary Pond, où un autre accident s'était produit. Again, chief, avait ajouté Westlake, attendant la réaction de son supérieur, mais Michaud était demeuré muet. Il savait, il avait toujours su qu'il recevrait un jour un coup de fil de Cusack ou de Westlake qui lui annoncerait le retour du boomerang. Réveille Cusack, avait enfin ordonné Michaud, je passe le prendre dans dix minutes. Envoie aussi une ambulance et un médecin sur place.

À ses côtés, les gémissements de Dorothy s'étaient mués en légers ronflements, pareils aux geignements d'un chien qui rêve, d'un animal qui court dans son sommeil, fuyant une ombre mauvaise ou luttant contre la matérialisation de l'ombre. Presque toutes les nuits, Dottie se transformait en chien traqué. Quand il craignait que les gémissements, plus syncopés, incitent l'animal du rêve à se mordre lui-même, il poussait doucement Dorothy, caressait son épaule, et les ronflements cessaient le temps que le rythme de sa respiration la tourmente encore. Il la réveillerait avant de partir, pour calmer l'animal oppressant sa poitrine, pour qu'elle ne s'inquiète pas, surtout, en voyant sa place inoccupée dans le grand lit.

Deux heures sept, avait-il murmuré en allumant sa lampe de chevet, la journée serait longue, puis il avait enfilé un pantalon et une chemise, avait attrapé la veste portant l'insigne de son service et avait doucement secoué l'épaule de Dorothy. What time is it? avait-elle marmonné. L'heure de rendre ma plaque d'inspecteur, avait songé Michaud, de laisser les plus jeunes se salir les mains et ramener à la maison cette maudite odeur de pourriture qui vous collait aux semelles. Late, avait-il répondu, mais était-il tôt ou tard? On ne savait jamais, au milieu de la nuit, s'il fallait se situer par rapport à la veille ou au lendemain. S'il avait eu le choix, il aurait préféré que la veille s'éternise, un soir tranquille qu'il avait passé à lire, à regarder les étoiles, à terminer une grille de mots croisés. Il avait donc dit late, alors qu'en réalité il était tôt, très tôt le matin d'une journée qui n'aurait pas de fin. Rendors-toi, avait-il ajouté avant de déposer un baiser sur le front de Dorothy et de se diriger vers les toilettes. Il avait les yeux bouffis et sa barbe commençait à noircir ses joues, mais il n'avait pas le temps de se raser. Il avait plongé son visage dans l'eau froide, s'était rincé la bouche, et voilà, il était prêt à partir.

Une fine rosée recouvrait le gazon, la voiture, les fleurs, le monde entier. Il avait égoïstement espéré que Laura, la femme de Cusack, leur aurait préparé du café, ainsi qu'elle le faisait parfois. Il avait frissonné en mettant la clé dans le contact et il avait démarré. Il n'avait vu aucune lumière aux fenêtres des maisons durant le trajet jusque chez Cusack, sauf chez la veuve Maxwell, qui souffrait d'insomnie depuis la mort de son mari, Horace Maxwell, tombé d'un échafaudage alors qu'il voulait ramasser un stupide clou : what have you done, honey ? Se représentant la chute de Maxwell, il s'était rappelé son rêve, cette sensation de plonger dans un vide où l'on ne ressentait ni la pression de l'air ni le vent provoqué par son déplacement. Il avait lu un article, il n'y avait pas longtemps, à propos de ces rêves d'enfants dans lesquels le corps était propulsé vers la cime des arbres ou s'envolait sur une balançoire, plus haut, toujours plus haut, push me, mom, pour ensuite être projeté dans un ciel assourdissant où les bras de la mère n'existaient plus. Était-ce ce qu'avait éprouvé Zaza Mulligan quand elle était tombée dans la forêt, cette solitude ne pouvant appeler le secours d'aucun bras ?

Depuis qu'il avait raccroché le téléphone, il avait essayé de ne pas penser à Zaza ni au drame qui venait de se produire à Boundary. Puisque Westlake n'avait pu lui fournir de détails, sinon que quelqu'un était mort et que la police devait rappliquer de façon urgente, il préférait attendre, espérant que la victime était une femme ou un homme âgé, quelqu'un qui avait eu le temps de se retourner maintes fois pour regarder sa fin approcher.

En se garant devant chez Cusack, il avait klaxonné, un petit coup bref ayant pour seul but de signaler qu'il était arrivé. Il pouvait bien laisser à son gars le temps de pisser. Laura, la femme de Cusack, avait entrouvert la porte pour l'aviser que Jim n'allait pas tarder, puis celui-ci était apparu en courbant les épaules avec un thermos et des tasses de plastique, ainsi que Michaud l'avait espéré. Tu remercieras Laura, avait-il dit en s'emparant de la tasse que lui tendait Cusack, et il avait pris le temps d'avaler quelques gorgées avant d'embrayer.

Sale affaire, avait murmuré Cusack, mais le vrombissement du moteur avait recouvert sa voix. Pas plus que Michaud, il ne savait ce qui les attendait là-bas, quel genre de mort ils allaient trouver. Il ne pouvait toutefois empêcher le cadavre de Zaza Mulligan de se glisser dans ses pensées, avec ses cheveux collés et ses longues jambes. Il n'avait jamais avoué à Michaud que, depuis qu'il avait suivi Gilles Ménard et Sam Duchamp dans la forêt, ses nuits étaient bombardées de cauchemars dans lesquels ce n'était pas Zaza qui était étendue sur le tapis de mousse, mais sa femme, Laura, qui murmurait sorry, Jim, à travers ses lèvres fermées, et qui s'enfonçait dans la terre en répétant sorry, sorry, sorry, jusqu'à ce que tout son corps soit englouti, sauf une longue mèche de cheveux roux. Or

Laura n'avait pas les cheveux roux et cette mèche de cheveux le terrorisait plus encore que l'ensevelissement du corps, il ne savait pourquoi, comme si Laura devenait Zaza, comme si Laura n'existait pas. Il aurait aimé raconter ces cauchemars à Michaud, mais il ne trouvait pas les mots, ne savait pas comment parler, comment exprimer ce qui le tourmentait, depuis toujours, depuis que, tout petit, il entendait les lutins grignoter dans son placard.

Les femmes n'étaient pas si compliquées. Elles s'assoyaient devant un thé ou un café et se racontaient leurs rêves et leurs déceptions sans pour autant avoir l'impression de se mettre à nu ou de trahir cette part d'elles-mêmes qu'elles ne parvenaient à traduire que maladroitement. Elles ne possédaient pas cet orgueil donnant à ce qui n'avait qu'une relative importance des proportions absurdes. Et elles savaient rire. Il se souvenait être passé chez lui récupérer un dossier un après-midi que Dorothy visitait Laura. Les deux femmes étaient assises à la table de la cuisine et elles riaient aux larmes, comme deux gamines, Laurie and Dottie. Il avait demandé ce qui était si drôle et Laura avait tendu devant elle un verre d'alcool rosé en s'esclaffant c'est le chanoine Kir, le chanoine My Ass, et les rires étaient repartis de plus belle, pour rien, pour une blague idiote, parce qu'elles avaient simplement besoin de se laisser aller. Il enviait l'amitié qui liait les deux femmes malgré leur différence d'âge, la jeunesse de Dottie avec Laura, le sérieux de Laura quand Dottie ne pouvait cacher la profondeur de ses rides. Il n'éprouverait jamais une telle complicité avec le chef ni avec aucun homme et se demandait comment on vieillit, si on s'enlaidit lorsqu'on n'a personne à qui confier sa peur de mourir ou d'arrêter de bander, personne devant qui on peut cracher la bile qui vous bloque les mâchoires si elle reste en dedans.

Some more coffee, chief? Et Michaud avait tendu sa tasse, également perdu dans ses pensées. Ils venaient à peine de quitter la maison de Cusack et il avait le sentiment qu'ils n'arriveraient jamais à Boundary. La région étant déserte, il avait actionné la sirène et le gyrophare, question de se donner l'illusion d'aller plus vite, puisqu'il était impossible d'accélérer sur ces routes tout en collines et en méandres. Il réveillerait probablement les occupants de quelques maisons isolées, mais que représentaient une ou deux heures de sommeil en moins quand on était vivant.

À la sortie de Rockwood, deux chevreuils avaient traversé la route, leurs yeux agrandis par la luminosité des phares. Michaud avait dû faire une embardée pour les éviter et avait du même coup renversé son café. Les pneus de la voiture avaient grugé le gravier de l'accotement, quelques branches avaient frôlé le pare-brise et il avait donné un brusque coup de volant en vue de ramener le véhicule sur la route. Désorienté par la vitesse à laquelle l'incident s'était produit, il s'était garé pour s'éponger et reprendre ses esprits. Derrière eux, les chevreuils avaient regagné la forêt, d'autres carcasses qu'on ne verrait pas gisant dans le fossé. Sorry, avait murmuré Michaud, son cœur battant à tout rompre dans sa poitrine, car il venait peut-être d'esquiver la mort aussi, la sienne et celle de son adjoint, qui ne pensait cependant pas à la mort, mais au fait que les gens autour de lui ne cessaient de s'excuser, sorry, alors que leur seule faute était d'être mortels. Michaud avait bien manœuvré, il n'avait pas à se sentir coupable. Il s'en était pourtant fallu de peu qu'ils percutent la forêt et que leurs corps soient propulsés dans des lits blancs, parmi les odeurs de maladie et de médicaments.

Cusack avait répondu au faible sorry de Michaud en lui assurant qu'il s'en était bien sorti, un vrai pro, puis ils étaient demeurés muets. Qu'auraient-ils pu ajouter qui n'aurait été accessoire en pareilles circonstances ? Michaud s'étonnait toutefois du nouveau silence de Cusack. Peu de temps auparavant, ce dernier se serait senti tenu de lancer une blague, de raconter une anecdote comportant des chevreuils et des crissements de pneus, mais il s'était contenté de rassurer Michaud en lui tendant un torchon qui traînait dans la boîte à gants pour qu'il essuie sa chemise. Zaza Mulligan avait trouvé le défaut dans la cuirasse et en avait profité pour s'insinuer dans la brèche ouverte au niveau du cœur. Tous les flics passaient par là un jour ou l'autre, tous les flics intelligents, mais il ne pouvait s'empêcher d'éprouver une certaine compassion pour son adjoint, qui venait en quelque sorte de perdre sa virginité en perdant sa carapace et ne savait pas encore que, sous cette vieille peau, une autre carapace se formerait, plus difficile à transpercer, il le fallait, sinon on changeait de métier ou on s'enfonçait le canon de son arme au fond de la gorge. C'est ce qui arrivait à ceux qui regrettaient leur virginité.

Ils s'apprêtaient à repartir quand l'ambulance appelée par Westlake les avait doublés. Michaud avait immédiatement redémarré et ils avaient suivi le véhicule, dont les feux arrière disparaissaient parfois au détour d'une courbe, avalés par la nuit, pour réapparaître au milieu d'une droite tranchant la forêt. Michaud observait ces feux en songeant à son enfance, aux phares des tracteurs dans les champs quand il fallait couper le foin avant la pluie, à ses premières patrouilles du côté de la frontière, aux lampes des contrebandiers clignotant faiblement entre les arbres et que le noir avalait aussi, ainsi que les tracteurs derrière la colline, absorbant jusqu'aux ronflements des moteurs. Il songeait à l'aspect dérisoire de ces lumières ne parvenant qu'à appesantir le mystère de la nuit, qu'à décupler la petitesse de l'homme au sein de cette obscurité. Et il se sentait également petit, perdu sur cette route qui fonçait vers l'abîme, au volant d'un véhicule hurlant qu'un malheur s'était produit parmi les hommes, alors que d'innombrables drames avaient lieu dans la forêt, que rien ne signalait jamais, ni gyrophares ni sirènes.

Peu avant Boundary, le conducteur de l'ambulance s'était arrêté devant une intersection, ne sachant s'il devait prendre à gauche ou à droite, permettant à Michaud de s'extirper de ses pensées. D'un geste brusque, il avait changé de voie et avait dépassé l'ambulance en faisant signe au conducteur qu'il prenait les devants, car Michaud savait où il allait, il ne le savait que trop bien, il se rendait là où personne n'avait envie d'aller, vers l'un de ces lieux où seuls les hommes assez stupides pour devenir flics filaient en pleine nuit, pendant que les autres dormaient et rêvaient qu'ils chutaient ou couchaient avec Elizabeth Taylor ou Sophia Loren. Il avait roulé pendant deux ou trois milles sur une route secondaire, puis il avait mis son clignotant à l'intention de l'ambulance et s'était engagé sur le chemin de Boundary après avoir éteint sa sirène, qui ne pouvait plus accélérer ni ralentir le cours du temps. Il n'avait eu ensuite qu'à se laisser guider par les lueurs rassemblées plus bas, où les torches électriques formaient une figure mouvante respirant au rythme d'un animal blessé.

Gary Miller était venu à leur rencontre en agitant sa lampe pour leur indiquer de se garer plus bas. Miller avait la gueule du gars qui vient de perdre son chien, les yeux sombres et la mâchoire serrée, et on l'aurait dit prêt à frapper quiconque prononcerait le nom du chien. C'est par là, over there, avait-il annoncé aux policiers en dirigeant sa lampe vers le sous-bois, puis, sans un mot de plus, il les avait guidés à travers les branches, les arbres morts, les jeunes sapins s'étouffant les uns les autres. Derrière eux, les ambulanciers, munis de leur brancard, juraient tout bas contre les branches, alors que le médecin qui les accompagnait, le même qui avait constaté la mort de Zaza Mulligan, se demandait ce qu'il foutait encore dans cette forêt de malheur. Au bout d'une dizaine de minutes, ils avaient débouché dans une éclaircie où étaient rassemblés d'autres hommes, la plupart près du bois, à la périphérie, et un dernier agenouillé au milieu de la clairière, Vic Morgan, tenant dans ses bras un corps flasque qu'il balançait au rythme de ses prières, open your eyes, Sissy darling, tell me something, des prières qui s'élevaient comme un chant d'amour dans la fraîcheur sombre.

Personne n'osait s'approcher, personne n'osait interrompre ce chant pour aller poser sa main sur l'épaule de Morgan et lui dire que sa fille n'ouvrirait plus les yeux. Tous étaient immobiles, même Ed McBain, le plus proche ami de Morgan, attendant un geste de ce dernier, attendant le lever du jour, un peu de vraie lumière sur l'éclaircie. Stay here, avait ordonné Michaud à Cusack, de même qu'au médecin et aux ambulanciers, et il avait franchi la barrière invisible séparant Morgan des autres hommes parce que c'est ce qu'on attendait d'un inspecteur-chef, qu'il s'enfonce dans la boue, là où personne ne voulait aller. On le payait pour cette raison, pour qu'il serve de confesseur, d'intermédiaire ou d'éclaireur, qu'il se transforme en kamikaze quand la situation exigeait qu'un imbécile se jette en bas d'un pont pour secourir un autre imbécile. On l'appelait d'urgence dès qu'il y avait un peu de sang et de verre éclaté, puis on le méprisait s'il osait vous intercepter pour excès de vitesse, dans le but d'éviter que d'autres débris de verre brillent sur la chaussée mouillée. C'était son rôle, encaisser le mépris et marcher dans la boue, alors il avait dit à ceux qui l'entouraient de ne pas bouger, stay here, et il était allé s'agenouiller devant Morgan.

En voyant Sissy, dont la tête reposait au creux des bras de Vic Morgan, Michaud avait failli tomber à la renverse et avait dû retenir la question qui le poussait vers l'arrière : what the hell ? Sissy Morgan, qu'il avait vue entière quelques jours plus tôt, n'avait plus de cheveux. Quelqu'un avait coupé sa longue crinière et son crâne n'était plus recouvert que par quelques touffes éparses évoquant la tête dégarnie de ces poupées qui n'ont plus d'âge. Mais l'intégrité de Sissy n'était pas seulement atteinte par l'absence des cheveux. En bas de son genou gauche, sa longue jambe avait disparu, sectionnée par le piège, arrachée par le claquement sec du métal rouillé.

Le premier sentiment de Michaud n'en avait pas été un de compassion, mais de colère. Qui pouvait être assez dément pour s'en prendre ainsi à une enfant innocente ? Pendant un instant, il avait eu envie de virer de cette maudite clairière les quelques hommes qui restaient plantés là comme des piquets qu'un coup de masse venait d'enfoncer dans la terre molle, n'osant parler, n'osant fumer, et d'abandonner Morgan avec sa fille, de lui ficher la paix, goddam, la sainte et foutue paix, puisque rien ne saurait ramener cette enfant, puis il s'était ressaisi. Si on laissait Morgan avec Sissy, on le retrouverait complètement cinglé au bout de quelques heures. Il avait d'ailleurs vieilli de dix ans, peut-être plus, comment savoir quand le temps se précipite dans un abîme, et il semblait devenu aveugle. Son regard brûlé balayait la nuit sans la voir, brûlant à son tour les formes, les ombres, les hommes désormais inexistants. Il ne voyait pas Michaud non plus, le considérant comme un objet dont la présence était aussi insignifiante que celle d'une poussière sur une épaule, et il continuait à chanter, Sissy darling, Sissy my love. Michaud l'avait laissé bercer sa fille encore un peu en essayant de contrôler la rage qui tendait ses nerfs sous sa peau, puis il s'était penché vers lui. She's dead, était-il parvenu à murmurer malgré la maudite boule qui lui roulait au fond de la gorge. Il avait voulu prendre la jeune fille des bras de Morgan, mais celui-ci avait émis un son rauque, une sorte d'aboiement, et il avait resserré son étreinte autour de Sissy, écrasant ses bras flasques, écrasant sa poitrine, un chien refusant de lâcher son os.

Luttant contre son désir de ficher la paix à cet homme, Michaud avait répété she's dead, tout en faisant signe à Ed McBain, qui se tenait prêt à intervenir, de maîtriser Morgan pendant qu'il lui arracherait sa fille des bras. Une job sale, une job de flic. She's dead, Vic, avait à son tour murmuré McBain, she's dead, parce qu'il n'y avait rien d'autre à dire, dead, for Christ's sake, puis il avait saisi les épaules de Morgan, qui s'était écroulé, avait laissé glisser de ses genoux le corps mou de Sissy, qui avait roulé sur le sol, dead, Sissy, indeed, ses touffes de cheveux pointant vers le ciel étoilé et son cou curieusement incliné.

Pendant que Michaud retournait délicatement la dépouille de Sissy, who, Sissy, why ? honteux de l'avoir enlevée des bras de son père, McBain avait aidé Morgan à se relever et l'avait entraîné à l'écart, come on, Vic, come on, les yeux pleins d'eau et la voix nouée. Vic Morgan, à ce moment, n'avait pas protesté. Il avait transporté Sissy dans ses yeux aveuglés, les bras toujours tendus sous la lourdeur du corps absent. Le médecin était ensuite venu, laissant son thermos de café au pied d'un arbre, on avait apporté des lampes et l'examen du corps, des lieux, avait pu commencer, pendant que Cusack bombardait la scène des flashs de son appareil photo, un polaroïd qui coûtait la peau des fesses et avait creusé un trou dans le budget de Michaud.

Sissy Morgan, de toute évidence, avait succombé au même type de blessure que Zaza Mulligan. Pareilles dans la vie, pareilles dans la mort, à la différence que le piège avait cette fois sectionné la jambe gauche, dont la partie inférieure reposait à quelques pas du cadavre. Un homme qui s'était approché pour déposer son projecteur à côté, le long du périmètre délimité par Cusack, avait ravalé un cri suffoqué en apercevant le bout de jambe et le pied, un soupir sifflant qui s'était enfoncé dans sa gorge, et il avait couru vomir loin de Sissy, salissant ses chaussures et son pantalon. Avec les vomissures, le grognement était ressorti, pareil à celui de Vic Morgan. Tous avaient alors baissé la tête, incapables de grogner à leur tour, d'expulser ce souffle qui les étouffait.

Michaud, quant à lui, tentait d'infléchir la trajectoire des boomerangs qui le frappaient de toutes parts, réunis pour former un instrument dont les pales tranchaient dans la chair vive. Il savait qu'ils reviendraient, il l'avait su d'instinct dès qu'il avait dû renoncer à écouter la fin de *Bonanza* trois semaines plus tôt. Et avec eux revenaient les jeunes filles, Esther Conrad, Zaza Mulligan, leurs visages se superposant à celui de Sissy Morgan, toutes trois livides, toutes trois victimes de la rage que suscite parfois la beauté, car il ne faisait aucun doute dans l'esprit de Michaud que Sissy Morgan avait été assassinée, d'où il déduisait que Zaza Mulligan avait subi le même sort, entraînée de force sur un sentier qu'elle ne voulait pas emprunter. L'horreur qu'il avait sous les yeux ne pouvait relever d'une banale coïncidence.

C'est ce que pensait également le légiste, ainsi que tous les hommes réunis sous le ciel froid, le passé ne pouvait frapper deux fois avec une identique précision. Zaza Mulligan, tout comme Sissy Morgan, n'avait pas couru d'elle-même jusqu'au piège dans les mâchoires duquel elle s'était vidée de son sang. Il fallait parfois une deuxième mort pour que soient comprises les causes de la première, se disait Michaud en observant le visage pâle de Sissy Morgan, maintenant pareil à celui de Zaza, deux sœurs, deux jumelles immobiles. Il fallait ce jeu de miroirs, cette concordance des motifs, cette parfaite imbrication des creux et des pleins de deux événements distants pour que l'on comprenne, trop tard, que le premier annonçait celui qui l'expliquerait. La fin de Sissy Morgan projetait sur celle de Zaza Mulligan une terrifiante clarté, que tous les hommes présents auraient voulu ignorer : les pièges de Pete Landry sortaient de terre, mais ce n'est pas un mort qui les exhumait. Un tueur courait dans les bois de Boundary.

L'anxiété, la nervosité étaient palpables dans les silences et les reniflements, mais on y sentait aussi la lente progression de la colère. On cherchait un motif, un mobile à ce carnage autre que la beauté provocante des jeunes filles, le nombril de Zaza, l'échancrure du short blanc de Sissy, on repoussait l'obscénité de pensées interdites au chevet de la mort, et la haine creusait son sillon, l'envie de frapper et de battre à mort, une envie impuissante décuplant la colère.

Michaud percevait cette énergie sombre courant le long d'un fil électrifié reliant les hommes entre eux, des pères, des frères inquiets de savoir le monstre en liberté, prêt à frapper de nouveau. Il savait que ce fil s'enflammerait tôt ou tard et qu'on se mettrait à soupçonner son voisin, son fils, son frère, si le tueur n'était pas rapidement attrapé. La tension qui régnait dans la clairière n'était rien à côté du courant de suspicion qui traverserait Boundary de part en part dès l'arrivée de la prochaine nuit et il craignait le pire, l'épanchement de la honte sur un objet sans corps ni visage. S'il voulait régler cette affaire avant qu'on commence à s'entretuer, il lui fallait du calme, il lui fallait s'occuper de Sissy, who, Sissy, why?

Pendant que le légiste soulevait la main de la morte avec une délicatesse qu'il ne devait réserver qu'aux femmes dont l'humilité était désormais entière, Michaud avait demandé à Cusack d'envoyer quelqu'un appeler des renforts policiers. Ils en auraient besoin pour procéder à la fouille méticuleuse des lieux, car Michaud voulait que chaque pouce carré de cette maudite clairière et de tous les chemins y menant soit examiné à la loupe, même si ses hommes devaient dormir à la belle étoile et se nourrir de gomme d'épinette pour les dix prochains jours. Sa rage enflait sous son sternum et il s'était juré, sitôt qu'il avait aperçu le tableau à la fois déchirant et macabre formé par Vic Morgan et sa fille, que plus aucun tableau ne se mettrait à chanter ainsi devant lui.

Cusack donnait des instructions à Scott Miller, qui irait appeler les renforts et les ramènerait sur place, lorsque Michaud s'était éloigné du corps pour remercier de leur aide les hommes épuisés et leur demander de rentrer chez eux, expliquant que cette affaire concernait désormais la police et que leur présence ne parviendrait qu'à brouiller des pistes déjà trop nombreuses, qu'à enfouir d'éventuels indices dans le sol, bref, qu'à foutre la pagaille dans un travail qu'il voulait aussi réglé qu'une mécanique d'horloge. Il s'était toutefois abstenu de ce dernier commentaire pour les prier de demeurer à Boundary avec leurs familles jusqu'à ce qu'on leur ait donné l'autorisation de partir. Il y avait eu des protestations, certains désirant participer aux recherches, d'autres n'ayant qu'une idée en tête, sortir femme et enfants de leurs lits dès qu'ils seraient rentrés, les entasser dans la voiture avec le chien, le chat, le canari, la collection de plumes de colvert du plus jeune, le pick-up de l'aînée, et lever le camp avant l'arrivée du jour. Plusieurs voix s'élevaient en même temps, oubliant le respect dû à la mort, et Michaud n'y entendait rien dans ce mélange de langues duquel jaillissaient des jurons venus de deux mondes où le ressentiment s'exprimait en des termes qui bafouaient des figures distinctes du sacré, puis retrouvaient leurs origines communes autour de la figure du Christ.

Bob Lamar, qui faisait partie du groupe ayant découvert Sissy et qui agissait depuis à titre de pseudo-interprète, était heureusement venu à sa rescousse, bien qu'il ait été visiblement ébranlé, essuyant ses yeux rouges d'une main furieuse et confondant les noms de Frenchie, sa fille, et de Sissy, la morte. Malgré l'angoisse qui le rongeait, Lamar avait épaulé Michaud et celui-ci avait pu convaincre les hommes de rentrer dormir, sachant qu'aucun ne dormirait cette nuit, ni peut-être la nuit d'après, ni la nuit d'après encore, car les longues jambes de Zaza Mulligan s'enlaceraient désormais à celle sectionnée de Sissy Morgan, salissant les draps d'un épais liquide où s'englueraient quelques cheveux coupés. Seul Ed McBain était resté pour veiller sur Vic Morgan, qui refusait de s'éloigner de Sissy, et l'empêcher de se décapiter avec le piège qui avait tué sa fille, son unique enfant.

Après le départ des autres, un calme étrange était tombé sur la clairière. À l'orée du bois, Ed McBain se tenait à côté du corps affaissé de Vic Morgan, les brancardiers s'étaient retirés dans la zone opposée, attendant un signal du légiste ou de Michaud pour emporter le corps, et Cusack balayait le sol avec sa torche, à la recherche d'un peu de vérité parmi les dizaines d'empreintes foulant l'herbe humide. Au centre de cet espace, se trouvaient le légiste et Sissy, le visage de l'une pris dans un halo de lumière blanche, celui de l'autre coupé aux trois quarts par ce halo. Une scène irréelle dans un monde aux arêtes trop franches. Michaud s'était rapproché et avait vu les lèvres du légiste remuer, comme s'il récitait une prière. Mais le légiste ne priait pas, il ne priait jamais, convaincu que les corps qu'il découpait n'avaient jamais possédé d'âme que celle illusoirement engendrée par la mécanique du cœur et du cerveau. Il récitait au contraire un poème, une prière païenne exaltant les pouvoirs de la mort et se désolant de la fragilité de la beauté devant elle. « How with this rage shall beauty hold a plea / Whose action is no stronger than a flower ? » « Comment la beauté peut-elle se défendre de cette rage / Elle dont le pouvoir ne dépasse pas celui de la fleur ? »

Shakespeare, avait-il informé Michaud quand il s'était rendu compte que ce dernier l'observait, puis il avait ajouté qu'il ne pouvait plus rien faire ici, qu'il fallait emporter le corps à la morgue, où l'attendaient ses instruments. Michaud lui avait répondu qu'il pourrait partir bientôt, mais qu'il avait d'abord besoin de quelques minutes avec la jeune fille avant que les brancardiers interviennent. Il voulait se recueillir auprès d'elle, essayer de la faire parler. Le légiste n'avait pas bronché, il savait que les morts parlaient. Il avait donc laissé Michaud avec Sissy, qui lui révélerait ses secrets à lui aussi quand il examinerait ses entrailles. Il était allé fumer à l'écart en répétant quelques vers du poème qui lui était revenu quand il avait une autre fois constaté la friabilité des os de l'homme, « since brass, nor stone, nor earth… », « si le bronze, ni la pierre, ni la terre… ne peuvent vaincre la mort ».

Michaud, quant à lui, avait reproduit les mêmes gestes qu'un peu plus tôt. Il s'était agenouillé près de Sissy et lui avait demandé qui, comment, pourquoi ? tout à coup honteux de se présenter devant elle avec une chemise tachée de café. Sur le visage de la jeune fille, quelques larmes avaient coulé, dont on voyait le trajet sinueux dans la fine couche de poussière couvrant les joues. La morsure du piège ayant provoqué une perte immédiate de conscience, selon le légiste, les pleurs ne pouvaient qu'être antérieurs à la blessure, de même que la poussière. Ils venaient donc de l'agresseur, de la peur qu'il avait suscitée, peut-être accompagnée d'inutiles supplications, d'inutiles son of a bitch. Il imaginait bien Sissy Morgan traiter le meurtrier de tous les noms, lui jeter sa hargne à la figure, ce qui représentait une maigre consolation, puisque les assassins n'entendent rien, ni les injures ni les prières. Leur volonté est sourde, leurs intentions définitives. Who ? avait-il répété en cherchant des marques sur la peau, des griffures, un cœur de pierre au creux de la main refermée, puis il avait aperçu la lettre, un *M* ou un *W* tracé dans la saleté recouvrant la saignée du coude. Il avait immédiatement appelé Cusack pour lui demander s'il voyait la même chose que lui. Un oiseau, avait répondu Cusack, comme en dessinent les enfants, n'arrivant pas à voir une initiale dans ce tracé flou. Mais Michaud n'en démordait pas, il s'agissait d'une lettre esquissée par Sissy, qui leur révélerait peut-être l'identité de l'assassin, William, Walter, Mark ou Michael. Cusack n'avait pas osé le contredire, le chef avait besoin d'indices, de messages auxquels se raccrocher. Il connaissait l'histoire du cœur de pierre de la jeune Esther Conrad, dont certains se servaient pour se moquer de Michaud. Il va finir par voir apparaître la Sainte Vierge à côté d'un cadavre, avait un jour blagué l'un de ses collègues. Cusack s'était porté à la défense de Michaud, dont la volonté acharnée d'apercevoir un signe sur la peau des morts n'avait rien de risible. L'inspecteur-chef cherchait des monstres et croyait pouvoir déceler leurs traces dans le dernier silence des victimes. Dans le cas présent, Cusack ne distinguait ni *M* ni *W* sur le bras de Sissy Morgan. Il devinait une ligne sinueuse laissée par une branche ou une pierre, mais qui sait si Michaud n'avait pas raison, si l'assassin ne se nommait pas Warren ou Mitch. Prends quelques photos, lui avait dit Michaud, et le flash du polaroïd avait de nouveau crépité dans la nuit, après quoi Michaud avait remercié Sissy, thanks for the letter, Sissy, et fait signe aux brancardiers qu'ils pouvaient accomplir leur boulot.

Quelques lueurs montaient déjà derrière les arbres, d'un jaune confirmant que l'été n'était pas terminé, quand le corps enveloppé d'une housse noire avait quitté la clairière, suivi par Ed McBain et Victor Morgan, qui n'était plus seulement aveugle, mais sourd, sourd et muet. Peu après, les renforts étaient arrivés, le terrain avait été découpé en quadrilatères, les oiseaux s'étaient éveillés, le soleil s'était levé, mais ni Michaud ni Cusack n'en avaient senti la chaleur. Ils pensaient à la jambe sectionnée, placée dans la housse noire près de Sissy, ils pensaient aux cheveux coupés, ils pensaient à Morgan et au tueur, qui observait peut-être en ce moment sa troisième proie.

Dans l'obscurité de la véranda, ma mère guettait le lac en triturant nerveusement la ceinture de sa robe de chambre. Cinq minutes plus tôt, mon père était passé échanger ses sandales contre des bottes de marche, avait rempli sa gourde d'eau fraîche et était parti avec Bob rejoindre les hommes qui s'assemblaient au pied de la côte Croche. Après la mort de Zaza Mulligan, mon frère avait décrété qu'il était un homme et que personne ne l'empêcherait plus d'agir comme le font les hommes. Il s'était donc muni d'une lampe de poche et s'était joint au premier groupe, qu'on pouvait observer de la fenêtre de ma chambre, cinq ou six gars nerveux auxquels d'autres s'ajouteraient bientôt, car un nouveau drame s'était produit, Sissy Morgan avait disparu. Son père était passé durant le souper, les cheveux aussi mouillés que s'il avait couru sous une pluie fine, collés à ses tempes. Il s'était entretenu avec mon père, après quoi il m'avait dit look, Aundrey, look everywhere, des tremblements plein sa voix rauque. Il l'avait également demandé à Bob, à ma mère, aux voisins et à tout Bondrée, look, please, look for Sissy.

Ma mère m'avait permis de sauter le dessert et de chercher en compagnie de Sandra Miller, qui avait déboulé dans notre cour en même temps que son père et Scott, son géant de frère. Je m'étais ruée à l'extérieur, poursuivie par l'oppressant tic-tac de la montre de Sissy et par sa voix me suppliant de retrouver son amie, aussi affolée que celle de son père devant les incompréhensibles desseins de Dieu. Look, Aundrey, look everywhere. Sandra Miller avait beau être plus vieille et plus sage que moi, tu lâches pas Sandra d'un pouce ou je t'étripe, avait dit ma mère dans un élan de fol et véritable amour, elle était cent fois plus pisseuse, peut-être parce qu'elle avait presque l'âge de Sissy et de Zaza, l'âge de disparaître par une nuit noire. Quoi qu'il en soit, j'avais dû la secouer un peu pour la traîner vers l'hypothétique nulle part de Sissy, come on, Sandra, on n'a pas toute la nuite, we not have all the night. Une fois parties, on avait regardé partout où on pouvait, partout où on était autorisées à aller. Je n'avais cependant récupéré que Bobine, la poupée perdue par ma sœur au début de l'été, qui avait rampé, semblait-il, sous le tas de planches entassées derrière le chalet des Ménard, passablement amochée, mais encore en état de vivre sa vie de poupée.

Le soir venu, après les bruits de vaisselle, après qu'on eut décroché les maillots de bain des cordes tendues entre deux arbres pour les remplacer par les linges mouillés, personne n'avait encore rien trouvé, ni Sissy ni trace de Sissy. Le soleil s'était depuis peu couché derrière Moose Trap quand les hommes avaient décidé de s'enfoncer dans les bois, quand mon père était passé changer de chaussures, quand les femmes s'étaient mises à guetter le lac en triturant leur ceinture.

Sissy Morgan avait-elle tenté de rejoindre Zaza Mulligan? Tous se posaient la question sans oser la formuler à voix haute, les femmes, surtout, qui redoutaient de la voir apparaître sur la rive, poussée par les vagues écumeuses. On ne songeait pas qu'elle puisse avoir été entraînée contre son gré dans la noirceur de la forêt, car on ne savait pas encore que les pièges de Pete Landry surgissaient de la terre pour se déplacer furtivement au ras du sol. On imaginait le pire, une jeune fille se jetant au bas d'un quai, mais pas un autre piège, pas une autre Zaza. Ce n'est que quand les hommes avaient commencé à ressortir des bois, Ed McBain au bout de son souffle, Ben Mulligan frottant ses yeux bouffis et Gary Miller avec une tête à faire peur, qu'on avait compris qu'il était inutile de guetter le lac. Sissy Morgan ne reviendrait pas avec les vagues.

En voyant courir Ed McBain, ma mère avait laissé échapper son couinement de souris et elle avait resserré les pans de sa robe de chambre sur sa poitrine, sur son ventre de mère, en répétant non, mon Dieu, non, non... Trois mots qui ne donneraient rien, puisqu'ils n'avaient jamais rien donné, puisqu'ils survenaient toujours après les faits, lorsque Dieu ne pouvait plus intervenir. Une négation complètement inutile, qui s'annulait d'elle-même, mais s'acharnait à appeler Dieu. Non, mon Dieu, non... En entendant ma mère prononcer ces mots, j'avais compris que quelque chose d'irréparable était arrivé. Sissy Morgan avait disparu. Sissy Morgan était morte ou gravement blessée.

Sur la commode de bois blond où je l'avais déposée en rentrant, la montre de Sissy tictaquait toujours, signe que la terre continuait à tourner au rythme de l'aiguille des secondes, de celle des heures, au rythme des jours qu'elles égrenaient, mais j'avais l'impression que tout venait de s'arrêter, que ma mère ne quitterait jamais la véranda ni sa vieille robe de chambre, que Millie ne s'éveillerait pas, que mon père ne reviendrait pas en discutant d'homme à homme avec Bob. Non, avais-je murmuré à mon tour en saisissant la montre, puis Millie avait remué dans son sommeil, remettant notre univers en marche au sein d'un monde que ma mère essayait de nier. Au risque de me faire rabrouer, j'avais été la rejoindre dans la véranda mais, contrairement à ce que je redoutais, elle m'avait serrée contre elle et, ensemble, nous étions sorties pour regarder les lueurs qui tranchaient la nuit, de plus en plus nombreuses à mesure que la rumeur courait qu'il était désormais trop tard pour chercher la jeune Sissy Morgan.

Au lieu de rentrer chez eux, les hommes se regroupaient, marchaient tête basse en direction l'un de l'autre sans toutefois se parler, secoués, incapables d'exprimer ce qu'ils ressentaient, une forme d'incrédulité qui engourdissait leurs membres, pareille à celle qui poussait les femmes à appeler Dieu. Parfois, on en voyait arriver un qui pressait le pas, un qui ne savait pas encore et se hâtait de rejoindre le groupe. Quelqu'un le prenait alors à part pour le mettre au courant de la situation, comme s'il ne voulait pas infliger une nouvelle fois aux autres la crudité de certains mots, et les épaules du nouveau venu s'affaissaient pendant que sa tête faisait non, un mot, un seul, qui ne servait lui non plus à rien.

Maman et moi cherchions Bob et mon père parmi tous ces hommes, mais ils faisaient partie de ceux qui n'étaient pas ressortis des bois, de ceux qui fouillaient encore ou devaient rester là où s'était produit le drame empêchant les autres de retourner chez eux. Constatant que je frissonnais, maman était rentrée chercher une couverture de laine dont elle m'avait enveloppé les épaules et nous étions descendues nous asseoir dans la balançoire, l'une contre l'autre, face au faible vent balayant la route, pour attendre mon père et mon frère.

Maman aurait pu aller s'informer auprès des hommes qui piétinaient le fin brouillard au ras du sol, Suzanne Lamar, la mère de Frenchie, avait couru à leur rencontre un peu plus tôt pour repartir en sanglotant, ses pantoufles roses claquant sur ses talons, mais ma mère n'était pas encore prête à sangloter. Elle préférait ne pas connaître tout de suite les détails du drame entourant la disparition de Sissy Morgan. Tant qu'elle n'aurait pas clairement entendu les mots qui circulaient d'un groupe à l'autre, l'espoir, aussi insensé soit-il, était toujours possible.

As-tu froid, ma puce? m'avait-elle demandé après que Ted Jamison, l'un de ceux qui ne savaient pas encore, était passé en courant sur la route, on peut rentrer si tu veux, mais elle ne désirait pas vraiment quitter la balançoire et moi non plus. C'était la première fois qu'elle m'autorisait à veiller avec elle au-delà des heures normalement permises, la première fois qu'elle ne me traitait pas tout à fait comme une enfant. Je voulais profiter de ce privilège même si je ne comprenais rien à ce qui se passait et me sentais indigne de cette confiance qui me donnait envie de brailler. L'atmosphère de fin du monde qui régnait sur Bondrée me concernait aussi et ma mère ne cherchait pas à m'en éloigner, ce dont je lui étais reconnaissante malgré ma peur. Elle me voulait près d'elle, une mère et sa fille attendant anxieusement le retour du mari et du fils, du père et du frère qui rentreraient fourbus de l'une de ces expéditions auxquelles sont contraints les hommes.

Il était trois heures quarante-sept à la montre de Sissy Morgan lorsqu'une voiture de police, suivie d'une ambulance, était passée derrière le chalet, dispersant le fin brouillard dans lequel tous piétinaient. Peu de temps après, une automobile de riches s'était garée dans l'entrée des McBain. Après quelques interminables secondes, Charlotte Morgan en était descendue, vêtue d'une espèce de pyjama flottant la faisant ressembler à un fantôme. Stella McBain était aussitôt sortie pour se jeter dans ses bras, mais les bras de Charlotte Morgan étaient restés le long de son corps, mous, des bras de fantôme, pendant que Stella pleurait et gémissait poor girl, poor little thing. À ses côtés, le fantôme de Charlotte Morgan ne pleurait cependant pas. Il regardait la nuit, il regardait le lac, tétanisé par une réalité glissant sous ses pieds enveloppés de brume, puis Stella McBain avait entraîné madame Morgan à l'intérieur, la porte s'était refermée et les gémissements s'étaient faufilés par les fenêtres ouvertes, poor girl, so young.

Ma mère était mal à l'aise, consciente que nous venions d'être témoins d'une scène dont l'intimité ne nous était pas destinée. Au milieu de son front, son petit cercle rouge s'élargissait et elle avait recommencé à tortiller sa ceinture, à cause de sa gêne, mais surtout à cause des mots de Stella McBain, poor girl, poor little thing, qui en révélaient plus qu'elle n'était disposée à en entendre. Viens, la puce, yé temps de rentrer, avait-elle décrété en me prenant la main, et nous avions marché dans la rosée, une mère et sa fille au milieu de la nuit. N'en pouvant plus de jouer avec sa satanée ceinture et d'en être réduite à l'inaction, sitôt rentrée, elle avait sorti le pain, les cretons, le Cracker Barrel et la moutarde, ils vont sûrement avoir faim, puis elle m'avait tartiné une pile de biscuits soda avec du Cheez Whiz et nous nous étions assises à la table, elle devant un thé noyé de lait, moi devant ma pile de craquelins, que j'avais engloutis en guettant la fenêtre au-dessus de l'évier, espérant y voir passer la tête de mon père ou celle de Bob, pendant que ma mère rassemblait en petits tas les miettes tombées sur la table, les écrasait avec son pouce et recommençait, créant des amas de fine poussière où les miettes redevenaient farine. Son manège me mettait sur les nerfs, mais il me permettait au moins de réfléchir au fait qu'on appartenait à cette poignée de privilégiés qui jouaient avec leurs restants de nourriture comme si de rien n'était, comme si les champs de maïs, de luzerne, de blé et de je-ne-sais-quoi poussaient dans les arbres et que les arbres poussaient jusque dans le désert. Devant les petits tas de farine, je me disais que si on avait ramassé toutes les miettes qui me tombaient du bec en une année – cinquante-deux boîtes, fois plus ou moins cent biscuits, fois plus ou moins douze miettes par biscuit –, on aurait récolté une bonne poche de farine à biscuits soda. Résultat : deux bébés chinois auraient eu moins faim. Ça constituait une saprée bonne raison pour que les riches apprennent à multiplier au lieu d'additionner.

Les tas de farine commençaient à débouler et une lumière jaunâtre découpait l'arête de Moose Trap quand la porte moustiquaire de la véranda avait claqué. Ma mère et moi avions bondi de nos chaises comme si elles avaient été munies d'un ressort à boudin relié aux gonds de la porte, nos cœurs avaient bondi aussi, nos deux cœurs, à l'unisson, et ma mère m'avait spontanément prise dans ses bras en apercevant le visage de Bob, le visage d'un garçon qui voulait être un homme. C'était le jour, mais la nuit ne finirait pas.

Lorsqu'il avait aperçu Sissy Morgan en haut de Snake Hill, l'homme avait revu Jim Latimer, le meilleur joueur de poker de la 1re division d'infanterie de l'armée de l'oncle Sam, qui chancelait sur ses jambes molles en cherchant son bras arraché, puis il avait pensé à Pete Landry, qui pendouillait au bout d'une corde. Avec son short trop grand pour elle et son air de ne plus savoir si elle devait tourner à gauche ou à droite ou s'il valait mieux s'arrêter et moisir sur place, Sissy Morgan ressemblait à Landry, Sissy ressemblait à Jimmy, un pantin qu'on avait violemment privé de l'un de ses membres, une poupée dont la ridicule douleur donnait envie de la battre à mort pour la faire taire. Il lui était apparu clair à ce moment que Sissy Morgan allait bientôt mourir, comme Latimer et comme Landry, comme le pantin et la poupée, comme Zaza et Sugar Baby. Such was life. Such was fucking life. Il avait rassemblé son pouce et son index pour en former un cercle dans lequel il avait visé Sissy. Pow! Et le corps de la fille, avec ses membres désarticulés, avait chuté dans un éclat de rouge ensoleillé.

JOUR 2

Sachant qu'il ne dormirait pas, avec toute la caféine qu'il avait absorbée durant la nuit, Mordecai Steiner, après un détour pour récupérer sa voiture, avait suivi l'ambulance à la morgue, où il avait demandé aux brancardiers de déposer le corps sur une table de métal, puis il avait fermé la porte et enfilé ses gants. Il voulait se débarrasser de cette affaire aussi vite que possible, faire parler la jeune fille avant que l'altération du corps n'embrouille ses propos et rentrer chez lui sitôt qu'il l'aurait enfermée dans l'un des compartiments de son esprit qu'il n'ouvrait que pour des motifs professionnels, que pour prononcer des termes comme «asphyxie», «rupture de l'aorte», «épanchement séreux», des mots froids lui permettant d'exercer ce métier sans se laisser piéger par la beauté, par la jeunesse ou par quelque sentiment qui donnerait à ses scalpels l'allure d'instruments de boucherie. Car Steiner n'était pas un boucher, pas plus qu'aucun légiste de sa connaissance. Son travail était un travail d'enquête, qu'il effectuait dans les règles de l'art, conscient qu'il auscultait un terrain où était peut-être enfouie une part de cette vérité pouvant expliquer ce que sont les hommes.

Avant de procéder à l'autopsie, il avait fermé les yeux, ainsi qu'il le faisait toujours, afin de se remémorer quelques vers de *Macbeth* ayant pour but de renvoyer les spectres à leur inexistence. « Thy bones are marrowless, thy blood is cold… » Cela constituait son rituel, sa façon à lui de se rappeler qu'un cadavre n'était que vestiges, de la matière, rien que de la matière, mais de laquelle il pouvait parfois tirer des signes expliquant la mort, sinon son sens. Il trouvait de la grandeur dans la terreur de Macbeth, qui lui permettait de se tenir à distance de la mort avant d'entailler sa chair. « Thy blood is cold », puis il avait ouvert les yeux et débarrassé Sissy Morgan de ses vêtements ensanglantés.

La jambe indemne était couverte de sang, les cuisses aussi, qui s'opposaient à la blancheur laiteuse de la poitrine. Mordecai Steiner était habitué à ces tableaux d'horreur aux couleurs contrastées qui lui rappelaient les toiles sanguinolentes de Francis Bacon, dans lesquelles se résumaient pour lui la vulnérabilité de la chair au regard de la violence de l'esprit, la putrescence sans cesse imminente du vivant, mais il craignait toujours que le corps des jeunes filles lui révèle des blessures témoignant de la violation de l'être entier par la violation de parties intimes que la nature aurait dû créer férocement inviolables, à l'image de ces vagins dentés qui hantaient l'imaginaire de l'homme.

Avec des gestes délicats, il avait d'abord lavé les membres souillés, « thy blood is cold », indifférent à la beauté passée de Sissy Morgan, puisque aucune chair froide ne pouvait constituer un objet de désir. Il avait ensuite examiné ces creux par où il pourrait confirmer si un sexe bandé avait tenté de réduire Sissy Morgan au rang d'objet jetable ou si le sexe de la jeune fille, par quelque prodige de l'agonie, avait entamé celui de son agresseur. Il avait poussé un lent soupir de soulagement, proche de la joie de qui découvre son enfant intact après la chute, quand il avait constaté qu'aucun homme, jamais, n'avait pénétré le corps de Sissy Morgan. Thank God, avait-il murmuré, comme le font tous les incroyants élevés dans la foi, puis il avait incisé la poitrine de la jeune fille.

Deux heures plus tard, il était prêt à rédiger un rapport préliminaire dans lequel figureraient les mots «mutilation», «lacération», «esquille», des mots froids qui cimentaient le mur qu'il avait érigé entre l'homme de la salle d'autopsie et celui qu'il redevenait lorsqu'il enlevait ses gants et sa blouse tachés de matières organiques. Son rapport comporterait aussi des mots comme «fétichisme», «couteau», «chasse», car il était parvenu à déterminer que les cheveux de Sissy Morgan avaient été coupés par un couteau de chasse, du genre de ceux dont on dépèce les carcasses. Ajouté au piège, ce couteau esquissait le portrait du meurtrier de Boundary, un chasseur, un être dont le pouvoir reposait sur la capture, puis sur les attributs dont il dépouillait sa proie, viande, bois, fourrure et, dans le cas présent, chevelure, la marque par excellence de la féminité, le trophée de l'être malade.

Il enverrait une copie de ce rapport à Stan Michaud, qu'il avait tant de fois vu murmurer à l'oreille des morts qu'il se demandait s'il n'existait pas un canal par où Michaud rejoignait l'esprit en fuite dans le sang se refroidissant. Michaud ne faisait pas de miracles, mais Steiner souhaitait en son for intérieur qu'Elisabeth Mulligan et Sissy Morgan lui aient soufflé en secret quelques mots désespérés, quelques paroles accusatrices qui lui permettraient de mettre la main au collet de l'ordure qui les avait charcutées, pour le jeter ensuite en pâture à leurs pères dévastés. Il avait imaginé les tortures qu'il serait juste d'infliger à ce monstre, puis il s'était calmé, conscient que la plupart des monstres n'avaient pas choisi leur devenir, et il avait terminé son rapport, dans lequel il mentionnait l'hématome dural décelé dans la partie antérieure du pariétal, une blessure ante mortem causée par un objet contondant, une pierre, un bout de bois ou un morceau de tuyau.

Il ne pouvait en être certain, mais tout indiquait que Sissy Morgan avait été assommée avant d'être traînée jusqu'au piège qui lui serait fatal. Tant de violence le déconcertait et il espérait que la jeune fille n'était pas consciente au moment où le piège s'était refermé sur sa jambe, ce que démentaient pourtant les larmes séchées sur les joues grises. Il avait tenté de reconstituer l'ordre des agressions dans son carnet, la coupe des cheveux, le coup frappé, le piège, puis il avait éteint le néon qui grésillait au-dessus du corps et amené celui-ci dans la chambre froide. Il ne pouvait plus rien pour le moment, sinon aviser Michaud que son assassin était doublé d'un dangereux maniaque, ce que Michaud savait sûrement déjà, mais Steiner tenait à le dire dans ses mots à lui, des mots froids n'admettant aucune réplique. Il avait donc téléphoné au poste de police de Skowhegan, où un certain Anton Westlake l'avait assuré qu'il transmettrait son message à Michaud, qui se trouvait toujours là-bas, sur les lieux du crime, puis il était rentré chez lui.

Il était près de midi quand Michaud l'avait rappelé de Boundary. Celui-ci était épuisé, cela s'entendait dans sa voix éraillée, mais il semblait surtout anxieux, inquiet de ne pouvoir agir assez rapidement pour empêcher la découverte d'une troisième victime. Il va recommencer, avait-il murmuré quand Steiner lui avait parlé de la brutalité du meurtre et il avait tout de suite pensé à Françoise Lamar, qui représentait logiquement la prochaine victime. Il avait envoyé un de ses agents chez les Lamar le matin même pour surveiller la jeune fille et le chalet, mais l'angoisse demeurait. Il savait d'expérience que ces détraqués, une fois qu'ils avaient joui du pouvoir que leur conférait la violation d'un corps, puis celle, conséquente, de l'intégrité d'un être, ne s'arrêtaient pas à une seule agression. C'était cela qui l'inquiétait, que la violence progresse. Il avait d'abord envisagé la possibilité que la haine du tueur n'ait eu pour objet que Zaza Mulligan et Sissy Morgan, des aguicheuses, des intrigantes qui perturbaient l'ordre moral de Boundary, lui avait-on rapporté à demi-mot, mais l'humiliation et la douleur infligées à Sissy Morgan changeaient la donne. La haine s'amplifiait et le tueur avait encore faim.

Knocked out, avait-il annoncé à Cusack en raccrochant le téléphone des McBain, dont le luxueux chalet deviendrait en quelque sorte leur quartier général, le centre de contrôle par où l'information quitterait Boundary pour y revenir. Knocked out, avait-il répété en expliquant que la jeune fille avait été frappée à la tête alors qu'elle essayait probablement de s'enfuir. Frappée par-derrière, par un lâche, un minable. Il faudrait chercher l'objet ayant servi à l'assommer mais, la blessure n'ayant pas saigné, aussi bien chercher un Bédouin au pôle Nord. Ébranlé par la voix du légiste lui décrivant le possible rituel de l'assassin, Michaud s'était effondré sur une chaise et avait observé les reflets faisant luire la table de la salle à manger des McBain, une table de chêne qui valait sûrement une fortune et que ses collègues et lui allaient salir de marques de doigts et de café.

Quand les McBain lui avaient proposé de s'installer chez eux au lieu de rester dans l'espace exigu de sa voiture à jurer contre une radio qui ne fonctionnait qu'à demi, Michaud avait immédiatement accepté. Il avait suivi Ed McBain avec Cusack et ils s'étaient assis à la table de chêne, autour de laquelle ils avaient établi leur plan de match en vidant la cafetière apportée par Stella McBain. On reprend tout depuis le début, avait-il grogné en repoussant les quelques feuillets noircis d'une écriture hâtive qui reposaient à côté de la cafetière et d'un plateau de buns auxquels ni lui ni Cusack n'avaient touché.

Ils n'avaient pourtant rien mangé depuis la veille, pâté chinois pour Cusack, côtelettes de porc pour Michaud, agrémentées d'une sauce aux petits fruits de saison qu'il avait repoussée sur les bords de son assiette en essayant d'éviter le regard désapprobateur de Dorothy, qui avait couru à l'épicerie un peu plus tôt après avoir découpé la recette dans quelque magazine vantant les effets positifs de la couleur sur l'humeur et la digestion. Il avait beau lui répéter que les tons neutres favorisaient davantage son transit intestinal de même que sa bonne humeur, Dottie s'était mis en tête d'affiner ses goûts. Il aurait dû être affamé, mais la seule vue des pâtisseries disposées en cercle sur le plateau orné de fleurs des champs lui levait le cœur. Il en allait de même pour Cusack. Son pâté chinois lui pesait encore sur l'estomac et des relents de maïs lui montaient dans la gorge, qu'il repoussait avec du café abondamment additionné de sucre et de crème. Les deux hommes fonctionnaient ainsi, ils carburaient à

la caféine et à l'adrénaline et ils ne seraient probablement pas capables d'avaler rien de solide avant la
fin de la journée.

On a affaire à un chasseur, avait prétendu Steiner,
et Michaud le croyait aussi. Il devrait toutefois user
de prudence avec cette donnée, car s'il parlait de
chasseur, l'histoire de Peter Landry ressurgirait, l'hystérie grimperait en flèche et il perdrait tout contrôle
de la situation. Ce qui comptait pour le moment,
c'était d'empêcher la mort d'une troisième fille. Il
pouvait se fier à Steiner pour ne rien laisser filtrer.
Michaud connaissait le légiste depuis des années,
depuis l'affaire Esther Conrad et au-delà. Il savait que
l'homme qui récitait du Shakespeare aux morts ne les
trahissait pas. Il descendait avec eux au plus profond
de ce royaume des ombres où leurs voix chuchotaient,
pendant que Michaud les suppliait d'en sortir un
instant pour lui décrire la fixité des yeux secs où se
frappaient leurs supplications, pour lui parler un peu
du pourquoi de cette existence où il ne servait à rien
de courir ni de rêver quand le moindre rêve s'éteignait
d'un coup de faux en plein soleil.

Stella McBain venait de leur apporter une deuxième
cafetière, déçue qu'ils n'aient pas fait honneur à ses buns,
gagnants du premier prix à la tombola de Farmington
l'année précédente, quand ils avaient décidé de se
rendre chez les Morgan. Il fallait commencer par là,
par les parents, les proches, même s'il y avait fort à
parier qu'ils ne tireraient rien d'eux, sinon des cris,
des injures, des exhortations, comme s'ils avaient le
pouvoir de remonter le cours du temps et de ressus-
citer leur fille.

C'est Vic Morgan qui leur avait ouvert, la barbe
longue, les cheveux sales, et les avait invités d'un geste

à passer au salon, où Ed McBain servait un scotch qui n'était sûrement pas son premier à Charlotte, la mère, vêtue d'un pyjama de satin blanc dont le corsage était taché. De l'alcool, avait pensé Michaud en constatant que Charlotte Morgan avait peine à se tenir droite dans son fauteuil. Il avait instinctivement ramené le pan de son veston sur sa chemise maculée de café, gêné par l'image que renvoyait Charlotte Morgan et ne voulant pas y être associé. À l'avenir, il emporterait une chemise de rechange et n'aurait pas à se trimballer avec son veston quand le mercure dépassait la barre des quatre-vingts degrés. McBain lui avait aussi offert un verre, de même qu'à Cusack, mais tous deux avaient refusé, puis il les avait laissés avec les Morgan. J'attends dehors, avait-il lancé depuis la porte, et il était sorti.

L'ami fidèle, s'était dit Michaud, celui qui ne vous laissera jamais tomber, songeant que son seul véritable ami avait passé l'arme à gauche quelques années plus tôt, Nick Perry, le plus gros mangeur de frites de l'État du Maine, emporté par un infarctus à cinquante ans. Depuis la mort de Nick, il n'avait plus que Dorothy. Aucun vieux camarade à qui se confier. Il lui arrivait d'aller prendre un verre avec des collègues, de participer à un tournoi de baseball ou à une partie de pêche, mais il ne se sentait vraiment proche d'aucun des fêtards qui remplissaient son verre ou lui criaient de se grouiller le cul afin d'atteindre le deuxième but avant le champ arrière de l'équipe adverse. Run, Stan! Move your fucking fat ass! Nick Perry était le seul homme devant qui il pouvait brailler, à qui il pouvait avouer qu'il avait parfois envie de se trancher la gorge ou de vider le chargeur de son arme dans le ventre du représentant de commerce qui venait de renverser un petit gars avec sa grosse bagnole, le seul homme devant qui il pouvait roter, péter ou vomir sans que l'autre se pousse en se bouchant le nez. Désormais, il n'y avait plus de Nick. Rien que des collègues se nommant Jim, Anton ou Dave, des flics honnêtes, des gars qu'il respectait, mais avec qui il ne partirait jamais pour deux ou trois jours dans le bois, ainsi qu'il l'avait fait à plusieurs reprises avec Perry, transportant leur barda dans des sacs à dos et couchant à la belle étoile en se racontant des blagues sexistes et puis leurs vies, leurs rêves, sans transition. Vic Morgan avait de la chance de pouvoir compter sur un Ed McBain.

Assis l'un face à l'autre, Vic et Charlotte Morgan ne se regardaient pas. Morgan semblait avoir transmis sa cécité à sa femme, qui n'avait pas remarqué la tache sur son corsage, incongrue chez une femme pour qui l'apparence tenait lieu d'identité, et son regard vague demeurait fixé sur une bonbonnière de verre taillé dont les nervures vertes et orange s'entrelaçaient. Mal à l'aise, les deux policiers s'étaient installés sur la causeuse, chacun tassé dans un coin afin que leurs genoux ne se touchent pas, puis Michaud avait sorti son carnet, pour se donner une contenance, avant d'offrir ses condoléances aux Morgan et d'entreprendre leur interrogatoire.

That little bitch, avait lâché la mère quand Michaud lui avait demandé si elle savait où Sissy se rendait quand elle avait quitté le chalet, la veille, that little bitch, never told me anything, puis elle était retombée dans son mutisme, dans l'observation de la bonbonnière. Michaud avait été choqué par les paroles de la mère. On ne traite pas sa fille de little bitch, morte ou vivante. Devant les lèvres pincées de Charlotte Morgan, qui luttait contre l'afflux des pleurs, il avait toutefois compris que celle-ci ne savait aimer qu'à une distance la protégeant des effondrements de la tendresse. Il y avait de la douceur sous l'apparente amertume, ainsi qu'il y en avait eu dans les paroles de Sissy à l'endroit de Zaza Mulligan, you would have told me, bitch! La mère et la fille n'avaient que leur colère à opposer à la mort et elles se réfugiaient dans une haine sans véritable objet pour éviter de tomber dans le gouffre où vous entraînent les larmes. Si elles n'arrivaient pas à se parler, c'est qu'elles se ressemblaient trop. Michaud n'aurait pas parié gros sur les chances de Charlotte Morgan d'échapper à cette amertume qui vous pourrit la vie. Sans la présence de ce double qu'était sa fille, de ce miroir dans lequel elle arrivait à se reconnaître sans trop se détester, elle deviendrait encore plus sèche et entretiendrait cette sécheresse en l'arrosant d'alcool. Il n'enviait pas le sort de cette femme.

De son côté, Victor Morgan ne réagissait pas plus aux little bitch de sa femme qu'aux questions de Michaud, qui les reformulait calmement, essayant de percer le brouillard dont s'entourait l'homme. Morgan demeurait perdu dans ses pensées, plissant le front comme s'il cherchait un mot, une idée disparue, esquissant parfois un sourire triste qu'on devinait lié à un souvenir, puis il prononçait quelques paroles pour lui seul, évoquant une petite robe rose, quelques bougies d'anniversaire, tout en regardant les policiers comme s'il s'était agi de personnages insolites depuis peu apparus dans son salon. Ceux-ci s'apprêtaient à partir quand il avait enfin murmuré the trap, shouldn't have been there. Le piège n'aurait pas dû être là, avait-il répété, mais Michaud, à l'évidence, ne comprenait pas ce qu'il voulait dire. Morgan leur avait alors parlé de la fouille organisée les deux fins de semaine précédentes, du ratissage des bois, des hommes battant le sol avec leurs bâtons, des mouches qui leur suçaient le sang, des pièges jetés dans la boîte de la camionnette de Valère Grégoire. The trap shouldn't have been there. À mesure que Morgan progressait dans son récit, Michaud sentait son visage virer au rouge, parcouru de cette chaleur qui monte avec l'exaspération et vous met le feu aux yeux. Pourquoi, dammit, les hommes réunis la nuit d'avant ne lui avaient-ils pas mentionné qu'ils avaient déjà passé cette maudite éclaircie au peigne fin ?

Cette information était capitale et pas un des crétins qui l'observaient la gueule pendante n'avait jugé bon de la lui révéler. Comme si la police était trop innocente pour additionner deux et deux. Il avait échappé un Jesus Christ en cherchant un mouchoir pour s'éponger le front, puis il avait demandé à Morgan qui, for God's sake, avait ratissé la clairière. Morgan ne se souvenait pas, ne se souvenait plus de rien, répétant toutes les dix secondes que le piège n'aurait pas dû se trouver là. Voyant qu'il était inutile d'insister, Michaud avait rangé son carnet, mais pas son mouchoir, qu'il serrait dans son poing en songeant qu'il allait devoir se fendre en quatre pour interroger des gens qui ne lui révéleraient la vérité qu'à demi, considérant que certains détails n'étaient pas du ressort de la police et devaient être tus, pour le bien de tous ou de quelques-uns.

Pendant qu'il entraînait Cusack vers la sortie, Charlotte Morgan s'était dirigée vers le bar en titubant et lui avait offert un verre, one for the road, detective, mais il ne l'avait pas entendue. Il pensait au piège, volontairement enfoui dans le grand foin couvrant la clairière. Il pensait à l'homme qui l'y avait transporté.

Il pensait aux visages anxieux qui lui avaient caché la vérité. Come on, on s'en va chez Valère Grégoire, avait-il dit à Cusack, voir ce qu'il a fait de ces maudits pièges, et ils avaient laissé les Morgan aux bons soins d'Ed McBain, l'ami fidèle, celui qui ne les trahirait jamais.

En voyant la voiture de police se garer devant chez lui, Brian Larue avait refermé son livre et il était allé à la rencontre de Cusack, qui marchait tête basse vers le chalet. Comme à peu près tous les hommes valides de Boundary, il avait participé à la battue ayant pour but de retrouver la fille de Vic Morgan, la veille, mais il était rentré chez lui avant l'arrivée des policiers, n'ayant pas envie de piétiner dans l'air humide de la nuit en compagnie d'une vingtaine d'hommes atterrés qui se regarderaient bientôt en chiens de faïence, se demandant si leur voisin, le type qui avait un tic bizarre et passait son temps à se gratter l'oreille gauche, n'était pas le fumier qui piégeait leurs enfants.

Il s'attendait à ce qu'on vienne le chercher pour qu'il endosse de nouveau son rôle d'interprète et il était paré, prêt à transposer la peur et les mensonges dans des mots ne différant que par leur sonorité, puisque chargés de la même incompréhension. Il voulait contribuer à l'arrestation de celui qui, en quelques jours, avait transformé Boundary en un endroit maudit où plus personne ne pourrait regarder le paysage sans songer à la violence dont se souvenaient les ruisseaux qui drainaient la forêt. À cause de cet homme, les abords du lac seraient rapidement désertés, comme tout paradis après l'intrusion du mal, et le lieu retournerait à sa sauvageté, à cet état de nature qu'avait connu Pierre Landry, le trappeur à qui l'on attribuait l'origine de cette maladie qui rongeait

Boundary, alors que Boundary avait perdu son statut de paradis dès lors que des hommes, à la suite de Landry, s'y étaient installés. Le mal ne pouvait venir d'un être isolé. Il venait toujours du nombre et du surnombre, de l'accumulation des haines avec le nombre, de la proximité de trop de destins orchestrant férocement leur accomplissement.

Il avait serré la main de Cusack, une main fatiguée, et il était monté avec lui dans la voiture de police. The day will be long, avait marmonné Cusack, puis ils avaient effectué le trajet en silence, de chez Larue jusqu'au chalet des Grégoire, derrière lequel Michaud les attendait, assis sur une souche et fixant ses pieds, aurait-on dit, alors qu'il observait les fourmis, une colonie qui avait érigé son nid près de la souche. Des dizaines d'insectes s'activaient autour du petit promontoire sablonneux, se conformant à des trajets dont la logique lui échappait, quelques-uns transportant de minuscules débris, nourriture ou matériaux qui serviraient à la survie de la communauté, et d'autres allant il ne savait où. Certains comparaient l'activité de ces bestioles à celle des humains, mais la comparaison ne tenait pas la route. L'agitation des fourmis avait un sens, alors que la course effrénée des hommes n'avait d'autre but que d'ignorer leur condition d'êtres mortels. À l'approche de la voiture conduite par Cusack, Michaud s'était levé en prenant soin de n'écraser aucune fourmi, il y avait trop de morts autour de lui pour qu'il demeure indifférent à la vie de quelque créature que ce soit, de quelque innocente et inoffensive bestiole, et il était allé à la rencontre de son coéquipier.

En voyant Larue descendre de la voiture, il s'était senti soulagé d'un poids. Avec Cusack, il demeurait enfermé dans sa vision de flic, alors que Larue venait d'un autre monde, celui des livres, qui réfléchissait le réel avec une acuité différente, prenant une petite parcelle de cette réalité pour la mesurer à l'aune d'un tout ne résidant que dans la somme de ses parties. C'était ce qu'il devait faire aussi, observer Boundary comme le microcosme d'une humanité ne variant pas. En principe, il aurait dû respecter les règles et engager un interprète, mais il ne voulait personne d'autre que ce Larue sur son enquête, quitte à le payer de sa poche si l'administration protestait.

Sorry to take your time again, s'était excusé Michaud, mais Larue savait que l'inspecteur-chef n'avait rien à voir avec le fait que le temps de tous se voyait suspendu entre deux drames. Au contraire, la perspective de travailler avec lui allégeait en quelque sorte sa tâche. Il avait appris qu'avec Michaud, aucun interrogatoire ne risquait de se transformer en mascarade ou en jeu de pouvoir où volaient les coups de matraque. Ignorant ses excuses, il l'avait suivi avec Cusack dans le chalet des Grégoire. Une odeur de soupe au chou emplissait le chalet, qui lui avait rappelé la soupe au chou de sa mère, qu'il se forçait à manger en dépit de sa puanteur. Michaud, quant à lui, avait pensé aux cigares au chou de Dorothy, une autre recette de magazine, et s'était demandé si elle était en ce moment au cimetière, comme à peu près tous les dimanches. Dottie n'allait plus à la messe que de loin en loin, mais elle continuait à visiter ses parents, Mary Forbes, 1889-1962, et Franklin Attenborough, 1887-1957, dont elle garnissait la pierre tombale de fleurs de leur jardin dès l'arrivée des crocus et des jonquilles. L'hiver, elle dégageait la pierre à mains nues, pour que leurs noms demeurent face au vent, et elle leur racontait sa vie, agenouillée dans la neige et la poudrerie. Il lui avait téléphoné vers les six heures, heure à laquelle elle se levait habituellement, pour lui dire qu'il ne savait pas quand il rentrerait ni s'il serait là assez tôt pour les steaks saignants du dimanche soir, prononçant avec une certaine répugnance le mot « saignants », d'une réalité trop crue dans les circonstances. Il la rappellerait plus tard, lorsqu'il aurait interrogé quelques témoins et évalué l'ampleur de sa tâche.

Valère Grégoire s'était excusé de l'odeur de soupe, Berthe, sa femme, ne voulait pas perdre les choux achetés au marché de Farmington la fin de semaine d'avant, puis il leur avait offert de s'installer dans la cour, mais Michaud préférait rester à l'intérieur, qui en disait toujours davantage qu'un carré de gazon sur les occupants d'un lieu. Le chalet était propre, modestement meublé, et il s'en dégageait une chaleur particulière, de gens simples et aimant la vie. Sur une petite table, s'étalait une collection de roches ramassées par les enfants, Denise, Gilles et Estelle, avait précisé Berthe Grégoire en rangeant une pile de bandes dessinées où les aventures de Superman côtoyaient un magazine intitulé *Spirou*, que Michaud prononçait intérieurement Spyrow, des histoires d'espions, probablement.

Avant de commencer son interrogatoire, Michaud avait demandé à Berthe Grégoire si lui et ses collègues pouvaient s'entretenir seuls avec son mari quelques instants, puis il avait regretté sa maladresse en la voyant rougir, mais elle avait répondu non, voyons donc, pas de problème, en lissant sa robe de coton avec ses mains bronzées. Sa robe bien lissée, elle avait appelé les enfants, Denise, Gilles, Estelle, qui les espionnaient de derrière le rideau séparant leur chambre du coin salon, trois petits spyrows qui l'avaient suivie à l'extérieur.

Michaud avait accepté le café que Grégoire lui avait offert, un café en poudre de la marque qu'il buvait tous les jours, lequel n'avait pas la suavité du café au percolateur de Stella McBain, mais lui permettait de créer un lien avec Grégoire, qui ne s'était pas rasé non plus et portait les mêmes vêtements sales que la veille. Un autre qui avait passé la nuit à ruminer et dont les mains tremblaient à cause de la fatigue, de l'excès de caféine, des contrecoups du choc ou de la peur d'être pris en défaut.

Michaud l'avait d'abord interrogé à propos de la fouille effectuée dans les bois durant les fins de semaine du 29 juillet et du 5 août, the search, avait-il dit, the comb. Grégoire leur avait raconté comment les hommes s'étaient rassemblés autour de Vic Morgan, dont c'était l'idée, ratisser la forêt pour éviter une autre tragédie. À ce point de son récit, il avait secoué la tête, compatissant avec Morgan, dont l'entreprise n'avait pas réussi à sauver sa fille. En d'autres circonstances, il aurait parlé d'ironie du sort, mais la mort d'une enfant n'avait rien d'ironique. Il ne se rappelait pas qui s'était chargé du secteur où on avait retrouvé Sissy Morgan, mais il aurait mis sa main au feu que le piège avait été transporté là après la fouille. Personne, même un idiot, n'aurait pu passer à côté sans le voir. À moins de le faire exprès, s'était dit Michaud. Il avait néanmoins gardé cette réflexion pour lui et avait profité de ce que Grégoire parlait du piège diaboliquement apparu dans la clairière pour lui demander ce qu'il avait fait de ceux qu'on lui avait confiés.

Sous sa barbe, Grégoire avait rougi, comprenant tout de suite ce qu'insinuait Michaud. Il avait abattu son poing sur la table en jurant qu'il avait démonté ces maudits pièges pièce par pièce avant de les expédier à la ferraille. Il pouvait les emmener jusqu'au terrain vague où il les avait jetés, s'ils voulaient des preuves, et il avait de nouveau frappé la table du revers de la main. On se fend en quatre pour rendre service pis on se fait accuser, câlisse, avait-il crié en regardant Larue pour que celui-ci traduise, car il voulait qu'il traduise, tout, jusqu'à son câlisse. Cusack avait essayé de calmer le jeu en lui expliquant que personne n'était accusé de quoi que ce soit, mais Grégoire était hors de lui. Il avait fallu l'intervention de sa femme, alertée par le ton de sa voix, pour qu'il retrouve ses esprits. Pogne pas les nerfs, Valère, y font juste leur job.

Debout sur le tapis de l'entrée, Berthe Grégoire avait de nouveau lissé sa robe et elle était ressortie en s'excusant, comme tant de femmes, qui ne se sentaient nulle part à leur place et se seraient excusées d'exister si on le leur avait demandé. Valère Grégoire, de son côté, ne desserrait pas les dents. Il s'était tu, mais sa colère était palpable dans sa respiration bruyante, la colère d'un homme qui devait retenir la violence qui montait en lui comme un excès de bile chaque fois qu'on le contrariait ou qu'on mettait en cause son intégrité. Ce Grégoire n'était pas facile à cerner. Michaud aurait parié qu'il était rongé par une frustration qu'il n'arrivait à dompter qu'en saisissant une hache pour aller fendre un tas de bûches ou en faisant valser son pick-up sur le gravier des chemins déserts. Il avait vu trop d'escrocs monter sur leurs grands chevaux pour croire que l'indignation de Grégoire était garante de son honnêteté.

D'accord, avait-il soupiré, l'agent Cusack, ici présent, va vous accompagner pour récupérer les pièges, on va en avoir besoin pour l'enquête. En réalité, il ne savait pas ce qu'il ferait de ces pièges démontés, mais il voulait vérifier s'ils se trouvaient là où ils devaient être et si Grégoire renverserait la table avant de quitter le chalet. Une dernière question, avait-il lancé alors que ce dernier se levait sans tout casser, où étiez-vous samedi après-midi? Un long silence avait suivi, et Grégoire avait marmonné dans le bois, je coupais du bois en haut de la côte.

Alone?

Alone, avait traduit Larue, puis Grégoire était parti avec Cusack.

Les frites du camping étaient graisseuses et Michaud avait repoussé son cornet en rotant. Il croyait que manger un peu lui ferait du bien, mais les pommes de terre ramollies ne passaient pas. Il aurait pu aller frapper à la porte des McBain et Stella leur aurait sûrement préparé un plat de son cru ayant remporté les honneurs à la foire de Schenectady de 1963, mais il ne voulait pas abuser de l'hospitalité de ces gens. Il s'y rendrait tantôt avec Cusack, pour la réunion prévue avec les gars chargés de fouiller la clairière et la route avec leur équipe. Pour le moment, il avait besoin de rester au grand air. Il s'était promené toute la journée d'un chalet qui puait le chou à un autre qui empestait le tabac et il sentait monter en lui cette vague de nausée caractéristique des nuits blanches et des estomacs vides. Demain, il apporterait ses repas, des sandwichs au porc ou au rosbif, selon ce qu'il trouverait dans le frigidaire, et il restreindrait sa consommation de caféine. En attendant, il ne pouvait rien contre sa nausée, sinon respirer calmement l'air du mois d'août chargé d'odeurs anciennes.

Cusack avait aussi repoussé ses frites, mais il avait avalé son hot-dog comme s'il redoutait qu'on le lui enlève, ce qu'il regrettait, car aux relents de maïs, se mélangeaient maintenant ceux de la saucisse et de la moutarde. Il était depuis peu revenu de la décharge où Grégoire avait jeté les pièges démantibulés et il était crevé. Il avait eu beau essayer de faire parler

Grégoire, celui-ci leur avait apparemment dit tout ce qu'il avait à dire. Les pièges démontés reposaient dans le coffre de la voiture et il se demandait ce que Michaud pourrait bien en faire. Je sais pas, éviter qu'un crétin les ramasse avant nous, avait répondu ce dernier quand Cusack lui avait posé la question, puis il avait refermé le coffre et suivi son collègue à la cantine du camping, dont la devanture s'ornait d'une énorme patate clamant « Bienvenue chez monsieur Patate, Welcome at Mr. Potato ». Michaud lui faisait maintenant le compte rendu de sa nouvelle visite à Marcel Dumas, le voisin du camping, mais il n'entendait que des bribes de ce compte rendu, trop occupé à digérer son hot-dog.

Ignorant qu'il parlait dans le vide, Michaud racontait qu'il ne faisait pas confiance à ce Dumas, trop nerveux, un rongeur cherchant une issue dans une pièce capitonnée. Lui non plus n'avait pas d'alibi pour le samedi après-midi, qu'il avait supposément passé dans son chalet avec sa collection de timbres, pour laquelle il venait de recevoir une série de vingt-cinq pièces sud-américaines des années 50. Puisqu'il vivait seul, personne ne pouvait confirmer ses dires, car il n'avait pas bougé de sa table jusqu'à ce qu'il entende des voix appeler la jeune Sissy Morgan. Il n'avait pas participé aux recherches, à cause de sa sciatique, mais il avait surveillé les allées et venues et pouvait dire précisément qui était passé devant chez lui, qui avait bifurqué vers le camping, qui avait pris la montée à Juneau. Depuis le temps qu'il venait à Bondrée, il connaissait tout le monde. Une fouine, avait ajouté Michaud, qui pourrait peut-être leur fournir quelques renseignements, mais une fouine quand même, une grande gueule qui n'avait pas de conjointe, par-dessus le marché, comme la plupart des psychopathes, qui grattaient leurs poux au-dessus d'une collection de timbres ou de coupures de presse.

Like me, avait ironisé Larue en s'esclaffant, et Michaud avait réalisé que, pas un instant, il n'avait songé à l'interroger sur son emploi du temps de la veille. Dans son esprit, celui-ci ne pouvait davantage faire partie des suspects potentiels que Cusack ou lui-même. Il s'était esclaffé aussi, n'arrivant tout simplement pas à l'imaginer en tueur. Like you, avait-il renchéri, puis il avait avoué qu'il devait en effet lui poser quelques questions, histoire de le blanchir avant de poursuivre l'enquête. Go on, avait répliqué Larue, même s'il n'avait pas plus d'alibi que Dumas et Grégoire. Emma était en ville avec sa mère et il avait passé l'après-midi chez lui. Contrairement à Dumas, cependant, il avait travaillé dehors une bonne partie de la journée, à repeindre les murs de sa cabane à outils, des voisins l'avaient sûrement aperçu, des marcheurs, des gens qui passaient en bateau sur le lac. Grimpé sur son échelle, il avait entendu Vic Morgan crier. Un peu plus tard, il avait vu des hommes se rassembler, auxquels il s'était joint. C'était aussi simple que ça. Après s'être concertés, ceux qui avaient répondu à l'appel de Morgan étaient partis en groupes de deux ou trois, chacun de son côté. Il avait pour sa part accompagné Ted Jamison sur un chemin de bûcherons, qu'ils avaient suivi jusqu'à ce que le chemin s'arrête brusquement devant un empilement de troncs coupés, en criant le nom de Sissy Morgan, Jamison plus fort que lui, avec sa voix à faire trembler les épinettes, puis ils étaient revenus sur leurs pas pour apprendre que Sissy Morgan avait été retrouvée, morte, près d'un piège à ours.

Il ne pouvait rien leur dire de plus, sinon leur parler de la nervosité des hommes, de la façon dont certains serraient les poings ou crachaient à leurs pieds, de la blessure qui avait ouvert le genou de Jack Mulligan alors qu'il dévalait un sentier de Moose Trap, une coupure profonde sur laquelle Hope Jamison, qu'on était allé chercher en sa qualité d'infirmière, avait versé une demi-bouteille de peroxyde avant de l'envelopper dans un bandage sur lequel un cercle rouge était rapidement apparu. Il pouvait décrire les lumières de Bondrée, demeurées allumées toute la nuit, comme pour une nuit de fête, une veille de Nouvel An, les femmes debout à leur fenêtre, mais Michaud avait vu tout cela, Cusack aussi, une nuit déroutée dont la clarté artificielle creusait les visages de cernes noirs.

À l'évocation de cette nuit, les trois hommes avaient baissé la tête, puis Michaud avait orienté la discussion sur la première fouille des bois, désirant savoir si Larue avait participé à cette chasse aux pièges qu'on lui avait cachée par omission ou par bêtise. La première fin de semaine, oui, avait répondu Larue, le dimanche, en compagnie de Gary Miller, avec qui il avait partagé un ragoût préparé par sa femme en parlant de chasse au petit gibier. Larue avait une arme dans son chalet, une vieille Remington 30-06 héritée de son père, dont il ne se servait jamais, sauf pour tirer sur des boîtes de conserve, mais il était bon public et il avait écouté Irving lui parler de l'odeur des bois et des perdrix, de la pluie fraîche dégoulinant des arbres, qui stimulaient en lui l'instinct du prédateur aussi bien que l'amour de la vie, du soleil roux étincelant dans les arbres gelés. Il avait arpenté avec lui ce qu'on avait nommé le secteur 7, entre Weasel Trail et le chemin de bûcherons qu'il avait emprunté la veille, sans rien trouver, après quoi ils étaient revenus vers le camping, où des femmes les attendaient derrière des tables couvertes de salades et d'œufs farcis. Il n'avait pour sa part avalé que quelques pointes de sandwich en regardant des enfants jouer aux quatre coins, puis il avait quitté la fête, car il s'agissait bien d'une fête, d'une réunion d'hommes fiers, heureux de s'être serré les coudes, parmi lesquels des femmes en robes d'été circulaient en répandant leur parfum de lavande ou de violette autour des corps puant la sueur. Le dimanche suivant, il n'avait pas participé à la fouille de Moose Trap, car Emma était avec lui, Emma et Andrée, la fille de Sam Duchamp. Il avait toutefois vu les hommes ressortir des sentiers enchevêtrés de Moose Trap, l'un avec des bois d'orignal, une pièce rare, l'autre boitant ou jurant contre les mouches, et Sam Duchamp avec du sang sur les mains, le sang d'un renard roux ayant succombé à la morsure d'un piège à ours semblable à celui qui s'était refermé sur la longue jambe de Zaza Mulligan.

What the hell! s'était écrié Michaud en entendant Larue mentionner le piège. Il avait immédiatement chargé Cusack d'envoyer un de leurs hommes au labo de Portland avec ces satanés pièges pour qu'on y recueille toutes les foutues empreintes qu'ils pouvaient comporter, même s'il fallait pour cela remonter jusqu'à Pete Landry. C'est à ça que vont nous servir ces pièges, Cusack, à retracer le fumier qui se cache dans les bosquets de groseilles. Priorité numéro un, et que ça saute !

Michaud fulminait car, là encore, il ne comprenait pas pourquoi on ne lui avait pas mentionné ce renard mort. La réponse allait pourtant de soi, personne ne savait, une semaine plus tôt, qu'un assassin se promenait parmi eux. On ne l'avait compris que la veille, en découvrant Sissy Morgan. Michaud avait pris le temps de digérer cette information et il avait avisé Cusack, qui sautait déjà dans la voiture, de les rejoindre chez les Duchamp. Son cornet de frites avait effectué un vol plané en direction d'une poubelle à demi pleine et il avait entraîné Larue sur le chemin de terre encerclant le lac. Il vérifierait son alibi plus tard. Il avait besoin de quelqu'un, là, tout de suite, pour l'aider à désembrouiller cette histoire de dingues.

Contrairement à la nuit au cours de laquelle on avait appris la mort de Zaza Mulligan, mes parents n'avaient pas cherché à me cacher la vérité quand Bob et mon père étaient rentrés au petit matin avec leur gueule de Bonhomme Sept Heures. En moins d'une journée, Bob était devenu un homme qui n'en menait pas large et moi une fille qui veillait avec sa mère, désormais trop grande pour qu'on essaie de lui passer des histoires de lutins ou de marmottes parlantes. Quelqu'un était mort. Sissy Morgan était morte et cette mort n'était pas naturelle. Un tueur se faufilait dans l'ombre des chalets, qui avait zombifié Bob et creusé sur le visage de mon père des rides qui n'existaient pas avant, figées dans une espèce d'hébétude, comme s'il avait reçu un coup de batte de baseball derrière la tête. Et c'est bien ce qui s'était produit dans la clairière, où une dizaine d'hommes, avec lui, avaient été frappés par une arme inconnue. Depuis qu'on l'avait assommé sans crier gare, mon père essayait d'additionner des chiffres qui n'avaient pas de sens, Zaza plus Sissy, et il restait bouche bée devant une équation dont il n'arrivait pas à prendre la mesure, jonglant avec les mots qui auraient redonné sa consistance au réel comme s'il s'agissait de données erronées flottant dans une masse spongieuse. Après ce qu'ils avaient vu dans la clairière, les yeux de mon père, aussi bien que ceux de mon frère, demeuraient frappés d'incrédulité : ces choses-là n'arrivaient pas chez nous. Et pourtant les preuves étaient là, dans les rides, dans l'horreur qui suscitait l'incrédulité, sur le corps qui gisait dans la forêt. Un tueur vivait parmi nous.

Après avoir retiré leurs chemises de laine, mon père et mon frère s'étaient assis à la table, ma mère leur avait préparé du café et l'un d'eux, mon père, probablement, avait dit morte, assassinée. Ma mère avait porté ses mains à sa bouche, j'avais senti mon corps s'engourdir comme si je tombais dans les pommes sans tomber, et mon frère s'était composé une grimace d'homme dont les boutons d'acné n'avaient pas eu le temps de sécher. Tout avait été dit : morte, assassinée.

Quelques minutes plus tard, Millie s'était levée, traînant Bobine par un de ses petits bras sales. Depuis que j'avais retrouvé Bobine, Millie ne l'avait pas lâchée, refusant de la confier à ma mère pour qu'elle recouse les boutons qui lui servaient d'yeux et pendouillaient maintenant à côté de son nez. La poupée ne payait pas de mine et j'avais de la difficulté à croire que sa condition était due aux seules intempéries. Des gamins avaient dû la trouver, Yvon Tanguay ou Michael Jamison, et la démantibuler avant de la jeter sous un tas de planches. Dès que j'aurais une minute, j'irais tirer les vers du nez à ces deux petits innocents de morveux, trop lâches pour s'en prendre à aussi forts qu'eux, et je leur arrangerais le portrait comme ils l'avaient arrangé à Bobine. En attendant, je m'étais forcée à me remettre en mode vivant, pour Millie, pour Bobine, enfin revenue à la maison.

Le reste de la journée, des hommes étaient venus frapper à notre porte, des femmes qui ne pouvaient supporter de rester silencieuses, Jocelyne Ménard, qui s'inquiétait pour Gilles, son mari, je l'ai jamais vu si pâle, et qui sirotait son thé en jetant des petits coups d'œil autour d'elle, espérant peut-être trouver un remède à l'abattement de son mari dans les rayons de soleil traversant la cuisine. Yé tombé sur deux cadavres, Florence, trois si on compte le renard. Berthe Grégoire, pour sa part, craignait que son Valère pète les plombs. La police était venue chez eux au petit matin, pour les pièges, ceux que Valère avait démontés, et Valère avait piqué une crise. Yé pus lui-même, avec ces histoires-là. Y passe son temps à guetter tout le monde.

De leur côté, les hommes parlaient tout bas dans la cour, comme au salon funéraire, par respect pour les morts, se demandant ce qu'ils pouvaient bien faire et quand la police les autoriserait à emmener leurs familles loin de Bondrée. Quant à Millie, elle se promenait d'un groupe à l'autre avec sa catin éborgnée des deux bords en lui disant de ne pas pleurer, pleure pas, ma belle Bobine, ça va s'arranger, trop petite pour savoir ce qui se passait, mais assez grande pour comprendre que ça allait mal.

À quatre heures, pendant que ma mère lavait des tasses, Stan Michaud était arrivé avec monsieur Larue, qui avait pour moi une carte postale d'Emma montrant King Kong au sommet de l'Empire State Building. Emma m'écrivait qu'elle serait à Bondrée le lendemain après-midi et qu'elle avait une surprise pour moi. Je ne peux pas t'en dire plus, il y a des espions. See you tomorrow. Em. J'avais remisé la carte dans le tiroir du haut de ma commode, hors d'atteinte de Millie, en dessous de mes pyjamas. Je n'avais jamais reçu de carte postale de toute ma vie et j'étais aussi excitée que si on m'avait offert une bicyclette à trois vitesses avec siège banane. J'avais soudain de l'importance. Une fille bilingue qui habitait aux États-Unis à l'année, qui parlait le français de France sans se prendre pour le nombril du monde et qui tripait sur King Kong avait une surprise pour moi, qui ne concernait ni mes parents ni les siens, ni mon frère, ni ma sœur, ni Jane Mary Brown, ni la police.

Mon enthousiasme avait baissé de quelques crans quand j'avais entendu mon père mentionner le renard mort évoqué plus tôt par Jocelyne Ménard et j'étais retombée sur terre. Une fille avait perdu la vie la nuit d'avant, Sissy Morgan, et on parlait maintenant d'une bête, couverte de la boue rouge des sentiers de Moose Trap. Au milieu de la montagne, avait précisé mon père, mort depuis peu, son sang presque chaud. Voilà donc d'où venait le sang qui avait poussé Gilles Ménard à se fourrer les mains dans les poches après la fouille de Moose Trap. Voilà d'où venait l'argile inventée par Brian Larue pour nous fermer le clapet, à Emma et à moi, des centaines de renards dont le sang avait imbibé le sol de la montagne depuis que celle-ci existait. Il avait ensuite été question d'un trou creusé à mains nues, d'une prière, peut-être, du retour au grand jour, près du lac, d'un nom que répétait Ménard, Sugar, Sugar Baby, puis j'avais entendu des raclements de chaises, l'entrechoquement des tasses que ma mère rangeait dans l'armoire, la porte qui grinçait. Stan Michaud et Brian Larue s'en allaient chez les McBain. De la fenêtre de ma chambre, j'avais vu Michaud et Larue serrer la main de mon père et traverser la haie de cèdres, derrière laquelle d'autres policiers attendaient. Stella McBain leur avait ouvert et le silence était retombé sur le chalet pendant que j'adressais à mon tour une prière au dieu des renards.

Il était quatre heures et demie et le ciel était sans nuages, le lac d'une limpidité huileuse qui donnait envie de s'y jeter tête première, mais personne, pas même Pat Tanguay, ne troublait l'eau plane. Bondrée venait d'entrer dans une nouvelle ère glaciaire.

Quatre policiers étaient installés autour de la table de chêne des McBain, Stan Michaud et Jim Cusack, Dave Leroy, le responsable des fouilles, et Luke Stanfield, qui avait arpenté Turtle Road avec deux collègues en vue d'y recueillir des indices, d'y glaner quelques commentaires au passage, mine de rien, dans un contexte n'évoquant pas celui plus officiel des interrogatoires. Une forte odeur de sueur et de tabac régnait dans la salle à manger, que Stella McBain chasserait plus tard avec un vaporisateur au parfum de lilas, une odeur de fatigue et de nervosité qui laissait ses marques poisseuses sur la table, où s'imprimaient les mains moites des hommes réunis.

Aucun n'avait touché au plateau de croustilles posé devant eux, sauf Luke Stanfield, qui avalait les chips à pleines poignées et balayait les miettes du revers de la main en racontant qu'il avait parlé à deux garçons, Michael Jamison et Silas Brown, avait-il précisé en consultant son carnet, qui prétendaient avoir vu Sissy Morgan, la veille, s'engueuler avec Françoise Lamar et Mark Meyer, le gardien du camping. L'un de ses gars s'était rendu chez les Lamar, mais Frenchie avait nié, elle n'avait vu ni Sissy ni Meyer depuis plusieurs jours. Conclusion : soit les gamins mentaient, soit Frenchie Lamar se moquait d'eux. Michaud penchait pour la deuxième hypothèse. Quelle raison auraient eue les gamins d'inventer cette querelle ? Il irait chez les Lamar dès cette réunion terminée et il tirerait ça au clair. En attendant, il avait téléphoné au shérif du comté de Somerset, à Madison, pour qu'on envoie quelqu'un cuisiner Meyer chez lui. Vous lui faites cracher le morceau, avait-il rugi. Il avait raccroché si violemment qu'il avait failli arracher le support de l'appareil mural, qui avait tinté dans la pièce soudainement silencieuse. Son of a bitch, avait-il murmuré, puis il avait pressé Leroy de lui faire son rapport avant de se momifier sur sa chaise. Il n'avait pas l'habitude de bousculer ses gars, mais il avait enfin de quoi se mettre sous la dent et ne voulait pas s'éterniser en palabres. La clairière, Leroy, qu'avez-vous déniché ?

En gros, Leroy n'avait rien trouvé de concluant, des mégots de cigarettes, des dizaines d'empreintes de pas et quelques détritus qui ne leur révélaient rien pour le moment. Il faudrait comparer les marques laissées par les semelles, mesurer les empreintes et déterminer lesquelles correspondaient à celles des hommes qui avaient piétiné les lieux du crime, en espérant en trouver une ou deux qui ne coïncidaient pas avec leurs chaussures, pour autant qu'une de ces paires de godasses ne soit pas précisément celle du tueur. Il faudrait voir qui fumait et qui fumait quoi, qui avait pissé dans le bois et où, qui avait jeté un emballage de Kit Kat à la lisière de la forêt et qui avait collé sa gomme sur un tronc d'arbre. Il faudrait procéder à des analyses, des comparaisons, des interrogatoires, un vrai casse-tête, qu'il ne pourrait reconstituer avant plusieurs jours, à supposer, là encore, qu'il ait toutes les pièces en main. Il pouvait cependant affirmer que la jeune Morgan était arrivée dans la clairière par le côté est et qu'elle avait encore sa crinière à ce moment, car on avait recueilli une mèche accrochée à une branche, à une dizaine de pieds d'une piste envahie par la végétation, qui avait autrefois dû être un sentier. Il restait à vérifier s'il s'agissait bel et bien des cheveux de Sissy Morgan, mais il en était sûr à quatre-vingt-dix-huit pour cent. Des cheveux longs, d'une blondeur de miel, ainsi que le disait un peu banalement sa femme quand elle voulait décrire cette couleur chaude, presque sucrée. Cela signifiait donc que le rituel avait eu lieu dans la clairière et que le meurtrier avait probablement attendu la mort de Sissy pour couper ses cheveux. Comme on le fait avec un animal, avait pensé Michaud, ce qui confirmait ses impressions et celles de Steiner. L'assassin ne se servait pas de ses pièges innocemment. L'assassin était bel et bien un chasseur. Michaud en avait profité pour demander à Leroy s'il avait pu tirer un indice quelconque du piège. Pas encore. Il fallait d'abord l'expédier au labo pour examiner les empreintes, pour savoir s'il avait pu appartenir à ce Pete Landry ou si le tueur possédait sa collection personnelle. Des jours, avait repris Leroy, toutes ces analyses prendraient des jours et ne leur apprendraient peut-être rien. Trop de passages répétés avaient souillé la scène du crime.

Leroy avait raison, les indices recueillis dans la clairière pouvaient les mener à l'un de ces dead ends où l'enquête frappe un mur pendant que le tueur vous rit au nez. Bastard! Il avait néanmoins sommé Leroy de conserver chaque mégot et de l'examiner au microscope s'il le fallait. Tu vérifies aussi les souliers, tu déchausses toute la population mâle de Boundary Pond jusqu'à ce que tu déniches le frère de Cendrillon, till you find Cinderella's fucking brother, après quoi il avait appris à Leroy et Stanfield que Sissy Morgan avait été assommée, ce qui exigeait qu'on cherche également l'objet avec lequel on l'avait frappée.

Vous me trouvez d'abord le couteau de chasse dont le tueur s'est servi pour la tondre. Vous n'hésitez pas à vider chaque foutu tiroir de chaque foutu chalet, à soulever chaque matelas, à fouiller chaque poubelle, à défoncer chaque mur suspect et à remonter à genoux chaque maudit ruisseau, s'il le faut. Vous me dénichez ensuite l'objet avec lequel on a frappé la petite. Fais ce que tu peux, Leroy, ramasse-moi tout ce qui est susceptible d'assommer une fille autant qu'un cheval et mesure la hauteur de la branche à laquelle la mèche de cheveux s'est accrochée. Je veux savoir si Sissy Morgan est entrée dans la clairière debout ou si on l'y a transportée.

Il avait conscience que la mission qu'il confiait à Leroy et à Stanfield était quasi impossible, mais il faisait confiance à ses hommes. Ceux-ci avaient reniflé suffisamment de scènes de crime pour avoir l'odorat aussi développé qu'une meute de bergers allemands. Si quelque chose sentait mauvais, ils le flaireraient. De son côté, il s'intéresserait aux hommes, à ceux qui attendaient avec fébrilité la prochaine saison de chasse, il détaillerait les inflexions de leur voix, observerait le tremblement des doigts tachés de nicotine en espérant que quelqu'un flanche, que deux mensonges se frappent de plein fouet, faisant voler quelques fragments de vérité dans la pièce enfumée. Il avait demandé si quelqu'un avait des détails à ajouter et, devant les hochements de tête, il avait mis fin à la réunion, non sans ordonner à Stanfield de ramasser ses miettes de chips. Stella McBain n'était pas leur bonne.

Larue les attendait sur le quai des McBain, les jambes de son pantalon relevées et les pieds dans l'eau. Il avait vidé la petite assiette de buns que Stella McBain lui avait apportée, au grand plaisir de cette dernière, qui s'était empressée de lui préparer de la limonade, puis il s'était abîmé dans la contemplation du lac, dans les remous que créaient ses pieds au bout du quai, en essayant de ne pas penser à la mort, à ses reflets dans le remous, de ne penser à rien, pour se fondre dans les bleus apaisants du ciel et de l'eau. Il était sur le point de s'endormir quand des pas avaient fait résonner le bois du quai, le tirant du monde sans images dans lequel il flottait, quelque part entre ciel et terre, un monde de béatitude formé de couleurs lumineuses, silencieuses et planes. Il avait mis quelques secondes à retrouver ses repères, le lac, la montagne, Michaud et Cusack, leurs gueules de flics tourmentés, et il avait dit adieu au sommeil.

En route pour le chalet des Lamar, Michaud lui avait expliqué qu'il désirait qu'il assiste à l'interrogatoire de Frenchie, même si celle-ci parlait aussi bien l'anglais que le français. Il voulait trois paires d'yeux entraînés à lire entre les lignes, trois paires d'oreilles attrapant et décortiquant le moindre mot de la fille. Quelqu'un avait menti, peut-être Franky-Frenchie, peut-être deux gamins en mal de popularité, mais il allait en avoir le cœur net. En arrivant, il avait salué l'agent qu'il avait posté chez les Lamar, un certain Frank ou Hank Milton, qui semblait s'ennuyer à périr. Assis à une table de jardin, il faisait une patience avec un jeu de cartes emprunté aux Lamar et avait paru enchanté d'avoir enfin de la compagnie. Non, il ne s'était rien produit de particulier depuis le matin, non, il n'avait rien remarqué de suspect. La fille était toujours à l'intérieur, avec la mère, mais le père était parti faire des courses en ville. Patiente encore un peu, je vais te faire relayer, avait promis Michaud, puis il avait frappé à la porte.

Une femme un peu ronde, avenante, aux yeux maquillés d'ombre bleue, était venue leur ouvrir et Michaud avait conclu qu'il s'agissait de Suzanne, la mère. Elle les avait fait asseoir au salon et elle avait appelé Frenchie, Françoise, qui était arrivée en traînant les pieds. Frenchie était une jolie fille, aux cheveux presque aussi longs que ceux de Sissy Morgan et de Zaza Mulligan. Il y avait cependant en elle quelque chose d'inachevé, une absence d'éclat qui la rendait quasi banale aux côtés des deux autres. Michaud n'aurait pu dire à quoi tenait cet inachèvement, peut-être à la langueur de l'intelligence. Il avait l'impression que Françoise Lamar resterait toujours à deux doigts de la beauté, ce qu'elle tentait de compenser à l'aide d'un maquillage trop voyant et de tenues provocantes. Elle portait un short ultra-court, un débardeur trop ajusté, mais Michaud était davantage choqué par la nudité des pieds, qui accentuait l'indécence de la tenue. Il aurait préféré qu'elle soit convenablement vêtue, mais il n'allait pas lui dire d'aller se chausser. Il prendrait Frenchie Lamar telle qu'elle était, une jolie fille qui exhibait ses jambes et ses pieds d'une minceur parfaite.

Avant de commencer l'interrogatoire, il avait présenté ses condoléances à Frenchie, sorry for your loss, et prié Suzanne Lamar de patienter à côté. Il voulait que Frenchie soit seule et puisse parler librement. La mère ne s'en était pas offusquée, elle devait s'occuper du souper. Michaud avait néanmoins attendu que des bruits de casseroles leur parviennent de la cuisine avant de se lancer. What were you doing with Mark Meyer yesterday, Franneswoise? La question avait décontenancé l'adolescente, qui n'avait pas prévu une attaque aussi directe. Elle avait tenté de n'en rien laisser paraître et lui avait répondu avec un semblant de sourire qu'elle n'avait pas vu Mark Meyer depuis plusieurs jours, didn't see Mark since last week. Elle s'efforçait de cacher sa nervosité mais, sous le masque, Michaud percevait une forme de terreur, probablement due à ce qui était arrivé à ses copines, au sort qui l'attendait également si on n'attrapait pas rapidement le meurtrier, mais aussi à la crainte d'en dire trop ou pas assez et de se mettre dans le pétrin alors que tout s'écroulait autour d'elle, Sissy, Zaza, l'insouciance et la joie. Il lui fallait traquer cette peur, au risque de bousculer davantage la jeune fille, car il était évident qu'elle mentait comme un mauvais arracheur de dents.

Pendant vingt minutes, il avait opposé sa version des faits à celle des gamins, l'avait interrogée à propos de Sissy, de Zaza, de Mark Meyer, laissant parfois la parole à Cusack, assis dans le fond de la pièce et que Frenchie reluquait sans cesse, parce qu'il était bel homme ou parce qu'il paraissait moins menaçant. Un peu des deux, assurément. Michaud ne savait pas à quoi tenait le charme de Cusack, il ne comprenait rien au goût des femmes, mais celles-ci le trouvaient beau, à commencer par Dottie, qu'il ne comprenait pas non plus. Quoi qu'il en soit, le sex-appeal de Cusack facilitait certains interrogatoires et il n'allait pas se priver de cet atout. Peu à peu, il lui avait laissé davantage de place et Frenchie avait paru se détendre. Elle avait allongé les jambes, plaçant ses pieds bronzés bien en évidence, tout à coup détendue, puis Cusack l'avait rattrapée au détour d'un commentaire et elle s'était trahie en parlant des gamins. Une rougeur subite avait envahi son visage et elle avait rapidement ramené ses jambes vers elle. La peur était réapparue, mise à nue par la vérité. Sans s'en rendre compte,

Frenchie Lamar venait d'avouer que Michael Jamison et Silas Brown, deux petites pestes, deux morveux qui n'avaient rien de mieux à branler que d'épier les filles, que de guetter le moment où elles dégraferaient leur maillot de bain pour se faire bronzer le dos, l'avaient bel et bien aperçue en compagnie de Mark Meyer et de Sissy Morgan. Elle se rongeait les lèvres et Michaud, voyant qu'elle était sur le point d'ajouter quelque chose, avait fait signe à Cusack d'attendre avant de lui poser d'autres questions. It was not yesterday, avait-elle enfin lâché, it was the day before, Friday, Friday morning. Don't tell dad, avait-elle imploré en jetant un coup d'œil vers la porte, comme si son père allait l'ouvrir d'un instant à l'autre pour venir lui flanquer une paire de claques. He's not here, lui avait répondu Michaud d'une voix douce, you can talk, we won't tell.

En gros, il s'avérait que Frenchie Lamar avait une aventure avec Mark Meyer à l'insu de ses parents, qui la tueraient s'ils l'apprenaient. Don't tell dad! Meyer était la raison de son engueulade avec Sissy, qui prétendait que Frenchie jouait dans le dos de Zaza, une morte, en s'exhibant ainsi avec Meyer. Mais les gamins se trompaient, cette prise de bec avait eu lieu avant-hier, avait insisté Frenchie, vendredi, Friday morning. Mark n'était pas à Boundary hier, il était à West Forks, avec ses parents, ils n'avaient qu'à vérifier, puis elle avait fondu en larmes. À travers ses geignements, surgissaient parfois les noms de Sissy, de Zaza, Sis, Zaz, et Michaud avait regretté d'avoir été aussi brusque avec elle. Cette enfant n'était qu'une victime, une gamine innocente qui s'était entichée d'un imbécile. Il avait tenté de la consoler en lui promettant qu'il mettrait la main au collet de l'homme qui s'en était pris à ses amies, I'll catch him, Franneswoise, I swear.

Incapable de stopper le nouvel accès de pleurs qui secouait Frenchie Lamar, il avait appelé la mère et s'était excusé, après quoi ils étaient partis, Michaud, Cusack, Larue, trois hommes troublés par la tristesse d'une fille blessée.

La nuit était presque tombée quand ils avaient quitté le chalet des Lamar. Derrière la montagne, une mince bande de rose subsistait encore, que le soir avalerait en quelques secondes. Près du chalet, le jeune Hank ou Frank Milton faisait les cent pas à travers les silhouettes sombres des arbres. Si le tueur se baladait dans le coin, il n'aurait qu'à s'approcher doucement pour lui flanquer un coup de pierre ou de bâton sur la nuque, ainsi qu'il l'avait fait avec Sissy Morgan, mais le tueur ne viendrait pas jusqu'ici. Il attendrait que sa prochaine victime s'éloigne, se dérobe aux regards des autres, et il frapperait. La vision d'un bras s'élevant dans la nuit avait traversé l'esprit de Michaud pendant qu'il avisait Milton qu'il enverrait dans l'heure un ou deux hommes pour le relever. Alors que la bande de ciel rose s'éclipsait, il avait dit enough, enough for today, formule magique et libératrice que Cusack et Larue attendaient depuis un moment déjà.

Michaud avait insisté pour raccompagner Larue chez lui, mais celui-ci préférait marcher. I need some fresh air, avait-il murmuré, puis il avait disparu dans l'obscurité de Turtle Road. Michaud et Cusack l'avaient regardé s'éloigner et ils étaient montés dans leur voiture. Quelques secondes plus tard, les deux hommes quittaient Boundary, Cusack au volant, Michaud la tête bourdonnante et se demandant quel rôle jouait Meyer dans cette histoire, toujours présent sans être là, au milieu d'un trio de jeunes filles ayant jeté leur dévolu sur lui, faute de mieux. À ce qu'il avait compris, il était sorti à deux ou trois reprises avec Sissy, même chose avec Elisabeth Mulligan, d'où la colère de Sissy, qui avait pourtant envoyé promener Meyer après Zaza, avant Zaza, qu'importe. Il ne comprendrait jamais rien aux entichements des femmes.

Il pensait à Dottie quand Cusack avait freiné devant chez lui après un trajet qui lui avait paru ne durer que quelques minutes. Il avait dû dormir sans s'en rendre compte, peut-être ronfler et baver sur sa chemise, mais il n'avait pas le cœur à s'excuser. Il avait souhaité bonne nuit à Cusack et il était rentré rejoindre sa femme.

Tous les policiers avaient quitté Bondrée pour la nuit, une équipe après l'autre, tous les gens étaient rentrés chez eux, sauf les agents qu'on avait postés chez les Lamar, nos premiers voisins sur la gauche, pour remplacer celui qui avait fait le piquet devant le chalet toute la journée. Mes parents me croyaient dans ma chambre, mais j'étais sortie en douce pour les observer. Les deux gars se tenaient chacun de leur côté, se rejoignaient parfois pour échanger quelques mots à voix basse, puis se tournaient de nouveau le dos. Il n'y avait pas grand-chose à voir, le plus grand buvait du Coke, l'autre grignotait des Cracker Jack et ouvrait de temps en temps la portière côté conducteur de la voiture pour prendre un thermos ou une cigarette et vérifier la radio, me permettant ainsi d'apercevoir son visage sous la lumière du plafonnier, un visage de rouquin à moustache, rien d'intéressant là non plus. J'avais fini par me lasser et j'étais descendue près du lac sur la pointe des pieds.

Le dos appuyé à la roche que mon frère et moi avions nommée la roche préhistorique à l'époque où on jouait ensemble et où nos trois années de différence ne comptaient pas, j'avais désespérément cherché la Grande Ourse pour ne pas penser à ce qui nous arrivait, mais des nuages commençaient à couvrir le ciel, qui nous amèneraient de la pluie le lendemain. Seules quelques étoiles se montraient ici et là, hésitantes sous le voile de brume s'étalant d'est en ouest au-dessus de nos têtes. Si le monde ne s'était pas ennuagé comme le ciel de ce soir d'août, quelques feux de camp auraient brillé autour du lac, chez les Miller, chez les Ménard, desquels se seraient élevés des blagues et des chants de bivouac, des craquements d'étincelles. Un soir normal au bord d'un lac en plein été. On aurait également entendu en sourdine le pick-up de Zaza Mulligan, les blagues de Sissy Morgan plongeant au bout du quai, les baigneurs de nuit fendant l'eau plane. L'été de *Lucy in the Sky* se serait déroulé dans l'odeur des guimauves, de la lotion Coppertone et du sable chauffé, et personne n'aurait imaginé qu'un été puisse s'interrompre en plein cœur de la canicule. Mais voilà, deux filles étaient mortes, tuées, assassinées, et d'autres pouvaient l'être encore, c'est ce que nous apprenait la nuit privée des cris enjoués de Sissy Morgan.

À défaut de pouvoir admirer la Grande Ourse, je m'étais concentrée sur une étoile qui frôlait le sommet de la montagne, à laquelle j'avais adressé une prière, pour Sissy, pour Zaza, qui me manquaient comme peut vous manquer le désordre laissé par des cousines délurées au terme des vacances. Je ne serais jamais plus la littoldolle de qui que ce soit, la petite morveuse montrant ses araignées et ses couleuvres aux deux Américaines qui disaient foc en s'esclaffant. Plus jamais les deux filles ne descendraient la côte Croche en chantant *Are you lonesome tonight?* à tue-tête. Plus jamais, disait ma prière, et l'étoile, au-dessus de la montagne, s'était peu à peu liquéfiée, une étoile molle et mouillée qui sombrait derrière les nuages. Foc, Sissy, avais-je murmuré, foc, Zaza, puis j'avais essuyé mes larmes pendant que l'image des deux filles ayant représenté mon idéal sombrait avec l'étoile. Un autre feu qui s'éteignait, mais n'en continuerait pas moins d'éclairer mon enfance.

Je cherchais une feuille ou un vieux papier avec lequel me moucher quand j'avais aperçu une silhouette, sur la plage, qui se dirigeait vers moi. Le meurtrier... l'assassin de Bondrée. Ça ne pouvait être que lui, le tueur, le maniaque, qui ne sortait que la nuit et guettait sa prochaine victime. J'avais rampé jusque derrière la roche en priant pour qu'il ne m'ait pas vue, please, mon Dieu, please, et j'avais fait l'autruche, la tortue, le pigeon gelé, le menton rentré dans le cou au maximum. J'aurais pu crier et les policiers auraient accouru, mais j'aurais du même coup alerté mes parents, qui m'auraient dès le lendemain attachée à mon lit avec une chaîne et un cadenas. Je me raviserais si le tueur s'approchait trop. En attendant, j'avais sorti la tête d'un quart de pouce pour saisir un bâton, un gros bout de branche avec lequel je pourrais lui péter les genoux, mais le bâton tremblait dans mes mains comme le corps de Road Runner quand il se prend une enclume dans le front, pendant que je répétais intérieurement s'il vous plaît, mon Dieu, please, puis j'avais entendu une voix, la voix de Bob, qui chuchotait mon nom.

Fuck, Bob, avais-je chuchoté à mon tour en lâchant mon bâton, à la fois soulagée de voir mon frère et complètement renversée par le fuck qui m'était venu spontanément, le premier vrai fuck de ma vie, pas imité, pas répété. Si je n'avais craint de faire trop de bruit, j'aurais sauté au cou de Bob, pas seulement parce que Bob était Bob et non le tueur, mais parce que Sissy et Zaza, du haut de leur étoile mouillée, venaient en quelque sorte de me donner une claque dans le dos. Fuck, les filles !

Qu'est-ce que tu fais là? m'avait demandé mon frère, puis il s'était mis à m'engueuler tout bas. T'es complètement folle de sortir toute seule en pleine nuit. À quoi tu penses? Tu sais pas qu'y a un tueur dans le coin, et gnagnagni, et gnagnagna, mais j'étais tellement contente qu'il soit Bob et seulement Bob qu'il aurait pu m'engueuler toute la nuit que je n'aurais pas riposté. Bien entendu, le flic le plus proche de nous l'avait entendu, le deuxième flic avait entendu le premier flic crier son nom, Carver! et ils s'étaient dirigés vers nous en braquant devant eux leur lampe de poche. Heureusement que mon frère était récemment devenu un homme, car il avait pu s'expliquer avec eux, c'est ma petite sœur, je la surveille, et gnagnagna. J'avais failli éclater de rire quand je l'avais vu serrer la main des policiers, ce qui aurait été mon premier rire depuis la mort de Sissy Morgan, mais je m'étais mordu une joue, Bob venait de me sauver la peau, Bob avait vu la mort, il méritait un peu de respect.

Une fois Carver et son collègue retournés à leurs postes, Bob était venu s'asseoir avec moi, dos à la roche préhistorique, comme autrefois. On était un peu plus à l'étroit, Bob avait élargi, moi aussi, mais pas la roche, si bien qu'on avait dû s'écarter un peu pour que nos épaules ne se touchent pas. On était restés quelques instants en silence, puis Bob m'avait demandé si je me rappelais le jour où on avait peint les marques de rouille sur l'auto de papa avec un vieux pot de peinture jaune qu'on avait piqué dans le hangar. Je n'avais pas oublié ce jour, pas plus que je n'avais oublié la colère de mon père, qui s'était baladé pendant six mois avec une auto bleu et jaune en attendant d'avoir de quoi se payer une nouvelle peinture. Mais je me souvenais surtout de la solidarité qui nous unissait alors, Bob et moi, tous pour un et un pour tous, et j'étais certaine que Bob pensait à la même chose. Il avait évoqué cette gaffe pour cette raison, parce qu'on était de nouveau ensemble, les coudes serrés, à côté de notre roche.

On avait ensuite parlé du bougonneux de Picard, qui préférait jeter les pommes de son verger plutôt que de nous en donner, de la naissance de Millie, de l'écureuil nommé Gobeil qui m'avait presque avalé un doigt avec sa pinotte, un paquet de vieux souvenirs comme en ont un frère et une sœur, perdus parmi ces images qui cimentent la vie et s'ajoutent au partage du sang. Pendant tout ce temps, je n'avais pourtant qu'une idée en tête, interroger Bob à propos de ce qu'il avait vu dans la clairière. J'attendais juste le bon moment, mais c'est lui qui avait abordé le sujet. Sa voix était soudainement devenue grave, puis il m'avait parlé du piège, de la masse pâle au milieu du foin, de Victor Morgan, à ce point enragé qu'il avait d'abord fallu trois paires de bras pour le maîtriser avant qu'il s'effondre auprès de Sissy. C'est pour ça qu'y faut pas que tu sortes toute seule, Dédée.

Il y avait longtemps que Bob ne m'avait pas parlé ainsi, longtemps qu'il ne m'avait pas appelée Dédée et je me serais mise à brailler si quelqu'un d'autre ne m'avait devancée.

Bob me racontait que le père de Jane Mary et Silas Brown avait renvoyé sur ses bottes à tuyau quand un hurlement avait déchiré la nuit, un cri de mort qui crachait mon nom, Andrée, Dédée, la puce. Ma mère venait de constater que je n'étais pas dans mon lit et elle avait pensé au pire, à ce que toute mère normale se serait imaginé en trouvant le lit de sa fille vide en plein cœur d'un été où les loups-garous avaient décidé de reprendre du service pour se dérouiller les griffes. En l'entendant s'égosiller, Carver et son copain avaient rappliqué en vitesse, des lumières s'étaient allumées aux fenêtres des chalets, celui des McBain, celui des Grégoire, des portes s'étaient ouvertes à toute volée et mon frère et moi, on était remontés en courant vers le chalet, arrête de t'énerver, mom, on est là.

La gifle que j'avais reçue avait été aussi spontanée que mon fuck, un peu plus tôt, mais j'en avais à peine senti la brûlure parce que je venais de retrouver mon frère, disparu depuis quelques années derrière sa voix rauque et ses grands bras de singe, qui avaient poussé en même temps que sa barbe.

La lettre *M*, répétait-il, la lettre *V*, la lettre *W*… Assis sous une lampe de lecture, Stan Michaud examinait les polaroïds pris par Cusack dans la clairière. C'était le premier moment dont il disposait depuis la veille pour regarder ces photos en paix, sans rien pour le distraire. Lorsqu'il était rentré, Dorothy l'attendait. Elle lui avait gardé des macaronis, qu'elle avait réchauffés pendant qu'il se servait un bourbon et lui racontait les grandes lignes de l'affaire. Sissy Morgan, avait-il dit, abandonnée dans la forêt, une vision d'épouvante, une beauté tragique, il ne savait laquelle de ces images surpassait l'autre.

Malgré que son discours ait été plein de non-dits, de trous béants où les mots refusaient de se jeter, Dorothy l'avait laissé parler sans l'interrompre, écoutant la douleur dans sa voix, son impuissance devant le mal, trop sournois pour être saisi. Elle avait écouté sa rage pendant qu'il lui décrivait l'avantage de l'assassin, qui devançait toujours les autres de quelques longueurs, de sa détermination à le rattraper, même si je dois faire des pas de géant, Dottie, comme dans les contes, comme dans ces histoires où le héros chausse des bottes de sept lieues, some sort of seven league boots, parce qu'il l'avait juré à Sissy Morgan dans la clairière, à Esther Conrad dans les miasmes du dépotoir de Salem, à Frenchie Lamar en lui tendant un mouchoir. I'll find him, I swear. You will, avait répondu Dorothy en posant une main sur son épaule, puis elle avait mis à la poubelle les macaronis à peine entamés et lui avait souhaité bonne nuit. Elle savait qu'elle devait le laisser seul et qu'il ne servait à rien d'insister pour qu'il monte se coucher. Il monterait quand son deuxième ou son troisième bourbon aurait eu raison de son épuisement et que s'embrouilleraient les visages d'Elisabeth Mulligan et de Sissy Morgan, des pauvres filles à qui elle préférait ne pas penser, des princesses mortes au bois dormant.

Dottie comprenait que Stan soit bouleversé, on l'aurait été à moins, mais elle comprenait moins bien son acharnement. Il semblait presque croire que l'arrestation du meurtrier ressusciterait les jeunes filles et qu'elles pourraient enfin répondre à la question qu'il se posait depuis toujours : why ? Pourquoi le mal était-il plus fort que la police, plus fort que le bon Dieu, plus fort que la beauté ou la joie pure de l'innocent ? Why ? Son comportement ne cachait pas un désir de vengeance ni même un désir de rendre justice, Stan ne croyant pas plus à la justice qu'à l'honnêteté. Il endossait la culpabilité des criminels et voulait que les morts sachent qu'il dormait avec eux, que quelqu'un se souciait de leur dernier souffle, de la vérité qu'il contenait, la seule vérité, en somme, qui méritait qu'on s'y attarde. S'il entendait ce souffle, le souffle de toute vérité, il pourrait peut-être faire le silence en lui et apercevoir l'assassin.

Pendant qu'elle se préparait à se mettre au lit en pensant à ces étranges péchés dont s'accusait son mari, ni véniels ni mortels, des péchés de la conscience, pareils à de longs serpents dont le venin provoquait l'insomnie, Michaud avait sorti les photos, espérant y trouver un détail qui aurait échappé à tous, mais rien ne surgissait de cet ordre parfait succédant à la mort.

Il n'y avait que cette lettre, sous la saignée du coude, dans laquelle Cusack avait reconnu un oiseau en vol. Celui-ci avait peut-être raison, la lettre pouvait n'être qu'une tache de poussière ayant pris la forme d'un oiseau, comme un signe prémonitoire représentant l'envol de l'âme, mais, au fond de lui, il voulait croire que Sissy Morgan, dans un ultime effort de vengeance, avait tracé l'une des initiales de son meurtrier sur sa peau brune. Depuis plusieurs minutes, il retournait la photo dans tous les sens, ne pouvant s'empêcher d'y voir les doubles initiales de Mark Meyer, quand il y avait aussi un *M* dans Mulligan et dans Morgan, dans Ménard, dans Maheux, dans McBain, dans mother... Son jugement était faussé, mais il n'y pouvait rien, la gueule de petite frappe de Meyer ne lui revenait pas, une face à fesser dedans, ainsi qu'il avait entendu Bob Lamar le dire, une expression impossible à traduire littéralement. A clown face, avait-il conclu, parce qu'il n'aimait pas l'hypocrisie des faces de clowns et que Meyer était bel et bien un clown, un bouffon avec une queue trop longue. Il vérifierait de nouveau ses alibis le lendemain et interrogerait ce bozo lui-même, après quoi il arriverait peut-être à se le sortir de l'esprit.

Dottie était couchée depuis longtemps quand il avait enfin rangé les photos dans une enveloppe et qu'il était monté, fourbu, se glisser dans ses odeurs de femme mûre et de fruits chauds. À trois milles de là, Jim Cusack regardait pour sa part le plafond de sa chambre, le ventre alourdi par les quatre côtelettes qu'il avait enfournées sous le regard inquiet de Laura, qui ne l'avait jamais vu manger avec une avidité aussi indifférente, mécanique. Elle ne l'avait jamais connu aussi silencieux non plus. Normalement, il lui racontait sa journée en rentrant, heureux d'avoir épinglé un salaud ou d'avoir empêché un gamin de faire une bêtise, mais depuis le début de cette affaire, elle n'arrivait à lui soutirer que quelques détails ici et là. Too sad, baby, too dark, lui répondait-il, don't wanna talk about it. Tout ce qu'elle savait de l'enquête, ou à peu près, elle le tenait de Dorothy. Une deuxième fille, lui avait appris Dottie le matin, après le coup de fil de Stan, assassinée dans la forêt, comme dans les romans, comme dans les films. Ce sont ces jeunes filles qui obsédaient Jim, à tel point qu'elle se sentait presque jalouse d'elles, de deux filles mortes auprès de qui elle s'excusait de sa sottise en regardant le vent dans les rideaux.

C'est pourtant son visage à elle que Cusack voyait partout, dans les sous-bois et dans les tombes, dans les reflets que soulevaient les rideaux. Conscient que Laura ne dormait pas, il cherchait les mots susceptibles de la rassurer, mais comment rassurer une femme dont la mort vous obsède? Il fixait le plafonnier éteint en se disant qu'il devait dormir aussi, qu'il ne tiendrait pas le coup à ce rythme. Ses quatre côtelettes lui brûlaient l'estomac autant que ses hantises l'étouffaient et il ne pouvait fermer un œil sans qu'une procession de femmes suppliantes surgisse derrière le voile rouge irriguant ses paupières. De guerre lasse, il s'était relevé et était descendu s'asseoir dans la cour, d'où il avait observé le ciel qui s'ennuageait, pendant qu'à des milles de là, Brian Larue contemplait aussi les nuages, étendu sur une chaise longue qu'il avait installée près du lac. Il entendait le faible remous des vagues, dont l'écume roulait sous sa chaise, et il priait le ciel pour s'endormir, mais trop d'images se bousculaient également dans sa tête, Stella McBain s'activant pour ne pas s'effondrer, Valère Grégoire frappant la table du poing, Sam Duchamp décrivant l'agonie d'un renard, sa petite Emma qui arriverait demain et qu'il devrait confier aux Duchamp pendant qu'il ferait le tour du lac avec Michaud, un chalet après l'autre, jusqu'à ce que le soir tombe encore. Il n'était pas formé pour ce boulot de flic qui vous obligeait à forcer la porte de gens qui auraient voulu manger tranquilles, dormir tranquilles, vivre tranquilles. Il avait honte de salir leurs planchers avec ses grosses bottines alors qu'il savait bien que ce n'était pas vraiment lui qui entrait chez les gens, mais le tueur, le tueur et ses bottes sales.

Il devait être deux heures quand il s'était enfin endormi au son des vagues, à peu près la même heure quand Stan Michaud s'était mis à ronfler, et à peine plus tard lorsque Jim Cusack s'était traîné jusqu'au divan de son salon, où il s'était enfoui la tête dans un tas de coussins qui sentaient la poussière d'été. Une journée harassante attendait les trois hommes le lendemain, le jour trois de l'enquête, qui commencerait sous un ciel voilé et se terminerait dans le grondement de l'orage.

Sissy Morgan marchait sans but, l'esprit encore figé dans cette pensée vitreuse donnant au monde un aspect irréel. Where were you, Zaz? What have you done? Même le vent n'était plus le vent, lequel n'arrivait pas à sécher sa peau moite. Elle avait descendu Snake Hill à la manière d'une automate, are you lonesome tonight, et avait bifurqué vers Weasel Trail, où elle s'était assise sur un tas de roches, pas fatiguée, pas assoiffée, simplement lasse et ne sachant plus si elle devait marcher jusqu'à atteindre le bout du monde ou demeurer là, sur ce tas de roches, jusqu'à ce que ses bras se détachent de son tronc.

Le soleil était encore haut quand Sissy avait entendu des pas faire craquer les branchages, un renard ou un lièvre, un renard ou un homme. Elle s'apprêtait à repartir, ne voulant voir ni lièvre ni personne, quand elle avait aperçu l'homme, ou plutôt sa chemise, un pan de blanc entre les feuilles. Un autre emmerdeur qui désirait la mettre en garde, lui dire de ne pas s'enfoncer seule dans les bois. Fuck you! Elle avait quitté le sentier en longeant les méandres d'un ruisseau à demi asséché, Peter's ou Weaver's Brook, qu'importe, puis avait grimpé une colline, Snake Hill, Shit Hill, Whatever Hill, s'écorchant les genoux mais ne voulant pas s'arrêter, car les pas la suivaient. Parvenue au sommet de la colline, elle avait demandé qui était là, who's there? Leave me alone! Devant le silence, elle avait attrapé une pierre qu'elle avait balancée plus bas, en direction des pas, en direction du pan de blanc qui progressait entre les arbres, leave me alone, you pain in the ass !

La colère l'emportait sur la peur mais, pour la première fois depuis la mort de son amie, Sissy Morgan sentait le sang refluer dans ses membres et son cœur battre entre ses tempes. You won't frighten me, you bastard ! Elle avait attrapé une autre pierre, plus grosse que la première, et s'était réfugiée derrière un arbre. Tout en bas c'était l'heure du souper, Michael, Marnie, supper time, tout en bas il faisait soleil, et Sissy avait regretté les jours où elle courait avec Zaza à cet appel, Zaza, Sissy, supper time, dévalant la colline pour aller s'empiffrer de hamburgers sur la terrasse des Mulligan, relish moutarde avec des frites.

Elle évaluait ses chances de rebrousser chemin à toutes jambes sans se casser la gueule, run, Sissy, run ! quand une main avait saisi son épaule. Prête à mordre et à tuer, elle avait bondi sur ses pieds, sa pierre au bout des bras, mais elle avait retenu son geste. You ? Puis Sissy avait aperçu la pierre, la pierre blanche qu'elle avait lancée plus tôt, dans la main prête à mordre, dans la main prête à tuer de l'homme.

Why ? Why...

Après quelques inutiles suppliques, quelques jurons, quelques injures, stupid fool, bloody fucking son of a bitch, of a whore, of a wreck, Sissy Morgan s'était mise à reculer. À peine avait-elle eu le temps de se retourner que la pierre s'abattait derrière son crâne, noircissant le monde irréel où coulait sa pensée vitreuse.

JOUR 3

Il ne pleuvait pas encore lorsque Stan Michaud et Jim Cusack s'étaient garés dans l'allée du camping de Boundary, le lundi 14 août, dans le but d'interroger les campeurs, mais la nature entière exhalait ce parfum immobile précédant l'orage, un parfum qui rendait Michaud heureux, comme toutes les odeurs calmes. Un remède à l'angoisse, à l'inutile fébrilité des jours venteux. La paix qui émanait des arbres l'aiderait à entamer cette journée sans en anticiper la lourdeur, voilà ce qu'il se disait quand il avait vu les deux journalistes se diriger vers lui, l'un muni d'un carnet, l'autre d'un appareil photo. Son of a bitch, avait-il juré en se tournant vers Cusack, mais le flash de l'appareil photo crépitait déjà. «L'inspecteur-chef Stanley Michaud à son arrivée sur les lieux du crime», ou quelque autre ineptie du genre, lirait-on le lendemain sous une photographie le montrant en train de tourner le dos ou de brandir les bras pour tenter de faire fuir ces emmerdeurs comme on tente d'éloigner un essaim de mouches noires.

Il savait qu'on les verrait apparaître un jour ou l'autre, ces engeances flairaient le sang à des centaines de milles. Il avait naïvement souhaité que l'isolement de Boundary les tiendrait à distance. Autant espérer qu'un loup résiste à une brebis captive. Il avait d'abord pensé s'en sortir avec l'une de ces formules passe-partout qu'on entend régulièrement à la télé, « pas de commentaire, les gars, vous savez aussi bien que moi que je compromets mon enquête si je vous parle », mais la magie de ces formules n'opérait que quand l'enquête se déroulait en vase clos. À l'heure qu'il était, ces journalistes avaient déjà dû tirer les vers du nez d'au moins une dizaine d'imbéciles excités à l'idée de voir leur nom cité dans le journal. Dans ces conditions, il valait mieux donner l'heure juste, à quelques minutes près, et les voir dégager illico.

Avec son sourire des jours méchants, il avait entraîné le journaliste et son photographe jusqu'à la table gravée de dizaines de noms, la table tatouée, qui reposait sous un érable dont quelques feuilles, curieusement, commençaient à rougir. Un vieil arbre qui ne savait plus mesurer l'intensité de la lumière et se croyait déjà en automne. Il leur avait accordé dix minutes, pas plus, durant lesquelles il leur avait fait part des grandes lignes de l'affaire, en évitant de mentionner la lettre M ou W, de même que la nouvelle coupe de cheveux de Sissy Morgan, cet élément combinant le morbide et le spectaculaire dont on alimentait le genre de gros titres qu'il abhorrait : « Jeune fille scalpée dans les bois de Boundary Pound », « On la dépouille de sa chevelure avant de l'assassiner », après quoi il leur avait dit d'aller terminer leur boulot en ville et de le laisser s'occuper du sien. On a déjà assez de monde dans les pattes, les gars, faites un peu d'air. Il savait pourtant qu'il les reverrait le lendemain et que la parution de leur article entraînerait d'autres pisse-copies derrière eux. Il essayait de gagner du temps, rien qu'un peu, avant que l'affaire soit étalée dans les journaux et qu'on y lise la version du voisin de la première victime à côté de celle d'une mère de famille inquiète pour sa progéniture ou de celle d'une adolescente ayant aperçu un étranger entrer dans le bois avec son stetson et son cheval. S'il en avait eu la possibilité, il aurait forcé tout Boundary à fermer sa gueule, mais ses pouvoirs n'allaient pas jusque-là. Aucun pouvoir n'allait jusque-là, sauf celui de la violence. Il aurait beau demander à chacun la plus totale discrétion, il y en aurait toujours un pour céder à l'attraction de la confidence ou de l'invention.

Soudainement, la lourdeur du temps ne lui paraissait plus si douce. Il avait rejoint Cusack en baissant la tête, n'ayant d'autre envie que d'aller s'étendre sous un arbre et de fermer la porte, qu'on lui fiche la paix. Or la paix n'existait pas plus que le pouvoir absolu et il s'était contenté d'enlever sa cravate en saluant Brian Larue, qui arrivait dans un vieux pick-up rouge qui aurait mérité un bon lavage. Après s'être garé, Larue avait sauté de sa camionnette en fredonnant l'air de *Mystery Train*, qu'il avait entendu plus tôt à la radio. Il n'avait que peu dormi, mais il se sentait vivant, ce matin, ce qui n'était apparemment pas le cas de Michaud, qui semblait rapetisser sous le poids des nuages. Confronté au malheur des autres, Michaud faisait partie de ces gars qui vieillissent à vue d'œil, des éponges, des organismes qui absorbent la merde de leurs congénères. À la fin de cette enquête, il aurait pris quelques années qu'il ne pourrait jamais rattraper, écrasées par cette accélération des heures par temps mauvais, qui vous bouffe la vie tel un immense trou noir.

La bonne humeur de Larue avait toutefois déridé Michaud, qui avait souri en reconnaissant le vieux hit de Little Junior Parker. Michaud aimait la musique nègre et il avait chez lui une petite collection d'albums de blues dans laquelle il pigeait parfois le samedi soir, à l'époque où les samedis soir ressemblaient à des samedis soir, pour entraîner le corps de Dottie contre le sien au son de la guitare ou de l'harmonica. Lorsque tout cela sera fini… puis il avait laissé sa pensée se perdre pour expliquer à Larue qu'ils s'installeraient dans le bâtiment faisant face au lac pour les interrogatoires, une sorte de réfectoire où les campeurs pouvaient se réfugier les jours de pluie, quand il ne restait plus qu'à jouer aux cartes en attendant que le soleil revienne. Ils commenceraient par le propriétaire du camping, Conrad Plamondon, avait-il précisé en feuilletant son carnet, après quoi ils s'occuperaient de Meyer, invisible depuis qu'il était rentré de West Forks, à l'aube, et ils termineraient avec les campeurs.

Comme la veille, Michaud voulait que Larue assiste à tous les interrogatoires, que sa présence soit ou non requise. Ce dernier devait savoir ce qui se tramait et entendre la version de tout un chacun. Son boulot ne se limitait pas à traduire mot à mot les réponses aux questions posées, mais à chercher des correspondances entre les mots choisis, des recoupements entre les paroles de l'un ou de l'autre ou, au contraire, d'imperceptibles contradictions. Ready? avait-il demandé à Larue, puis il avait fait signe à Plamondon, qui réparait une conduite d'eau, de les suivre au réfectoire.

La salle sentait le sable et l'humidité, une odeur de vacances qui avait rappelé à Michaud que ses dernières vraies vacances remontaient à juillet 65, une semaine au bord du lac Champlain avec Dottie à ne rien faire d'autre que d'aller du lac au chalet loué pour l'occasion, du lit au hamac, de la table du déjeuner à celle du souper, où s'alignaient les assiettes et les bols de plastique jaunes ou bleus, des couleurs de juillet se mêlant à l'odeur du sable. Quand il tentait de se remémorer les périodes heureuses de sa vie, cette semaine en faisait partie. Dans son esprit, ces quelques jours au bord de l'eau étaient d'un jaune étincelant coupé d'ombres franches que traversaient les fumets de truite et les coups de vent chargés de parfums bleus et verts. En temps normal, Boundary devait ressembler à ces quelques jours clairs où il avait frôlé l'insouciance avec Dottie. Il lui avait promis qu'ils retourneraient là-bas cette année, mais il n'avait pas compté qu'un meurtrier surgirait sur la route. Dottie devrait donc se contenter de son jardin pendant qu'il terminerait son été près d'un lac qui avait perdu son éclat. Il était sorti de sa rêverie quand Cusack avait ouvert l'une des fenêtres protégées par ces moustiquaires peintes en vert que l'on voyait partout, dans les écoles, les hangars, les salles communautaires. Malheureusement, aucune brise ne pénétrait à l'intérieur. Ce serait une journée écrasante, semblable au ciel.

Une cafetière filtrait sur le comptoir aménagé à l'une des extrémités de la salle et Michaud ne s'était pas fait prier pour en accepter une tasse, après quoi il avait placé des chaises autour d'une table, de sorte que les personnes interrogées soient seules d'un côté de la table et comprennent bien qui menait le bal, puis il avait invité Plamondon à s'asseoir devant lui. Celui-ci avait un alibi qui tenait la route pour la journée et la soirée du 21 juillet. Mark Meyer étant en congé, Plamondon avait assuré la garde du camping. Une vingtaine de personnes au moins l'avaient vu circuler sur le terrain, attiser le feu de camp, répondre à quelques questions et aider un jeune couple à monter sa tente, après quoi il avait joué gin-rummy avec un gars qui n'arrivait pas à fermer l'œil. Zaza Mulligan ayant été assassinée durant la nuit du 21 juillet, Michaud pourrait blanchir Plamondon dès qu'il aurait vérifié ses dires, même si son alibi prenait l'eau en ce qui concernait l'après-midi et la soirée du samedi 12 août. Une journée tranquille, qu'il avait en grande partie passée dans la cabane du gardien. Pas d'ennuis, pas de tente emportée par le vent, pas d'engueulade pour son tour de douche. Rien. Une journée tranquille, une soirée morne. Aucun témoin de son repos. À croire que tous les hommes de Boundary s'étaient donné le mot et étaient demeurés seuls, chacun de son côté, au cours de cette foutue journée, s'était dit Michaud en passant délicatement une main sur son crâne en sueur, sous lequel vibrait la musique sourde de la fatigue. Comment disculper tous ces gars que personne n'avait vus? Et Meyer? avait enchaîné Michaud, désireux d'en finir au plus vite avec Plamondon. Selon ce dernier, Meyer était un bon travailleur, ponctuel, rapide, efficace, de qui il n'avait jamais eu à se plaindre. Son plus grand défaut était d'aimer un peu trop flirter. Il y avait un paquet de belles filles, ici, des filles en vêtements d'été, gorgées de soleil, on ne pouvait pas reprocher à un jeune homme d'être attiré par ces bras dénudés. Mais en dehors de ce penchant, Meyer était un employé modèle.

Il avait ensuite été question du trio formé par Zaza, Sissy et Frenchie, de leur comportement le soir du 21 juillet. Des jeunes filles qui s'amusaient, avait répondu Plamondon, rien de plus, et qui avaient un peu trop bu. De parfaites victimes, avait de son côté songé Michaud, qu'il suffisait de pousser un peu pour qu'elles s'effondrent. Combien d'hommes les avaient aperçues dans cet état ? Combien avaient pensé à quel point il serait facile de les faire trébucher ? Et lequel d'entre eux les avait épiées, déterminé à traquer l'une d'entre elles, la brebis égarée, la biche s'abreuvant innocemment au ruisseau ?

Il ne s'en sortirait jamais sans une preuve concrète, sans un objet oublié, une trace enfouie sous le corps. Dès qu'il aurait un instant, il retournerait dans le sentier ou dans la clairière et il trouverait, il le fallait, ce qu'avait oublié l'assassin. En attendant, il avait donné congé à Plamondon et lui avait demandé de lui envoyer Meyer. Immediately, avait-il précisé, puis il avait regardé les nuages, plus bas que tout à l'heure, plus compacts, prêts à déverser d'un instant à l'autre leur noirceur sur la montagne, noire elle aussi, d'une teinte monotone rassemblant les arbres en une masse immobile. Deux chardonnerets, insolites dans ce décor lugubre, venaient de se poser à la cime d'un pin de Virginie quand Meyer était arrivé. Mal à l'aise, le jeune homme était demeuré près de la porte jusqu'à ce qu'on l'invite à s'asseoir. L'interrogatoire avait duré une demi-heure, au terme de laquelle Michaud avait eu l'impression qu'il stagnait. Les propos de Meyer correspondaient à la virgule près aux déclarations qu'il avait faites la veille au shérif du comté de Somerset, que Michaud avait eu au téléphone le matin même. La version du père corroborait également celle du fils. Meyer était à West Forks quand les meurtres avaient eu lieu.

Michaud ne savait plus ce qu'il avait espéré de cet interrogatoire. Des aveux, peut-être, mais Meyer était aussi innocent qu'un enfant de chœur, si l'on excluait ses aventures avec Zaza Mulligan et Sissy Morgan. De l'histoire ancienne, avait précisé ce dernier en baissant les yeux, comme s'il regrettait que ces aventures n'aient pas duré. Et Françoise Lamar? avait ajouté Michaud. Tu les collectionnes ou quoi? En entendant le nom de la jeune fille, la rougeur de Meyer avait viré au cramoisi et il avait bredouillé quelque chose comme quoi ce n'était pas pareil avec Frenchie, que celle-ci ne se moquait pas de lui. Michaud l'avait cuisiné un peu à ce sujet, mais il n'avait rien obtenu. Ce crétin était amoureux.

Le reste de l'avant-midi, il l'avait passé à interroger les quelques campeurs qui n'avaient pas encore plié bagage, sans résultat. Personne n'avait rien vu. Tout le monde avait un alibi. Il faudrait joindre ceux qui étaient partis, retracer ceux qui avaient planté leur tente à Boundary la fin de semaine du 21 juillet, faire appel à la police d'autres comtés, un vrai casse-tête, ainsi que l'avait mentionné son collègue, Dave Leroy, un puzzle dont les innombrables pièces étaient disséminées dans tout l'État du Maine et au-delà. L'après-midi commençait quand il avait décrété qu'il était temps de s'accorder une pause et que le ciel avait éclaté. Le brusque tambourinement de la pluie avait balayé le bâtiment en même temps que le vent et il avait vu une femme passer en courant devant les fenêtres, déjà mouillée par la baignade qu'elle venait de s'accorder et n'en courant pas moins, sa serviette au-dessus de la tête, comme si l'eau de pluie risquait de diluer son bronzage.

Larue étant parti quelques minutes plus tôt chercher sa fille à Farmington, il était seul dans le réfectoire avec Cusack, qui s'attaquait déjà aux sandwichs que lui avait préparés Laura. Il avait aussi son dîner, salade de pommes de terre et sandwichs à la mortadelle, de même qu'une pointe de tarte aux bleuets que Dottie avait glissée dans sa boîte à lunch malgré ses protestations, mais la seule perspective d'avoir à mastiquer quoi que ce soit lui semblait au-dessus de ses forces. Il avait avalé son fond de café et avait avisé Cusack qu'il allait s'étendre dans l'auto, tu viens me chercher dans une demi-heure.

Cusack l'avait regardé courir sous la pluie, un homme costaud qui portait sa masse à la fois comme un fardeau et une cuirasse et qui se taperait un infarctus avant son soixantième anniversaire, à moins que son crâne éclate, que son cerveau explose, éclaboussant les murs des images d'horreur qui s'y accumulaient, mélangées aux souvenirs d'enfance, au sourire de Dottie, aux couleurs fendillées des beaux jours. Il n'osait pas imaginer ce qu'il y avait dans la tête de Michaud et se demandait si c'est ce qui l'attendait aussi, la fatigue, l'embonpoint, les tourments continuels. Il avait trente-deux ans et il entrevoyait son avenir comme un long couloir où un malheur le guettait derrière chaque porte.

Il avait fermé les fenêtres et s'était secoué. Tout cela n'était que passager. Tout cela était dû aux deux filles, à leurs corps étendus dans la forêt, deux poupées qui saignaient, anormales et trop grandes, deux mannequins incompréhensibles et qui marchaient dans ses cauchemars. Mais il les oublierait, il se l'était juré, Zaza Mulligan et Sissy Morgan ne deviendraient pas ses Esther Conrad. Il ne se laisserait pas piéger par les obsessions du chef. Il avait fini son repas en écoutant la pluie tambouriner sur le toit de tôle, une autre musique qui lui rappelait la douceur fiévreuse de l'enfance, puis il avait couru réveiller Michaud en sautant entre les pierres comme un enfant, comme un chien s'ébrouant. Sous ses pieds l'eau giclait, formant de minuscules arcs de cercle où se concentrait sa joie de vivre. C'est cela qu'on verrait si son cerveau éclatait dans dix ou dans vingt ans, un jaillissement d'eau claire.

Assise près de moi sur mon lit, Emma admirait ses ongles nacrés, où un peu de vernis avait débordé sur la peau. Je regardais aussi les miens, qui semblaient appartenir à une autre fille, une fille qui aurait porté une robe et des souliers luisants comme la nacre des ongles. C'est ma mère qui avait insisté pour qu'on se peinture de la sorte. Venez, les filles, je vais vous montrer comment faire. Sur le coup, j'avais failli hurler de joie. Ma mère m'accordait une autre promotion, elle me donnait la permission de fouiller dans la trousse de plastique fleurie où elle rangeait son maquillage et ses articles de toilette, un sac qui me faisait envie depuis que j'étais toute petite, dont la forme et les motifs changeaient avec les ans, mais qui contenait toujours le même trésor, constitué d'objets brillants et parfumés. J'avais tout de suite pensé aux longs doigts de Zaza Mulligan secouant la cendre de sa Pall Mall dans un scintillement de rose. Après les ongles, il ne me manquerait plus que la cigarette pour dire fuck, Emma, en levant le petit doigt.

Maintenant que le vernis luisait sous la lampe, je ne pensais plus qu'à enlever cette cochonnerie, qu'à arracher la robe qui irait avec pour aller me plonger les mains dans la boue qui se formait autour du chalet, là où les gouttières débordaient. Je n'étais pas Zaza Mulligan, je n'avais pas les mains fines des jeunes filles qui sentent le parfum. J'étais la puce, la punaise, le garçon manqué de la famille, et même si mes seins commençaient à me chatouiller, signe qu'ils poussaient, m'avait appris Emma, rien ne m'obligeait à me déguiser en poupée. Si ça continuait, je finirais par ressembler à la Barbie de Millie et par marcher sur des échasses. No way! Tout à l'heure, j'emprunterais le remover de ma mère en prétextant que les ongles me chauffaient. Veut, veut pas, elle serait obligée de me croire, c'étaient mes ongles après tout, mais pour le moment, j'attendais qu'Emma me montre sa surprise.

Emma attendait la même chose. Je sentais son excitation dans la lueur pas tout à fait honnête qui scintillait dans ses yeux de raton laveur sur le point de renverser une poubelle. Après avoir vérifié si la porte de ma chambre était bien fermée, elle avait placé un index manucuré sur sa bouche et avait sorti un paquet d'Alpine au menthol de son sac à dos. Je l'ai piqué à ma mère, avait-elle chuchoté, il en reste cinq.

Entrevoyant dans un éclair le regard de ma mère s'il se posait sur ce petit carré de carton turquoise représentant le summum de l'interdit après le sexe, la vulgarité et l'alcool, qui allaient tous de pair, j'avais couru à mon tour à la porte pour la verrouiller sans faire de bruit et un paquet d'images de filles les doigts en l'air avait déboulé dans ma tête. J'étais de nouveau l'émule de Zaza Mulligan et de Sissy Morgan, la fille qui se promenait en se dandinant, et je voyais déjà le nuage de boucane sensuelle qui nous envelopperait bientôt, Emma et moi.

Il faut qu'on se trouve une cachette, avait rechuchoté Emma, et j'avais tout de suite pensé à ma cabane sous le pin, dont les branches nous protégeraient à peu près de l'averse. On va prendre mon poncho pis celui de mon frère, pis on va dire qu'on veut ramasser des insectes assommés par la pluie, ma mère pourra pas chialer.

Emma avait donc glissé le paquet d'Alpine et la pochette d'allumettes dans la poche arrière de son jeans et elle avait enfilé mon poncho imperméable. Ni vues ni connues, on était sorties de ma chambre en sifflotant, Brownie dans les pattes, pendant qu'au-dessus de nos têtes flottait un énorme nuage gris dans lequel était inscrit le mot «coupables» en majuscules. Les deux plus grandes conspiratrices de tous les temps à l'œuvre.

Dans la cuisine, maman roulait de la pâte à tarte en donnant un coup de rouleau à droite, un peu moins à droite, à gauche, suivant la courbe invisible du cercle qui se formait lentement. En nous apercevant, elle avait froncé les yeux, incluant son troisième œil, qui voyait même dans le noir, comme le bon Dieu, omnipotent et omniscient, et nous avait demandé ce qu'on mijotait.

Rien, avais-je répondu un peu trop rapidement. On a besoin d'un plat de plastique, on va secourir des papillons assommés. Les trois yeux toujours froncés, elle s'était essuyé les mains sur son tablier, enfarinant la grosse face de champignon qui l'ornait, et avait sorti d'une armoire un pot de graisse Crisco vide qu'elle m'avait tendu avec l'air de dire qu'elle savait que je mentais et savait que je savais qu'elle savait. Pour la télépathie, les mères sont imbattables. Ça doit venir du fait qu'elles nous ont fabriqué le cerveau à peu près en même temps que le reste. Tant pis. J'avais attrapé le pot, le poncho de Bob, accroché dans la véranda, et j'étais sortie en trombe avec Emma, qui avait osé un rapide merci, madame Duchamp.

Ta mère sait, avait soufflé Emma pendant qu'on s'installait dans ma pseudo-cabane, ce à quoi j'avais répondu qu'elle savait peut-être quelque chose, mais ne savait pas quoi au juste, qu'on était donc sauves jusqu'à nouvel ordre. Sors les cigarettes, a viendra pas nous espionner, est trop orgueilleuse.

Un peu hésitante, Emma avait extirpé le paquet de cigarettes à moitié écrasées de sa poche et on avait d'abord évalué l'effet des Alpine king size entre nos doigts peinturlurés. On dirait des vedettes de cinéma, avait ricané Emma. Je ne voyais pour ma part que des doigts de fille qui veut se prendre pour une vraie fille alors qu'elle a des restants de gomme d'épinette, de grafignes et de piqûres d'insectes sur chaque phalange. Rien à voir avec Zaza Mulligan ou Sissy Morgan, que je ne voulais pas laisser entrer dans la cabane, de peur de me mettre à déprimer en pensant que Zaza Mulligan ne ferait plus jamais claquer le couvercle de son briquet doré, que Sissy Morgan n'écraserait plus jamais son mégot de Pall Mall avec le talon de ses souliers de cuir patin blanc, ce qui n'avait pas de maudit bon sens et ne m'entrait pas dans le crâne, comme si la mort se préoccupait d'avoir du sens, bon ou pas. Une goutte de pluie tombait sur ma capuche à un rythme régulier et je prenais la mesure de l'injustice du monde à travers une cigarette éteinte dont le léger tremblement m'accusait d'être là, bien vivante, prête à prendre le relais de deux filles qui ne respiraient plus.

Je m'étais donc forcée à penser à Marilyn Monroe, à Elizabeth Taylor, à Jenny Rock, qui n'actait pas mais fumait sûrement, et à Donalda, la femme de Séraphin, qui pouvait bien se permettre de fumer en cachette avant d'être canonisée, n'importe quoi pour effacer le reflet de Zaza Mulligan sur la courbure de mes ongles, puis j'avais demandé à Emma de m'allumer, vite, avant que je change d'idée. Le craquement de l'allumette avait répandu son odeur de soufre sous le pin, j'avais inspiré profondément et je m'étais étouffée d'aplomb au milieu du nuage de boucane qui avait envahi l'air humide pour y stagner tel un brouillard de matin frais. Ça goûtait le diable mais, puisque c'était censé être bon, j'avais pris une deuxième bouffée, sans inhaler, cette fois, ce qui m'avait permis de lâcher le fuck que je retenais depuis si longtemps, les lèvres ourlées sur la fumée et la tête ridiculement rejetée en arrière, comme Marilyn Monroe, tout en pensant à Donalda.

Respire pas, avais-je dit à Emma pendant qu'elle s'allumait, et sa boucane s'était mélangée à la mienne, pareille au sang coulant des poignets de ceux qui passent un pacte d'amitié, à la vie à la mort. J'avais collé le bout de ma cigarette sur le bout de la sienne, tchin-tchin, et Emma s'était à son tour étouffée correct, ne m'en promettant pas moins une amitié éternelle. Elle reprenait son souffle quand un des policiers qui fouillaient Turtle Road et les environs avait garé sa voiture chez les McBain et avait couru sur le balcon avec un sac de plastique dont on n'avait pu identifier le contenu à travers les branches du pin, mais qui représentait sûrement une pièce à conviction. L'enquête se corsait et on avait tendu nos quatre oreilles en direction des fenêtres ouvertes des McBain, où se tenait une réunion à laquelle participait le père d'Emma. Peine perdue, on n'avait rien entendu d'autre qu'un what the hell tonitruant, après quoi la grosse Flora Tanguay, qui se prenait pour miss Clairol et se coiffait comme Mary dans *La famille*

Stone, était sortie sur le balcon des McBain, escortée par Jim Cusack, en réitérant que cette boucherie était l'œuvre de Pete Landry. C'est lui! C'est lui, le maudit trappeur! Cusack essayait de la calmer, mais elle était pompée et battait l'air avec ses bras mous, une capuche de travers sur la tête, qui lui donnait l'allure d'une parachutiste se démenant pour démêler ses cordes. Cusack avait quand même réussi à la faire monter dans sa voiture et il était parti la reconduire chez elle, je suppose, ou la noyer dans la baie des Ménard.

Flora Tanguay avait beau être cinglée, son allusion à Pete Landry nous était tombée directement au fond des oreilles. Et si c'était bien lui, Pete Landry, qui nous avait suivies près de la chute aux Chauves-Souris? Notre dernière bouffée de cigarette était passée croche pendant qu'on se demandait si on devait parler à la police de notre expédition à la chute, au cas où notre poursuivant aurait laissé des traces, même si les fantômes, en principe, ne portent pas de chaussures, à supposer qu'ils aient des pieds, quand on avait entendu un hum hum derrière nous. On avait failli avaler nos mégots et on s'était retournées illico presto, deux têtes pivotant de cent quarante degrés sous le coup de la panique.

Sous les branches fermant l'entrée de la cabane, s'encadrait le visage de ma mère, aussi blanc que celui du sympathique champignon qui souriait sur son tablier, sans le sourire. Elle me fusillait du regard, mais je n'avais pas cherché à esquiver le tir. Je savais que ma mère tirait à blanc, sinon j'aurais été morte depuis longtemps. J'avais néanmoins tenté de dissimuler le mégot sous mon poncho en retenant une autre quinte de toux à travers la boucane qui me sortait par le collet.

Ce jour-là, Emma devrait retourner dormir chez elle, contrairement à ce qui était prévu. Quant à moi, j'aurais droit à une séance de thérapie familiale, autrement dit, je me ferais passer un savon, quand mon père reviendrait le vendredi soir. En attendant, ma mère nous avait fait asseoir à la table de la cuisine, une table multifonctionnelle qui constituait le centre névralgique du chalet, par où passaient, à la suite des galettes de bœuf haché et des bâtonnets de poisson High Liner, toutes les bonnes nouvelles, tous les drames, toutes les remontrances et toutes les félicitations, bref, tout ce qui valait la peine qu'on s'assoie face à face.

Ma mère avait rapidement passé sur la question des cigarettes, nos pères respectifs s'occuperaient de ça. Elle nous avait toutefois obligées à décrire en long et en large notre promenade nocturne à la chute aux Chauves-Souris, ce qui m'avait valu deux nouvelles salves de tir à blanc, si je compte Bob, qui tirait comme un pied depuis le salon, mais n'en tirait pas moins. Puisqu'on n'avait pas le choix, on avait raconté notre promenade en long, mais pas en large, pas assez caves pour avouer que quelqu'un nous avait peut-être suivies. Ma mère était assez blême comme ça, blême et rouge, en fait, un curieux mélange de colère et de peur rétrospective, le rouge de la colère accentuant la blancheur suscitée par la découverte de ce qu'il aurait été préférable qu'elle ignore. On n'allait pas en rajouter et risquer que le rouge se répande sur les zones blanches, qui jouaient en notre faveur. Non, cette partie de l'histoire n'appartenait qu'à Emma et à moi, qu'aux deux filles qui avaient passé un pacte semblable à celui, j'imagine, qui liait Zaza Mulligan et Sissy Morgan, à la vie à la mort.

Brian Larue avait effectué le trajet depuis Farmington sous une pluie battante en répondant aussi franchement que possible aux questions de sa fille, qui voulait tout savoir sur les événements survenus à Boundary durant son absence, et il était crevé. S'il avait eu le choix, il se serait allongé sous la table, sur le tapis moelleux parsemé de losanges, et il aurait laissé la pluie l'endormir, mais il y avait cette femme, face à lui, coiffée d'un bonnet de plastique trempé, Flora Tanguay, la bru du vieux Pat, qui gesticulait et se répandait en un flot de paroles agitées. Elle avait frappé à la porte des McBain alors qu'il venait à peine de déposer Emma chez les Duchamp et avait fait irruption dans la salle à manger avec ce ridicule bonnet turquoise dont les cordons attachés en une boucle serrée triplaient son double menton.

C'est lui, répétait-elle en battant des bras, c'est lui, Pete Landry, et il avait fallu que Michaud élève la voix pour qu'elle se calme un peu. Have a seat, avait-il ordonné en lui désignant une chaise. Flora Tanguay avait obéi, un peu confuse, tout en acceptant le verre d'eau que lui tendait Cusack. Pendant qu'elle enlevait son bonnet et replaçait sa coiffure, gênée par les trois paires d'yeux braqués sur elle, elle avait détaillé le mobilier, d'un luxe qu'elle ne pourrait jamais se permettre, les chandeliers bien astiqués qui ornaient le buffet et devaient projeter leurs reflets d'argent sur la porcelaine pendant que les convives se partageaient le rosbif ou le poulet rôti du dimanche midi, et elle avait eu honte de son intrusion. Du bout de l'une de ses manches, elle avait tenté d'essuyer les gouttes tombées de son bonnet sur la table, mais elle n'était parvenue qu'à les étaler, la toile imperméable de son blouson ne pouvant absorber cette eau que n'absorbait pas non plus le bois verni. Consciente de sa maladresse, elle avait soupiré, cherchant un peu de compassion dans le regard de Cusack, le gentil policier aux yeux noisette, puis elle avait repris c'est lui, c'est Pete Landry, en frottant de sa main potelée les dessins striés formés par l'eau, qui avaient disparu au moment où la peau avait émis un léger crissement au contact du bois sec.

Tell us what you know, avait doucement demandé Cusack, et Flora Tanguay avait immédiatement oublié sa gêne. Elle avait ouvert la bouche et un flot de paroles en avait débordé, tel un torrent endigué soudain libre de déferler sur la sécheresse du monde. À tout bout de champ, Larue devait l'interrompre pour traduire, puis elle repartait de plus belle, associant le passé au présent, ressuscitant les morts et mélangeant son sang à celui des victimes, le sang écoulé de son ventre à la suite d'une hystérectomie qui l'avait empêchée de passer l'été à Bondrée, contrairement à son habitude. Elle était arrivée la veille et n'avait été mise au courant des drames que ce midi. Tout de suite elle avait su, tout de suite elle avait vu le lien, ces meurtres étaient l'œuvre de Pete Landry, un monstre dont la première victime avait été un pauvre chien, Sugar Baby, pris au piège de la même manière, un maniaque qu'on avait déclaré mort alors que le corps trouvé dans sa cabane était tellement pourri qu'il était méconnaissable. À l'époque, on ne s'était pas soucié de vérifier les empreintes ou la forme du squelette, ainsi qu'on le faisait aujourd'hui. On avait reconnu Landry sous la chair noire, gonflée, prête à crever, on avait associé la cabane au mort, mais Flora Tanguay avait conservé un doute, qui s'amplifiait lorsque le vent soufflait sur Bondrée et que des mains griffaient les carreaux de ses fenêtres. La mort de Zaza Mulligan et de Sissy Morgan venait confirmer ce doute : Pierre Landry n'était pas mort, Pierre Landry était revenu pour se venger de la beauté.

Pendant tout son récit, les trois hommes assis près d'elle s'étaient lancé des regards entendus, ne sachant comment endiguer de nouveau le torrent ni comment congédier cette femme sans déclencher une crise d'hystérie. Luke Stanfield les avait sauvés en faisant irruption dans la pièce pour déposer devant Michaud un sac de plastique transparent à travers lequel on pouvait voir une épaisse masse de mèches blondes. What the hell ! s'était exclamé Michaud en faisant signe à Stanfield de ramasser ce foutu sac. Il y avait dans cette pièce un témoin qu'il ne désirait pas mêler trop étroitement à l'affaire, mais Flora Tanguay avait vu les cheveux et avait du coup viré au blanc. Pointant le sac du doigt, elle s'était mise à vociférer en décrivant les fourrures suspendues aux murs de Landry, puis celles entassées sur son lit de camp crasseux, pareilles à cette chose horrible enfermée dans le plastique, et Michaud avait également senti son sang quitter son visage. Cette cinglée pensait comme lui que le tueur était un homme des bois, à la différence qu'il n'était pas encore assez fou pour croire que Landry était sorti des flammes dévorant sa cabane pour réclamer vengeance. Il en avait assez entendu et il voulait que cette Flora Tanguay débarrasse le plancher. Va chez toi, parle to nobody, lui avait-il dit sur le ton de la confidence, clin d'œil à l'appui, peu soucieux de massacrer la langue de ses ancêtres, puis il avait tendu les clés de sa voiture de fonction à Cusack afin qu'il ramène madame Tanguay chez elle. De son côté, il aurait un entretien avec Luke Stanfield.

Une onde de douleur avait irradié dans le crâne de Michaud quand il avait examiné le sac et constaté qu'une boucle d'oreille était restée accrochée aux cheveux, la boucle d'oreille de Zaza Mulligan, a tear, a drop of pink rain, que la petite Duchamp, recrutée par Sissy Morgan, avait trouvée dans la forêt. Sissy Morgan portait le bijou de son amie comme on porte un anneau de deuil, comme on enfile les vieux vêtements d'un amant disparu. Cette constatation avait augmenté sa rage en même temps que la tendresse qu'il éprouvait pour les jeunes filles, Sissy, Zaza, Esther.

Where did you find this?

Et Stanfield lui avait décrit le tas de planches empilées sur un terrain vacant à l'entrée d'un chemin de bûcherons. Apparemment, le terrain appartenait à Gilles Ménard, l'homme qui avait découvert Zaza Mulligan. Ménard avait démoli sa vieille remise au début de l'été et entassé les matériaux à cet endroit. L'équipe de Stanfield fouillait encore le tas de planches, au cas où on trouverait autre chose, le couteau de chasse, par exemple, à cause duquel les cheveux de Sissy Morgan avaient abouti dans ce sac.

La première fois que Michaud avait rencontré ce Ménard, il l'avait tout de suite écarté de la liste des suspects, trop bouleversé, trop sonné pour être le meurtrier de la jeune fille qu'il disait avoir découverte par hasard. Mais était-ce un hasard? Son nom revenait trop souvent dans cette enquête, toujours là où il y avait du sang, du sang de renard ou de jeune fille, et des cheveux coupés, et des jambes arrachées. Bien sûr, n'importe qui avait pu dissimuler les cheveux de Sissy Morgan sous le tas de planches, mais il voulait savoir ce que Ménard en pensait. On s'en va chez Ménard, avait-il annoncé à Stanfield et Larue au moment où Cusack revenait, secoué par le délire verbal de Flora Tanguay.

Les Ménard habitant dans la baie, il leur avait fallu prendre la voiture, même si Michaud aurait préféré marcher, retarder l'échéance avant d'affronter Ménard. Il se sentait toujours ainsi quand les événements se précipitaient ou qu'on découvrait un élément susceptible de faire aboutir une enquête. Il était pris d'une peur bleue, peur de se tromper ou de constater que l'assassin, le voleur, le violeur ou l'escroc était le neveu de sa femme, le fils de son voisin, son dentiste ou son garagiste, peur de perdre les pédales et de lui casser la gueule ou, au contraire, de se mettre à reculer en s'excusant. Durant le trajet, personne n'avait ouvert la bouche, personne n'avait tenté de commenter la découverte de Stanfield. Tous se sentaient écrasés par la même angoisse devant la perspective de plonger leur regard dans celui du meurtrier. Tous songeaient que le cauchemar tirait peut-être à sa fin, mais qu'il n'y aurait pas de happy end, que le réveil conserverait les teintes glauques du cauchemar, son goût de nuit fétide.

Jocelyne Ménard reprisait un vieux pantalon en écoutant la radio quand elle avait entendu la voiture se garer dans l'entrée. Le grondement du moteur s'était superposé à la voix de Frank Sinatra chantant *Something's Gotta Give* et elle avait baissé le volume en fredonnant. En apercevant la voiture de police, elle était immédiatement sortie sur la galerie, comme le font les femmes pour accueillir le malheur autant que la joie, incapables d'attendre que l'un rampe jusqu'à elles ou que l'autre bondisse dans leurs bras. Avec ce qui se passait à Bondrée, une visite de la police n'augurait rien de bon, mais elle avait poliment invité les hommes à entrer, les priant de ne pas enlever leurs chaussures mouillées, puisqu'elle devait de toute façon laver le plancher.

Sur un signe de Michaud, Larue l'avait informée qu'ils désiraient s'entretenir avec son mari. Celui-ci s'étant absenté pour une heure ou deux, Michaud avait tout de suite pensé que Ménard était parti pour l'une de ses promenades au cœur des bois, mais Michaud se trompait. Ménard n'allait plus dans les bois. Ménard avait peur de ces lumières filtrées qui pouvaient métamorphoser un renard reposant sur un lit de mousse en une créature mi-humaine, mi-animale. Depuis qu'il avait trouvé Zaza Mulligan, depuis qu'il était tombé sur le renard éventré sur les flancs de Moose Trap, depuis qu'il avait participé à la découverte de Sissy Morgan, Ménard errait autour du chalet comme un chien perdu. À peine s'il s'aventurait parfois sur le chemin de bûcherons qui partait en haut, derrière le chalet. Trop de sang, avait murmuré sa femme, trop d'images qui traversaient la lumière verte et donnaient aux bourgeons d'épinette un goût de métal rouillé. Non. Gilles était simplement parti acheter des matériaux pour reconstruire la cabane, la vieille remise qu'il avait jetée par terre en juin. Il voulait profiter de ses deux semaines de vacances pour effectuer quelques travaux. Les policiers avaient de la chance. En temps normal, il aurait été en ville, pour son ouvrage.

Michaud avait de la chance, en effet, car Boundary se vidait de la plupart de ses hommes le lundi matin à l'aube, à l'exception des retraités et des vacanciers. Il s'était plus d'une fois imaginé la scène, les femmes en robe de nuit embrassant leur mari sur le pas de la porte, les portières qui claquaient, le bruit des moteurs qui s'éloignait, puis le retour au calme d'une petite communauté où ne résonnaient que des voix claires. Une société idyllique, se disait-il, où la présence des mâles n'était pas nécessaire pour que la pluie continue à alimenter l'eau des puits, où les femmes auraient facilement pu apprendre à se débrouiller avec la tondeuse, le marteau ou la scie à chaîne, loin de la réalité incohérente de l'autre.

Il était contrarié de ne pouvoir parler à Ménard immédiatement, mais il attendrait. Il avait renvoyé Stanfield sur le terrain et demandé à Cusack de l'accompagner, va voir ce qui se passe avec ce tas de planches, et il s'était assis sur la large galerie avec Larue, malgré l'insistance de Jocelyne Ménard pour qu'ils restent en dedans, au sec. Mais Michaud ne voulait pas trop sympathiser avec la femme de Ménard, au cas où la situation tournerait au vinaigre. Il préférait se tenir près de la pluie, dont les embruns lui donneraient peut-être l'illusion de laver l'épaisse couche de crasse qui s'accumulait sur sa peau de vieux flic. Il disait à Larue que cette enquête serait probablement sa dernière quand la voiture de Ménard s'était garée près du chalet. Aussitôt, une fillette en ciré jaune en était sortie en courant et s'était dirigée vers Michaud, à qui elle avait montré le chaton en peluche que son père lui avait acheté. Regarde, monsieur, y s'appelle Pixie, tu peux le flatter, mais Michaud ne comprenait rien à ce que lui racontait l'enfant, pas plus qu'il ne comprenait ce qu'il faisait sur la galerie d'un homme qu'il s'apprêtait à démolir.

Assis sur un pouf dont la cuirette craquait à chacun de ses mouvements, Gilles Ménard tenait l'enveloppe de plastique dans ses mains tendues comme si elle avait contenu la dépouille d'un enfant. Sur une table basse, reposait une autre enveloppe, contenant celle-là une chemise tachée de sang que l'un des hommes de Stanfield venait d'exhumer de sous le tas de planches. Cusack l'avait immédiatement ramenée au chef et Ménard avait confirmé qu'il s'agissait bien de l'une de ses chemises, à cause du dernier bouton, en bas, différent des autres. Il n'avait pas prononcé une parole depuis, trop secoué par la vue des cheveux, une queue de renard blond, coupée par un fou. Devant lui, Michaud, Larue et Cusack attendaient pendant que Jocelyne, sa femme, l'exhortait à parler. Dis quelque chose, Gilles, explique-leur que ça se peut pas.

L'atmosphère de l'étroit salon où ils étaient entassés était aussi lourde que celle de ces longs couloirs où les condamnés avancent pieds et poings liés, et la chaleur était telle que les hommes étaient forcés de s'éponger le front avec leurs manches de chemise. La pluie n'avait pas fait tomber l'humidité et on l'entendait qui crépitait sur le toit, ajoutant à la pesanteur du silence. Seul Gilles Ménard ne bougeait pas, laissant la sueur couler sur son visage, indifférent à la brûlure du sel au coin de ses yeux. Il observait la fenêtre, où quelques gouttes de condensation traçaient des sillons qui serpentaient au gré d'il ne savait quelle force de résistance les poussant à bifurquer vers la gauche ou vers la droite, un brin de poussière, peut-être, ou la marque grasse d'un doigt repoussant l'eau sur ses pourtours.

Amène Marie chez les Duchamp, avait-il enfin murmuré à l'intention de sa femme. Dans sa tête, une série de mots, toujours les mêmes, se mélangeaient à son incrédulité, pas devant Marie, pas devant la petite, pas devant mon ange, puis il avait rendu à Michaud le sac contenant les cheveux de Sissy Morgan.

Perdu dans ses pensées, il avait entendu Marie lui dire à tantôt, papinouche, je m'en vas jouer avec Millie. En levant les yeux, il avait vu la petite main de Marie dans celle de Jocelyne, son visage grave, assombri par la présence de tous ces adultes aux mines également graves, et il avait eu envie de se jeter dans ses bras et de la serrer jusqu'à ce que ce cauchemar prenne fin, mais il ne voulait pas pleurer devant elle ni mouiller la capuche de son imperméable de larmes qui ne sécheraient jamais. À tantôt, mon ange, avait-il répondu, parvenant à puiser dans l'amour que lui inspirait cette enfant un sourire conçu de la matière des vrais sourires, je t'aime, puis la petite était partie avec Jocelyne, le laissant seul au milieu d'hommes qui avaient à régler entre eux une affaire d'hommes.

La chemise, c'est celle que j'ai enlevée pour abrier Zaza Mulligan, avait-il fini par lâcher. C'est celle que je portais ce jour-là, mais c'est pas moi qui l'ai cachée. Pourquoi j'aurais fait ça?

C'est la réponse à cette question que Michaud attendait. Pourquoi dissimuler un objet qui ne nous incrimine en rien? De deux choses l'une, soit Ménard était un sacré bon menteur, assez habile pour avoir mis en scène la découverte du corps de Zaza Mulligan, soit quelqu'un d'autre avait caché ce foutu vêtement, mais qui, for Christ's sake, et quand, comment, pourquoi ? Cette hypothèse était absurde, car elle supposait que l'assassin était retourné auprès de Zaza pendant que Ménard descendait Snake Hill à toute épouvante pour aller frapper à la porte de Sam Duchamp avec sa face blême, ou qu'il était encore dans les parages quand Ménard avait couvert le corps de la jeune fille. Mais pourquoi, bon Dieu, avoir pris la chemise ? Michaud ne comprenait pas et Ménard non plus, qui se cassait la tête pour se rappeler si la maudite chemise était encore là quand il était retourné dans les bois avec Duchamp et les policiers. Il était tellement sonné à ce moment-là qu'il avait oublié sa chemise. Duchamp non plus n'en avait pas fait mention, mais ce vêtement ne lui appartenait pas. De toute façon, Duchamp était aussi ébranlé que lui. Quand ce dernier avait aperçu Zaza dans la lueur des projecteurs, Ménard avait eu peur qu'il tourne de l'œil et qu'ils se ramassent tous les deux dans les vapes, bras dessus, bras dessous dans ces espaces moelleux où les hommes s'absentent quand ils en ont par-dessus le cul d'être des hommes. Je sais pas ce qui est arrivé à c'te maudite chemise, avait-il répété. Y a une chose qui est sûre, par exemple, c'est quelqu'un de la place qui l'a cachée, quelqu'un qui connaissait mon terrain et voulait me mettre le meurtre de Zaza Mulligan sur le dos, je vois pas d'autre explication.

Ça pouvait se défendre, avait pensé Michaud. Si l'intention de ce mystérieux et hypothétique inconnu était de faire porter le chapeau à Ménard, il avait réussi, car tous les éléments pointaient vers lui. S'il n'y avait eu que les cheveux, on aurait pu croire que n'importe qui les avait mis là, mais la chemise les ramenait directement à Ménard. Sorry, Menarde, faut que je vous embarque, I have no choice.

À ces mots, Ménard avait eu envie de sacrer son poing dans le mur, rien que pour avoir mal, rien que pour sentir autre chose que cet étrange engourdissement qui lui ramollissait les jambes et lui empâtait la langue, comme s'il venait de tomber du haut d'un toit dans un cauchemar déjà bien entamé, mais il avait obéi. Quand il s'était levé, les autres avaient tous baissé la tête, Michaud, Cusack, Larue, se sentant confusément coupables de la situation, pas capables d'arriver avant le mal et de le prendre au tournant, d'enrayer la mécanique qui finissait par nous broyer, les uns après les autres. Aucun sentiment de triomphe ne les animait, aucune forme de soulagement. Ils ne percevaient que la détresse de Ménard, la détresse de tous les hommes, leur absurde incapacité à marcher côte à côte sans qu'un crétin pousse l'autre face contre terre et que le troupeau le piétine. Personne n'était fier de ce qui se passait dans ce chalet humide, personne n'aimait son rôle, mais pas un ne l'aurait échangé contre celui de Ménard, qui ne se relèverait jamais de sa chute, coupable ou pas.

Michaud avait posé une main sur l'épaule de Ménard pour l'entraîner dehors et lui faire sentir en même temps la chaleur d'un autre homme, de l'un de ceux qui marchaient droit et ne prenaient aucun plaisir à faire trébucher leur voisin. Au moment où ils sortaient, Jocelyne Ménard entrait dans la cour du chalet en faisant crisser les pneus de leur Ford bleu métallisé sous la pluie battante. Elle était sortie en trombe du véhicule et avait couru se jeter dans les bras de son mari, des bras mous, inertes, qui n'étaient parvenus qu'à effleurer le bas de son dos. Quand on avait fait monter le suspect à l'arrière de la voiture de police, elle s'était mise à crier, mais Ménard ne se souviendrait pas de ce qu'elle avait tenté de lui dire, seulement de son visage, de ses yeux démesurément bleus sombrant dans la noirceur des cris. Et de la pluie, de la pluie contournant ses premières rides.

Y pensent que c'est Gilles, avait chuchoté Jocelyne Ménard à l'adresse de ma mère, peux-tu garder Marie, puis elle était repartie en courant, son beau corsage blanc tout mouillé, sa belle tresse blonde à moitié défaite. Vingt minutes plus tard, elle était de retour, sa jupe et son corsage encore plus mouillés, qui collaient à ses cuisses et à son ventre. Maman lui avait préparé du thé et lui avait donné une serviette, mais Jocelyne Ménard, la serviette sur les épaules, ne parvenait pas à boire. Chaque fois qu'elle approchait la tasse de ses lèvres, elle était secouée d'un hoquet et elle se remettait à pleurer, faisant s'embuer les miroirs, la surface argentée de certains objets, le pot à eau, le poudrier de ma mère au fond de sa chambre, tout ce qui reflétait le monde et ses yeux rouges. Sur la table, les kleenex s'accumulaient, formant une petite montagne triste et blanche évoquant ces sommets éternellement enneigés où le soleil demeure froid à l'année. Incapable de consoler Jocelyne Ménard, ma mère avait pris les grands moyens. Elle avait sorti le gros gin et en avait rempli deux verres à moutarde jusqu'au bord des losanges rouges qui les encerclaient.

Dans ma chambre, on entendait Marie et Millie qui prenaient des voix de madame et se racontaient des histoires à propos de leurs bébés, à qui il allait falloir changer la couche et donner un bain. J'aurais sacrifié ma collection entière de blagues Bazooka Joe pour être à leur place, en train de tapoter le derrière de ma poupée en le recouvrant généreusement de poudre à fesses, mais après nous avoir surprises dans ma cabane emboucanée, ma mère nous avait confinées au coin salon, Emma et moi, où on faisait semblant de lire des *Lucky Luke* sans tourner les pages, complètement sonnées par l'arrestation de Gilles Ménard et par l'affliction de sa femme, qui jurait toutes les dix secondes que Gilles avait pas pu faire ça. J'étais d'accord avec elle, comment accuser les mains d'un homme qui s'occupait d'ensevelir les renards? Gilles Ménard était même pas capable d'enfiler un ver sur un hameçon sans avoir envie de vomir, même pas capable d'installer des trappes à souris, Jocelyne Ménard l'avait dit à ma mère au début de l'été, y a des souris partout, Florence, alors comment aurait-il pu massacrer deux filles? Tout ça ne tenait pas debout et l'unique idée brillante qui me venait à l'esprit, c'est que Gilles Ménard était peut-être comme le docteur Jekyll et Mr. Hyde, que j'avais découverts durant l'hiver dans un vieux film mettant en vedette Spencer Tracy, avec une face de caniche d'un bord et une de bouledogue de l'autre. Mais ça ne tenait pas debout non plus. Les bouledogues ont une trop grosse face pour que ça ne dépasse pas un peu en arrière du caniche.

Je me triturais les méninges quand Stan Michaud était apparu dans la véranda. En apercevant Jocelyne Ménard devant sa montagne de kleenex, il avait baissé la tête, c'est ce qu'il pouvait faire de mieux, vu qu'il était trop gros pour rentrer sous le tapis, puis il s'était excusé d'arriver à l'improviste, mais il devait parler à mon père à propos d'une chemise qui s'était volatilisée, comme par magie, ou qui s'était promenée toute seule dans le bois, avais-je déduit de ses demi-mots sans allure. En le voyant, Jocelyne Ménard s'était levée d'un bond pour l'implorer de lui rendre son mari, mais Michaud, la mine basse, lui avait sorti un de ces petits haussements d'épaules qui déchirent autant celui qui cherche à se justifier que celui qui braille en face de lui, et ç'avait été fini. Ma mère avait froidement informé Michaud que mon père était parti en ville pour son travail et qu'il ne reviendrait pas avant le vendredi soir. Michaud avait fait demi-tour et était ressorti en passant sous le tapis, cette fois, preuve que la honte fait bel et bien rapetisser, après quoi Jocelyne Ménard était tombée dans les bras de ma mère, qui les avait assez grands pour accueillir la moitié de la population de Bondrée, et les deux femmes étaient retournées s'asseoir devant la bouteille de gin.

Je n'avais jamais vu ma mère soûle mais, au train où elle calait son verre, on aurait bientôt droit à une première, comme quoi les mères sont humaines. Une journée plate. Une maudite journée plate. Pendant un moment, on n'avait entendu que le bruit de la pluie sur le toit, puis Marie, dans la chambre à côté, avait ordonné dodo, bébé, dodo. Il n'en fallait pas plus pour que ma mère éclate en sanglots, des sanglots assez abondants pour noyer la moitié de la population de Bondrée.

Jocelyne Ménard était restée chez les Duchamp jusqu'à la nuit tombée, puis elle avait ramené Marie chez elle et avait réussi à l'endormir en lui racontant pour la centième fois *Blanche-Neige et les sept nains* dans une version où le prince était évacué au profit du roi des nains. Elle était ensuite descendue s'asseoir près du lac, où elle s'était allumé une cigarette empruntée à sa voisine, Martha Irving, qui fumait comme une cheminée et s'en foutait, puisque plus personne ne voulait de sa bouche. Mais qui, de toute façon, aurait voulu d'une bouche attachée à un corps tombant en ruine. Jocelyne Ménard l'avait croisée à son retour, qui fumait sur son patio, et en avait profité pour lui piquer une Player's. Il s'agissait de sa première cigarette depuis des mois et celle-ci, combinée au gin qu'elle avait bu chez Florence Duchamp, lui faisait tourner la tête. C'était ce qu'elle voulait, s'étourdir, s'abîmer dans le ciel nuageux pour ne plus penser à Gilles, aux yeux de Gilles, aux bras de Gilles, impuissants le long de son corps soudainement flasque. Peine perdue, car l'image de son mari descendant l'escalier entouré de policiers ne cessait de lui revenir. C'est un cauchemar, se disait-elle, mais un cauchemar bien réel, la rugosité du sable sur ses cuisses nues ne faisant pas partie des sensations appartenant aux mauvais rêves, pas plus que la nausée qui s'entortillait autour de sa gorge avec la fumée.

Au moins, elle ne pleurait plus. Son regard s'était asséché au fond de son deuxième verre de gin et elle ne voyait plus le monde à travers l'écran chaud des larmes, mais avec cette acuité succédant à la panique, cette netteté trop franche qui donne aux objets une allure irréelle. Elle parvenait même à voir l'arête de la montagne, noire sur fond noir, qui se découpait à sa gauche. Si elle l'avait pu, elle serait allée s'étendre contre le flanc de cette montagne comme on se couche contre le flanc d'un amant et l'aurait enserrée dans ses bras. Sa fatigue était telle qu'elle sentait son corps de la dimension de cette masse de roc pointant vers le ciel. Elle savait qu'elle ne dormirait pas cette nuit et imaginer sa tête posée sur le sommet de Moose Trap lui procurait un sentiment de repos immense.

C'est ce qu'elle avait prévu faire au cours des quinze jours à venir, se reposer dans les bras de Gilles et dans ses odeurs d'épinette quand il ne serait pas affairé à reconstruire sa remise, se coucher près de lui, ici, sur le sable, pendant que Marie construirait des châteaux ou enterrerait leurs pieds avec sa pelle de plastique. Elle attendait les deux semaines de vacances annuelles de son mari depuis le début de l'été, et voilà qu'une chemise tachée de sang était tombée sur leurs corps allongés avant même qu'ils aient pu pousser ce soupir de douce lassitude venu de trop de chaleur et de soleil.

Comment la police pouvait-elle se tromper à ce point ? Comment en était-on arrivé à croire qu'un homme qui recueillait l'eau des ruisseaux dans ses mains tachées d'herbe pouvait s'en prendre à des jeunes filles ? Il y avait une telle ferveur dans ce geste de puiser l'eau, une ferveur silencieuse, empreinte de respect pour les millions de minuscules particules de vie étanchant notre soif. Un homme animé d'une foi pareille ne pouvait pas être mauvais. Les policiers se rendraient vite compte de leur erreur, le contraire était impossible, et la vie pourrait reprendre son cours entre le sable et la verdure.

Jocelyne Ménard savait cependant qu'il n'en serait rien, qu'aucune normalité ne serait désormais possible. Même lavé de tout soupçon, son mari porterait jusqu'à la fin de ses jours cette marque apparue avec le doute, la marque des parias. Martha Irving, qui n'était pourtant pas du genre à se mêler des commérages, l'avait tout à l'heure regardée comme une pauvre chose, une femme de condamné réclamant sa dernière cigarette avant que le couperet tombe. Elle regrettait maintenant de ne pas lui avoir piqué deux ou trois cigarettes de plus, pour s'étourdir encore et se sentir vivante à travers sa nausée.

Elle avait planté son mégot dans le sable et enlevé ses chaussures, puis elle s'était avancée sur la pente douce du lac, mouillant le bas de sa jupe, le haut de sa jupe, mouillant son corsage de coton blanc, qui s'épanouissait autour de son torse telle une fleur liquide. L'eau touchait sa chevelure quand un cri avait retenti, qui s'était répercuté de la baie à la montagne, jusque chez les Miller et les Lamar, les Morgan et les Mulligan.

La femme de l'assassin, s'était-on dit en frémissant, qui expiait les péchés du monstre qu'elle avait épousé devant Dieu.

Parvenu à la clairière, il avait déposé la fille sur le sol et lui avait jeté l'eau de sa gourde à la figure. La fraîcheur de l'eau l'avait réveillée et elle s'était demandé un moment qui elle était, où elle était. Il avait déjà vu cela dans les tranchées, des soldats qui ne revenaient à eux que pour se rendre compte qu'ils allaient mourir. Un éclair de frayeur traversait leur regard et c'était presque fini. Certains hurlaient, d'autres se débattaient, d'autres encore avalaient leur arme, mais le résultat était le même. Les tranchées étaient rouges et la mort l'emportait.

Il n'avait pas eu à attendre longtemps pour que cet éclair fuse dans les yeux de Sissy Morgan, suivi des cris et des insultes. Il lui avait ensuite suffi de pousser la fille jusqu'au centre de la clairière et le claquement du piège avait résonné. Il s'apprêtait à abandonner la chair de cet animal à qui en voudrait quand il avait remarqué la chevelure, dont l'étalement sur l'herbe prenait la forme d'un jeune renard lové sur la tête et l'épaule de la fille. Sans réfléchir, il avait sorti son couteau pour prélever la fourrure, pareille à celles que Landry brossait amoureusement sur la table de sa cabane en adressant quelque prière au dieu de la terre.

En lissant la chevelure, il avait regretté de n'avoir pas pris celle de l'autre fille, d'un roux qui évoquait celle du renard, mais il avait eu peur des yeux ouverts, de la main effrayée qui battait l'air convulsivement parmi les rafales de mitraillettes. Aujourd'hui, cependant, il était d'un calme que rien ne saurait perturber. Les tirs d'assaut avaient pris fin. Le monde avait retrouvé sa tranquillité. Il avait quitté la clairière en tenant au bout de son bras la crinière de Sissy Morgan, une longue queue d'animal curieusement blond s'imprégnant de rosée.

JOUR 4

Debout dès l'aube, Mordecai Steiner s'était préparé une pleine cafetière d'arabica corsé avant d'aller chercher les journaux, que son camelot s'entêtait à lancer sur l'herbe mouillée. Michaud faisait la une du *Bangor Daily News*, où il offrait à la caméra son profil de flic en rogne. Steiner avait lu l'article en diagonale, convaincu que Michaud n'avait rien révélé aux journalistes qu'il ne sache déjà : deux filles étaient mortes, la police enquêtait. En page 4, deux longs articles rapportaient cependant les propos de quelques personnes interviewées à Boundary Pond. Celles-là n'avaient pas été avares de détails, les uns plus scabreux que les autres, dont la presse s'était emparée pour récrire la légende de Peter Landry, dont il avait lui-même eu vent au fil des années.

« Words, words, words », avait clamé Steiner en refermant son journal, words and blood, la combinaison idéale pour vendre de la copie, puis il avait rempli d'eau sucrée l'abreuvoir à colibris suspendu devant la fenêtre de sa cuisine, là où il pouvait observer en déjeunant ces petites choses dont le vrombissement coloré secouait sa torpeur matinale. Il avait avalé son premier café dans ce bourdonnement, en pensant aux morts qui l'attendaient et ne feraient heureusement pas tous la une des journaux, puis il avait ouvert la radio, au cas où on y donnerait d'autres informations sur ce que les reporters avaient nommé l'affaire Boundary Pond.

Après le bulletin météo, il avait eu droit à l'un des succès de l'été, une chanson dans laquelle une certaine Lucy s'envolait, entourée de diamants, c'est du moins ce qu'il avait déduit de ces paroles dont il ne saisissait pas le sens, trop vieux, probablement, pour participer à l'enthousiasme sans réserve de la jeunesse. Zaza Mulligan et Sissy Morgan avaient dû fredonner ce succès avant de devenir elles-mêmes des Lucy in the sky, mais il doutait qu'elles soient aujourd'hui couronnées de diamants. Les diamants d'Elisabeth et de Sissy avaient plutôt la consistance de la pierre, la richesse de la terre noire, Zaza in the soil with some stones, Sissy underground with some sand.

Il se versait un deuxième café quand l'animateur de l'émission avait passé l'antenne au présentateur de nouvelles, qui avait annoncé aux auditeurs qu'il y avait du nouveau dans l'affaire Boundary Pond. Un suspect avait en effet été arrêté, un certain Gilles Ménard, celui-là même qui avait apparemment découvert le corps de la première victime. Aucune accusation n'avait encore été portée, mais la police avait enfin une piste.

Djill Menarde, avait murmuré Steiner, Djill Menarde… Djill Menarde… Puis il s'était souvenu de cet homme qui faisait les cent pas dans le sentier la nuit où il avait été appelé pour constater le décès d'Elisabeth Mulligan. Un homme qui n'avait pratiquement plus de visage tellement ses traits étaient affaissés, un homme courbé sur lui-même, qui devait faire six pouces de plus en temps normal. Absurd, avait-il pensé, totally absurd. Si ce Djill Menarde était l'assassin qu'on recherchait, lui, Mordecai Steiner, était le fils illégitime de Jack the Ripper. Absurd, totally ridiculous ! Comment un flic comme Michaud pouvait-il être à ce point aveuglé par son enquête et sous quel motif avait-on arrêté cet homme ?

Il allait en avoir le cœur net immédiatement, au risque de se faire remettre à sa place, car ce Menarde était une victime, ça sautait aux yeux, comme ce Landry, sur lequel on s'acharnait encore des années après sa mort. Il avait composé en vitesse le numéro du poste de police et demandé à parler personnellement à Michaud. Affaire urgente, avait-il prétexté.

L'inspecteur était d'une humeur massacrante, ainsi qu'il s'y attendait. Le téléphone ne dérougissait pas depuis le chant du coq, le gouverneur de l'État voulait un compte rendu complet de l'enquête dans l'heure à venir et Michaud allait devoir organiser une conférence de presse pour le lendemain, alors qu'il ne détestait rien de plus que de faire le bouffon devant une meute enragée huant ses pitreries. Steiner l'avait laissé débiter son laïus, puis il lui avait dit you're wrong, Menarde is not your guy. Un silence s'en était suivi, au cours duquel Steiner avait entendu l'inspecteur soupirer. Michaud savait que ce foutu légiste avait raison. Il était bien conscient que Ménard n'était pas son homme, mais comment relâcher dans la nature un gars que tout accuse sans se faire lyncher et sans envoyer le pauvre innocent à la potence ? I know, Steiner, but I have no choice. Avant de raccrocher, il avait conseillé à Steiner de se barricader comme si la Troisième Guerre mondiale venait d'être déclenchée et de se fermer la trappe : you stay mute ! Steiner n'avait pas à s'en faire, il s'occupait de Ménard, qui était pour le moment plus tranquille sous les verrous.

La main sur le combiné, le légiste avait songé que son pays d'adoption vivait encore à l'heure du Far West. Il avait plaint Michaud de devoir dégainer chaque fois qu'un chien aboyait et d'être aux prises avec des morts qui continuaient de s'agiter, qui réclamaient justice et réparation à travers la voix des survivants. Ses morts à lui étaient paisibles dans le blanc de la morgue. L'horreur des derniers instants, dans la mesure où ils avaient été horrifiants, s'estompait désormais derrière eux et leurs visages n'exprimaient plus que la sagesse plane du renoncement.

Michaud, de son côté, n'enviait pas Steiner. Il n'aurait pas supporté d'avoir à découper des crânes et à manipuler des organes à longueur de jour dans des odeurs de formol et de désinfectant. Ce matin, pourtant, il n'aurait rien tant souhaité que d'être à la place de Steiner, qui semblait toujours aussi calme que ses macchabées. Depuis son réveil, il essayait de respirer profondément en fermant les yeux sur des images neutres ou apaisantes, ainsi que le lui avait conseillé Dottie, inquiète de le voir se démener comme un pantin en train de s'étrangler avec ses ficelles, mais il n'y parvenait pas. Aucune image n'était suffisamment neutre pour dénouer les nœuds se tortillant dans son ventre. Il avait réussi à repousser les journalistes en leur promettant une conférence de presse, mais il ignorait par quel bout il aborderait l'affaire. Le petit génie à qui il avait accordé une entrevue la veille avait orienté l'un de ses articles sur Peter Landry et sur les pièges qu'il avait semés derrière lui, comme si Landry, avant de se passer la corde au cou, avait orchestré un plan machiavélique dans lequel une espèce de malade venait déterrer ses pièges quinze ans après sa mort, tout ça dans le but d'empoisonner l'existence de ceux qui lui avaient survécu, pourquoi pas, de foutre la pagaille parmi les envahisseurs de Boundary et de permettre à Landry de se payer une bonne pinte de rire ravigotant du fond de son cercueil pourri. Foutaises! Aujourd'hui, on n'en aurait cependant que pour Gilles Ménard, qu'on clouerait au pilori alors qu'aucune accusation formelle n'avait été portée contre lui.

Il regrettait presque d'avoir arrêté ce type, tout comme il regrettait de n'avoir pas écouté sa mère, qui rêvait qu'il devienne avocat et défende de grandes causes, mais il n'avait pas la trempe d'un John Adams ni d'un Perry Mason. Son rôle de justicier, il le jouait sur le terrain, loin des prétoires, où il encaissait stoïquement les insultes, qui faisaient partie du métier au même titre que les clichés associés aux forces de l'ordre. Ce métier ne l'avait jamais promis à un grand avenir, mais il se moquait de la gloire et du succès. Ses causes à lui s'appelaient Esther, Zaza, Sissy, et s'il se donnait corps et âme pour elles, il n'en récoltait en général que des tourments et des reproches. Quoi qu'il advienne, aux yeux du public, la police faisait toujours son boulot de travers et n'agissait jamais assez vite.

Il pressentait les questions qu'on allait lui poser durant la conférence de presse. On commencerait par lui demander ce que foutaient ses gars, c'était classique, comment il était possible qu'on ait laissé l'assassin frapper une deuxième fois et si on attendait que toutes les jeunes filles de Boundary y passent avant de lui mettre la main au collet. Les attaques habituelles, formulées par des gens qui ignorent ce que ça suppose de marcher derrière un homme qui semble complice de la pluie et du vent et dont les traces s'effacent à mesure qu'il avance, à croire qu'il sait voler ou ne se matérialise que pour sortir son arsenal de tueur. Il ne serait d'ailleurs pas étonné si on l'accusait de ne pas avoir arrêté Landry tandis qu'il était encore temps, la bêtise n'ayant de limite que son insondable profondeur, alors que le seul tort de Landry consistait à avoir oublié qui il était. Ce trappeur ne représentait qu'un instrument dans les mains du tueur, qui aurait pu lui servir de parfait alibi s'il s'était arrêté à son premier meurtre ou s'il n'avait pas utilisé la même arme pour assassiner Sissy Morgan, simulant un suicide ou un deuxième accident auquel tous auraient cru, la jeune Morgan n'étant plus que l'ombre d'elle-même depuis la mort de son amie. Cet homme obéissait à un plan qui échappait à Michaud, à une logique que seule la folie pouvait saisir.

Michaud martelait son bureau avec son crayon, what did I miss? quand Anton Westlake l'avait avisé qu'il avait le gouverneur au bout du fil. Michaud avait planté son crayon dans sa gomme à effacer, qui avait chaviré à bâbord, il avait pris une longue inspiration et avait décroché le combiné. Les véritables emmerdes commençaient.

La rumeur s'était répandue comme une traînée de poudre. Gilles Ménard n'avait pas encore été emmené par la police que, déjà, elle frayait son chemin, contournant la baie à toute vitesse pour s'engager sur Turtle Road et accrocher au passage tout ce qui pouvait l'alimenter : la face blême de Ménard, ses expéditions trop fréquentes en forêt, la frigidité probable de sa femme qui, à vingt-neuf ans, n'avait mis au monde qu'une petite fille, et puis ses mains, énormes et lourdes, qu'on imaginait capables de broyer sans effort la tête d'un chat. Après avoir fait le tour du lac, les commérages avaient quitté Bondrée par la grand-route, aboutissant au bureau du gouverneur de l'État, qui avait déclaré à la radio qu'un suspect sérieux avait été arrêté dans l'affaire Boundary Pond.

Emma m'avait traduit les grandes lignes de la déclaration du gouverneur, puis on avait changé de poste, trop déprimées par la vitesse à laquelle on pouvait transformer un innocent cueilleur de bleuets en tueur, pour syntoniser une station qui diffusait du rock'n'roll. Eric Burdon and the Animals interprétaient *Don't Let Me Be Misunderstood*, une chanson qui me ferait pâmer l'année d'après, quand j'aurais découvert la sensualité carrément animale de Burdon, lorsque le père d'Emma, mine de rien, était venu voir si on ne manigançait pas encore un plan de nègre. Depuis que ma mère, pas capable de tenir sa langue, lui avait raconté notre expédition à la chute aux Chauves-Souris, il ne nous lâchait pas dix secondes. Il avait juré que ça ne se reproduirait plus et on avait intérêt à se tenir les fesses serrées parce que, si on jouait aux innocentes, on verrait apparaître autour de nous une série de barreaux attachés avec de la corde à bateau et trois cent soixante nœuds.

Brian Larue n'avait rien à craindre, on s'emmerdait depuis le matin et les gens qui s'emmerdent n'ont pas assez d'imagination pour préparer des coups pendables. Ils sont aussi plates et inoffensifs que des images pieuses, dans lesquelles on n'imagine pas le petit Jésus ou l'un des angelots lui voletant autour conspirer dans le dos de la Sainte Vierge. Même Brownie trouvait la journée interminable. Elle demeurait affalée aux pieds d'Emma et soupirait à tout bout de champ, comme quelqu'un qui regarde sa montre aux deux minutes et n'en revient pas de la relativité du temps.

Voyant qu'on n'en menait pas large, monsieur Larue nous avait suggéré d'aller nous baigner, le temps était trop beau pour qu'on n'en profite pas, mais on n'avait pas le cœur à ça, on n'avait le cœur à rien, on pourrait même dire qu'on n'avait plus de cœur du tout. Ce qu'on aurait voulu, c'est mener notre propre enquête. Avec un adulte en permanence autour de nous, aussi bien se mettre flambant nues et vociférer des obscénités en espérant que ça passe dans le beurre. Le matin, on était parties du principe qu'on n'était pas plus bêtes que Sherlock Holmes, qui parvenait à résoudre des énigmes tordues en fumant de la cochonnerie entre les quatre murs de son bureau, mais on avait vite déchanté. De un, on n'avait pas de bureau, et de deux, nos trois cigarettes restantes avaient été confisquées par le père d'Emma, qui avait dû les fumer dans notre dos. De toute façon, on était des filles de terrain, plutôt du genre Miss Marple, la corpulence en moins, qui ne serait parvenue à aucun résultat si on lui avait mis trois ou quatre parents dans les pattes.

Comme monsieur Larue attendait qu'on se déniaise, on était descendues se faire tremper les pieds dans l'eau tiède qui glissait sur le sable. Le soleil déclinait derrière la montagne et une large bande rose bonbon ondulait sur le lac, où se miraient quelques nuages que fendaient les canards. Il y avait longtemps que je n'avais pas eu l'occasion d'admirer cette beauté sans qu'un cri de fille épouvantée ou un bout de jambe morte, aussi dure que du bois, vienne me frapper entre les deux oreilles et démolisse le paysage. Depuis la mort de Zaza, depuis celle de Sissy, nos regards s'étaient transformés, la couleur s'y était diluée et nous n'avions plus entendu le chant des huards que comme une plainte funeste. La beauté ne nous était pas interdite, elle était simplement devenue aussi déchirante que les vagissements d'un bébé abandonné par sa mère au bord d'une route de gravelle, aussi désarmante que peut l'être la beauté quand vous ne savez plus par quel bout la prendre. Je disais à Emma que j'avais hâte d'être vieille pour me souvenir de rien quand son père nous avait appelées pour le souper.

Contrairement à son habitude, monsieur Larue s'était forcé et nous avait préparé du macaroni au fromage Kraft à la place de ses habituels grilled cheese. On avait aussi eu droit à quelques saucisses à cocktail marinant dans une sauce au ketchup huileuse. Un festin digne des grands jours auquel j'avais fait honneur, car ma mère n'aurait jamais accepté que je me gave de saucisses avant le souper. Même Brownie avait eu la sienne, qu'elle avait avalée d'une traite, sans la mâcher, à croire que les chiens ont des dents dans l'estomac.

Ce bref intermède gastronomique nous avait ravivées un peu et on avait lavé la vaisselle sans rouspéter, en faisant même des simagrées à la Jerry Lewis, un pied dans le nez ou dans une oreille. À la fin de la vaisselle, le plancher de la cuisine ressemblait à une mare après une pluie savonneuse et il manquait un verre « Buvez Coca-Cola » à Brian Larue. Never mind, puisqu'on était redevenues nous-mêmes, deux filles prêtes à démasquer l'assassin de Bondrée. On finissait d'essuyer le plancher quand Brian Larue était venu m'annoncer qu'il devait me ramener chez moi. Ma mère et lui avaient établi cette règle pour la semaine, en attendant que mon père vienne enfoncer le clou le vendredi. On pouvait se voir sous haute surveillance durant la journée, mais pas question qu'on dorme l'une chez l'autre. La confiance régnait. Si elle y avait pensé, mais une seule femme ne peut pas penser à tout, ma mère aurait sûrement engagé un agent Pinkerton pour garder la porte de ma chambre.

J'avais ramassé mes cliques et mes claques et j'étais montée dans la camionnette de Brian Larue, où je m'étais assise à côté d'Emma, qui tenait Brownie sur ses genoux, pendant que monsieur Larue entonnait *Edelweiss* à pleins poumons. Après quelques secondes d'hésitation toute naturelle durant lesquelles je m'étais demandé si Brian Larue virait fou, ce à quoi Emma avait répondu en langage codé que ça lui arrivait parfois, on avait fait contre mauvaise fortune bon cœur et entonné à sa suite cet hymne à la vie pour mieux le démolir. La famille Trapp version réduite. Quand on s'était garés sur Turtle Road, derrière le chalet de mes parents, j'avais insisté pour que monsieur Larue reste dans le pick-up, souhaitant quelques minutes de liberté, mais il avait tenu à m'accompagner, aussi tête de pioche que ma mère et mon père réunis. En descendant, on avait croisé Frenchie Lamar, qui faisait les cent pas sur Turtle Road. Elle avait pleuré, ça sautait aux yeux, vu qu'elle avait les joues noires, et elle n'avait pas l'air d'en mener large. Ça pouvait se comprendre, compte tenu de ce qui était arrivé à ses amies et de l'épée de Damoclès qui lui pendouillait au-dessus de la tête si le tueur était toujours en liberté. À sa place, j'aurais fait pareil, je n'aurais pas voulu être dans mes souliers et j'aurais marché tout croche.

Voyant qu'elle ne filait pas, monsieur Larue s'était approché pour la saluer, Emma, Brownie et moi en file indienne derrière lui. La famille Trapp chez les Iroquois. En bas de la côte Croche, on avait aperçu Mark Meyer, qui se dirigeait vers le camping en donnant des coups de pied devant lui. Voilà d'où venaient sans doute les larmes noires de Franky-Frenchie Lamar. Elle et Meyer s'étaient tapé une querelle d'amoureux, l'une de ces engueulades qui finissent toujours par faire brailler la fille et par mettre le gars en rogne. Monsieur Larue lui avait demandé si ça allait, par politesse ou en guise d'entrée en matière, car il était évident que ça n'allait pas, même un castor aveugle l'aurait deviné. Frenchie avait tenté de répondre que oui, mais son visage s'était trans-formé en une énorme grimace, semblable à une balloune qui ne sait pas trop si elle doit exploser, puis elle avait éclaté en sanglots et s'était précipitée vers le chalet de ses parents. On était restés là les bras ballants, monsieur Larue, Emma, Brownie et moi, la famille Trapp déconfite, jusqu'à ce que ma mère, que sa plaque frontale dotait sûrement d'un septième sens, étant entendu que les mères ont déjà un sixième sens, apparaisse sur la galerie.

Ce soir-là, je m'étais couchée tôt, ordre de la générale, mais ne m'étais pas endormie tôt pour autant. Les yeux ouverts sur le noir d'encre où respirait calmement Millie, je songeais à ce qu'il était possible de faire pour que ma petite sœur continue à dormir tranquille, pour que Gilles Ménard revienne chez lui et fasse tournoyer Marie sous la lumière verdâtre des arbres touchant le ciel, pour que ma mère cesse de sursauter chaque fois qu'un rideau claquait, pour qu'on se remette à vivre normalement, c'est tout, comme on vivait avant que la mort s'en mêle. Mais il n'y avait rien à faire, bien sûr. N'importe qui sait que la mort tache, qu'elle laisse des marques partout où elle passe, des grosses traces sales qui nous font trébucher vers l'arrière quand on s'adonne à piler dedans.

En sortant des bois, il avait aperçu Victor Morgan qui frappait frénétiquement à la porte des Mulligan et attrapait l'épaule de Jack, l'aîné des deux fils, pour lui crier au visage Sissy's gone, my daughter's gone. Please, help me find her, Jack! Please… La détresse de l'homme l'avait bouleversé et il était allé à sa rencontre, les cheveux de Sissy dans sa besace, pour lui promettre qu'il l'aiderait à retrouver sa fille. Ce n'est que le lendemain, après avoir assisté au spectacle de Victor Morgan pleurant dans la clairière, open your eyes, Sissy darling, autant de mots qu'il avait déjà prononcés, open your eyes, Pete, open your fucking eyes, Latimer, qu'il avait apporté la fourrure de Sissy à Landry, là où se trouvait autrefois sa cabane, près de la baie des Ménard. En se rapprochant, il avait aperçu Landry, famélique et à demi nu, se balancer au bout d'une corde, de la peau et des os, des cheveux longs et sales, un corps privé de toute fourrure pour parer les froids à venir. Il avait vu les yeux vitreux du pendu de Boundary Pond implorer Maggie darling de lui accorder un dernier regard et il s'était félicité d'avoir réglé leur compte aux deux nouvelles Maggie de Boundary, pendant que des engins de guerre déchiquetaient Landry et réduisaient son univers en poussière.

À l'emplacement de la vieille cabane, il n'y avait plus maintenant qu'un tas de planches pourries sous lequel il avait glissé la fourrure pour que Landry puisse se couvrir. Il s'était ensuite assis sur un madrier, là où s'élevait autrefois la galerie branlante, et il avait regardé les étoiles avec Landry, essayant de faire parler l'homme qui n'avait plus que quelques mots en bouche, Maggie, sweet Marie, Tangara de Bondrée.

JOUR 5

Stan Michaud fulminait. Soucieux de calmer l'opinion publique et d'augmenter du même coup son capital politique, le gouverneur de l'État avait quasiment passé la corde au cou de Gilles Ménard. Mais le teint de Michaud n'avait pas viré au rouge pour cette seule raison. Non content de débarquer dans son enquête avec ses gros sabots, ce crétin de gouverneur l'avait menacé de lui coller les fédéraux au cul s'il s'avérait que Ménard n'était pas l'assassin qu'on recherchait. Heureusement que Michaud n'avait eu ce type qu'au téléphone, car il aurait probablement ruiné sa carrière dans l'un de ces moments de délicieuse exaspération où on attrape un gars par la cravate dans le seul but de se faire du bien.

Il s'était rendu dans la salle où aurait lieu la conférence de presse dans un état d'irritation proche de la crise de nerfs et avait failli étrangler un journaliste qui avait voulu le prendre à part en vue d'obtenir quelques informations exclusives. Sors-moi ce vaurien, Westlake, avait-il ordonné à son subalterne, et il avait foncé tête première dans la cage aux lions. L'atmosphère de la salle où on avait entassé les journalistes était à ce point chargée d'électricité qu'elle aurait pu alimenter une station de pompage. Michaud avait dû jouer des coudes pour se rendre à la table qu'on lui avait réservée

293

et il avait fallu l'intervention de trois autres policiers pour qu'on obtienne un semblant de silence. D'emblée, Michaud avait essayé de remettre les pendules à l'heure. Peine perdue, le mal était fait: dans l'esprit de tous, le coupable avait été arrêté. Pas une fois il n'avait prononcé le nom de Ménard, mais celui-ci circulait déjà, porté par la rumeur qui avait quitté Boundary dans la Volkswagen d'un reporter ou la camionnette d'une équipe de télé qui avait eu envie de faire un peu de tourisme en rase campagne.

La conférence n'avait duré qu'une demi-heure, mais Michaud était encore étourdi par les flashs, les questions qui fusaient, les micros tendus comme autant de vipères émergeant d'un marais au-dessus duquel flottaient des chemises blanches et des vestons d'été. Il avait essayé de s'accrocher à cette image, à la légèreté des tissus, mais il n'avait en tête que la voix du gouverneur, de même que les exhortations de la femme de Ménard, qui s'était pointée un peu plus tard avec ses yeux rouges, tenant sa fillette par la main, un petit bout de femme au menton taché de crème glacée qui promenait son regard sur les murs jaunes du poste de police en cherchant à comprendre pourquoi sa mère avait toujours le nez dans un mouchoir et la traitait pourtant comme si c'était dimanche.

Michaud avait tenté de rassurer Jocelyne Ménard en lui jurant qu'il ne gardait son mari au frais que pour lui éviter d'être déchiqueté par la meute qui l'attendait dehors. Or celle-ci ne l'entendait pas ainsi. Il y avait des lois, avait-elle rétorqué. On ne pouvait pas plus enfermer un innocent qu'on ne pouvait le pendre sans procès sur la place publique. En prononçant ces mots, elle avait frappé le comptoir de la réception du plat de la main, faisant rouler par terre les crayons de

Westlake, et elle était partie en affirmant qu'elle reviendrait avec un avocat. Michaud avait regardé les crayons rouler sur le sol, puis la petite Marie, qui devait courir pour rester accrochée au bras de sa mère, ne comprenant rien, ne sachant si elle devait pleurer ou faire la belle, comme on le demande si souvent aux petites filles qui ne savent pas danser. Une larme coulait toutefois sur la joue de Marie quand sa robe au tissu imprimé de motifs colorés avait disparu dans le grincement de la porte menant au stationnement, laissant derrière elle un parfum d'innocence dans lequel Michaud aurait voulu pouvoir s'abîmer.

Il avait ramassé les crayons, les avait remis à leur place, avait à son tour frappé le comptoir, puis il avait quitté la réception dans le cliquetis du bois sec touchant le sol et s'était enfermé dans son bureau. Il n'avait que quelques heures devant lui pour régler cette affaire à sa manière et il ne pouvait se laisser attendrir par une robe d'enfant. Il avait demandé à Westlake de lui apporter le dossier complet des deux affaires, le dossier d'Elisabeth Mulligan et celui de Sissy Morgan, et il s'y était plongé en précisant à Westlake qu'il n'était là pour personne, même pas pour cet enfoiré de gouverneur. L'après-midi tirait à sa fin quand Westlake avait osé entrebâiller la porte de son bureau pour lui annoncer que ses hommes l'attendaient dans la salle de conférence et que la journée, en fait, était loin d'être terminée.

Millie et Bob dormaient encore quand une camionnette portant le logo d'une station de télévision s'était garée à côté du chalet. En l'apercevant, ma mère, qui passait à peu près la moitié de sa vie au-dessus de l'évier de la cuisine, avait laissé retomber sa lavette dans un grand splash de minuscules bulles multicolores, dont quelques-unes avaient éclaté sur sa tête, avant de prononcer trois ou quatre gros mots que les mères, en principe, ne prononcent jamais devant leurs enfants, ce qui signifiait qu'elle m'avait oubliée. Oubliant cependant qu'une mère n'oublie jamais, j'avais tenté de m'esquiver, mais elle m'avait ordonné d'aller m'habiller et s'était composé une attitude de femme digne pour aller au-devant des journalistes, qu'elle n'avait pas envie de voir dans son chalet. J'avais enfilé mes shorts à toute vitesse, ne voulant rien rater de la scène qui suivrait, et j'avais attrapé mon t-shirt sale de la veille, certaine que ma mère n'allait pas râler devant des vedettes de la télévision. De toute façon, c'était elle qui voulait que je m'habille, elle n'avait qu'à me prendre au naturel.

Super Flo, plus rapide que l'éclair, était déjà dans la cour quand deux techniciens harnachés de micros étaient descendus du véhicule, accompagnés d'un gars qui ne portait rien, sauf un costume propre qu'il n'allait pas salir en transportant des câbles poussiéreux. J'avais rattrapé Super Flo au moment où elle leur disait de virer leur kodak de bord et leur demandait ce qu'ils nous voulaient. Une brève entrevue avec monsieur Duchamp, avait répondu le gars en costume, comme si ce n'était pas clair comme de l'eau de roche, ce à quoi ma mère avait rétorqué que monsieur Duchamp était absent et qu'ils pouvaient remballer leur matériel.

Ne connaissant pas encore la détermination de Florence Duchamp, le plus grand, c'est-à-dire le plus propre, avait insisté pour l'interviewer. Avec la petite à côté d'elle, ça peut donner un beau plan, avait-il glissé aux autres en leur faisant signe de s'installer. L'un des deux sous-fifres montait son trépied quand ma mère avait attrapé la caméra pour aller la déposer près du camion. On n'a rien à vous dire, avait-elle ajouté en lissant le tablier qu'elle avait oublié d'enlever, ce qui devait la faire rager et lui donner du même coup du carburant pour repousser l'ennemi, puis elle m'avait traînée avec elle dans le chalet, où son troisième œil, qui n'en pouvait plus de se retenir, avait enfin pu déployer sa colère.

Depuis que Gilles Ménard avait été arrêté et qu'elle avait sorti la bouteille de gros gin, ma mère était deve-nue une vraie furie, plus à pic que jamais. Elle faisait promptement sentir à ceux qui s'approchaient trop qu'ils avaient intérêt à ne pas lui marcher sur les pieds, en conséquence de quoi je m'étais fermé la gueule, car j'aurais peut-être eu des choses à leur dire, moi, à ces journalistes. Penses-y même pas, Andrée Duchamp, m'avait-elle ordonné avant que j'aie le temps de finir ma pensée, on n'est pas des placoteuses pis on sait rien. OK. J'avais ramassé mes cliques et mes claques en vue d'aller rejoindre Emma, mais j'avais dû passer par le bureau de la générale avant de filer : non, je ne parlerais pas aux journalistes, ni à ceux-là ni à ceux qui risquaient de se pointer à leur suite, non, je ne m'approcherais pas d'eux, non, je ne lui ferais pas honte et je ne pisserais pas dans mes culottes, et oui, je passerais au détecteur de mensonge en rentrant.

Quinze minutes plus tard, je lançais mon bicycle sur le parterre des Larue et courais avertir Emma qu'il y avait des journalistes partout. Elle avait jeté son reste de toast au beurre de pinottes aux corneilles et avait promis à son père qu'on ne quitterait pas Turtle Road, qu'on serait prudentes, qu'on crierait comme des déchaînées à la moindre alerte, qu'on ne pisserait pas dans nos culottes, et on avait filé sur nos bicyclettes, soulevant un nuage de poussière digne des meilleurs westerns.

Tout l'avant-midi, on avait espionné de loin l'équipe de reportage, mais il y avait fort à parier que, dans tous les interviews qui passeraient à la télé, on verrait les têtes de deux filles échevelées, au fond de l'image, plantées derrière un bosquet ou un tronc d'arbre, ce qui n'était pas trop grave, vu que nos parents avaient refusé d'installer la télé dans leur chalet. S'ils apprenaient qu'on avait fait les manchettes, ce serait de la bouche d'un Bill Cochrane, qui n'aimait rien tant que foutre le bordel, ou d'une Flora Tanguay, qui avait d'ailleurs mis sa robe la plus voyante pour accueillir les journalistes. Ceux-ci l'avaient interviewée à côté de son chalet, assise devant un massif de dahlias se confondant avec les fleurs imprimées sur sa robe, si bien qu'à l'écran, on ne verrait probablement que sa tête, qui émergerait d'un bosquet de couleurs vives, plus nos deux têtes, derrière, surgissant pour leur part d'une touffe de rhubarbe montée en graine.

On n'avait pas entendu grand-chose chez les Tanguay, sinon le nom de Pete Landry, qui jaillissait à tout bout de champ des gesticulations de Flora et des dahlias qui se prenaient une bonne claque par-ci par-là, mais ailleurs, c'est le nom de Ménard qu'on avait entendu, qui fusait des témoignages tel un mot sale que les gens prononçaient du bout des lèvres ou crachaient de l'autre côté de la route, même pas capables d'attendre que Ménard soit jugé. L'hypocrisie se fondait dans un nuage de murmures gras qui barbouillaient les bouches outragées : « je l'ai jamais trusté, ce gars-là », « maudit visage à deux faces », « on aurait donc dû », un paquet de menteries qui leur dilataient les pupilles jusque dans le front et noircissaient leurs yeux de péchés mortels. Au train où certains démolissaient le portrait de Ménard, on l'accuserait bientôt d'avoir été à l'origine de la Deuxième Guerre mondiale.

À la fin de l'avant-midi, le journaliste qui s'était fait revirer par ma mère avait voulu se rapprocher de nous, conscient qu'avec notre allure, on devait savoir pas mal d'affaires. On avait hésité un instant, ce n'est pas tous les jours qu'on peut passer à la télé, mais la perspective de voir arriver ma mère avec sa face de tablier enfariné avait eu le dessus. On s'était donc sauvées dans un nuage de poussière, Calamity Jane et Ma Dalton, néanmoins poursuivies par le nom de Ménard, qu'on écrirait avec nos petits pois dans les patates pilées de ma mère en nous demandant si le vrai tueur mangeait aussi du bœuf haché ce midi-là.

En quittant son bureau, Stan Michaud avait revu la robe de la petite Marie, qui s'enfuyait au bout du corridor, vêtement léger ayant délaissé le corps trop triste de l'enfant. Soudainement, son avenir immédiat lui était apparu avec une étonnante clarté : cette enquête serait sa dernière enquête, Sissy Morgan son dernier fantôme. Il n'y avait plus assez de place, dans sa tête, pour en loger un autre. Il partirait avec les trois filles, Esther, Zaza, Sissy, et les abandonnerait sur le bord d'une route où il reviendrait les visiter quand un boomerang égaré le rattraperait. Qui, Esther ? Why ? Sa décision était prise, dès que cette affaire serait terminée, il emmènerait Dottie au lac Champlain, loin de la route près de laquelle l'attendraient les filles. Ils reprendraient leurs dernières vacances où elles s'étaient achevées, dans la clarté de l'été déclinant. Ils pourraient aussi se procurer un camping-car et partir à l'aventure, rouler jusqu'en Arizona ou au Texas, sans attaches ni obligations, comme ces hippies qui sillonnaient le pays. Dottie s'achèterait des robes fleuries, et lui aussi, pourquoi pas, des tuniques dans lesquelles il saluerait le soleil levant en récitant un mantra. Conneries, avait-il murmuré, et il s'était dirigé vers la salle de conférence.

Une dizaine d'hommes, à qui il avait fait part des exigences du gouverneur, étaient rassemblés dans la salle. Si on ne se grouillait pas le cul, Ménard pourrait dire adieu à sa famille. Un lourd silence s'était abattu sur la pièce, accompagné de soupirs et de raclements de gorge, de regards épuisés qui n'osaient fixer Michaud et se rabattaient sur le carrelage du plancher. Jim Cusack, plus que les autres, semblait atterré par la situation. Les coudes appuyés sur les genoux, il se tenait la tête à deux mains, contemplant lui aussi le plancher. Il ne voyait cependant pas que celui-ci avait été ciré la veille et que s'y reflétait cette lumière joyeuse de ciel sans nuages qui lui rappelait son enfance, les parquets aux odeurs d'encaustique annonçant l'arrivée de la fin de semaine. Il ne voyait que le visage de Laura, d'une beauté furieuse, qui avait quitté la maison en claquant la porte lorsqu'il était rentré le soir d'avant, lui reprochant de ne pas lui avoir téléphoné, de l'avoir laissée poireauter devant son fourneau éteint, à contempler un rôti qui avait fini aux ordures avec la tarte aux tomates dont elle s'était gavée à pleines mains, salissant sa robe blanche, le parquet fraîchement astiqué, ses chaussures de cuir verni. Il l'avait cherchée une partie de la nuit, alertant la moitié de la ville, y compris Michaud et Dottie, jusqu'à ce que la porte d'entrée s'ouvre en grinçant et qu'il la voie apparaître, les cheveux en bataille, le regard en feu, sa jolie robe blanche tachée de rouge et de poussière. Il s'était immédiatement jeté dans ses bras, d'où Laura l'avait repoussé pour monter dans leur chambre, dont elle avait verrouillé la porte après l'avoir claquée. Il avait tenté de lui faire ouvrir cette foutue porte, l'avait implorée de lui parler, mais elle n'était ressortie de la chambre qu'au matin pour lui dire qu'il devait choisir entre elle et ces filles, those dead whores, avait-elle lâché. Le mot « whore » l'avait frappé comme une gifle, incongru dans la bouche de Laura, pareil à une bestiole courant sur sa langue et qu'il lui fallait cracher, une blatte qui se défile dans un coin et vous défie de l'écraser. Quand il avait voulu répliquer, Laura s'était enfermée dans la salle de bain et y était restée jusqu'à son départ.

Il n'avait pratiquement pas dormi, couché sur le tapis du couloir, devant la porte de leur chambre, et il avait l'impression d'avoir reçu un coup de matraque au creux des reins, un de ces coups que vous ne voyez pas venir, qui percutent la réalité et plongent dans une forme de brouillard poisseux tout ce à quoi le gars qui vient de s'effondrer a l'habitude de se raccrocher. L'intervention du gouverneur, à laquelle se mêlait l'écho du mot « whore », lui avait donné le coup de grâce. Ménard était un type comme lui, incapable de s'en prendre aux jeunes filles, pas plus qu'aux femmes et aux enfants. Pourtant, il avait lui-même blessé Laura, il avait sali de poussière et de rouge sa plus belle robe d'été.

Il essayait d'imaginer ce que serait sa vie s'il devait quitter la police quand Michaud lui avait demandé des nouvelles de Laura, que Dottie avait cherchée une partie de la nuit, faisant le tour des endroits qu'elles fréquentaient, le parc, la petite colline où elles allaient parfois pique-niquer, à l'est de la ville, le fast-food ouvert vingt-quatre heures sur vingt-quatre, pendant que Michaud donnait des coups de fil et alertait ses agents de la route, en pure perte, puisque Laura ruminait sa peine derrière la maison, assise dans la remise au milieu des outils et des instruments de jardinage.

Good, she's good, avait répondu Cusack. Michaud n'avait pas insisté. Cette affaire ne regardait que Cusack et Laura. Il s'était passé une main sur le front et avait quitté la salle de réunion en grognant. Il était temps d'annoncer à Gilles Ménard qu'il mangerait du ragoût en conserve pour les jours, voire les semaines à venir.

Gilles Ménard avait couvert le corps de Zaza Mulligan pour qu'elle n'ait pas froid. La mort pouvait être si froide en plein cœur de l'été. La pudeur l'avait également incité à ce geste, le ventre dénudé, les bras, trop de peau offerte. Mais il n'y avait pas de sang sur le torse de Zaza, non. La chemise avait dû glisser jusqu'au sang, poussée par le vent, déplacée par un animal. C'est le même animal, ou bien le vent, un autre vent, qui avait traîné la chemise sous le tas de planches, à moins que l'assassin se soit encore trouvé dans les parages, immobile au creux du sous-bois, à surveiller Ménard et la jeune fille. Il aurait attendu le départ de Ménard pour voler la chemise, pour éponger le sol, pour s'essuyer les mains.

Dans l'esprit de Gilles Ménard, il fallait accuser l'animal ou le vent, il fallait retrouver l'homme dissimulé dans la forêt, mais il ne savait plus très bien ce qui, du vent ou de l'homme, l'avait mené dans cette cellule. Tout ce qu'il savait, c'est qu'il était innocent. Seul un être dérangé avait pu déterrer les pièges de Pierre Landry et il n'était pas encore dingue, pas à ce moment-là, pas au début de l'été. C'est maintenant qu'il déraillait, incapable de faire la part des choses et ne pouvant détacher son regard de la goutte qui, toutes les dix secondes, tombait au fond du lavabo. Il guettait le robinet, imaginait le trajet de l'infime filet d'eau dans la tuyauterie, voyait se former sous le bec rouillé du robinet une autre petite poche translucide, qui enflait, s'étirait, puis tombait dans la bonde sous l'effet de la gravité, où son écho résonnait sur les murs gris. Ploc. Cette goutte l'obsédait et l'empêchait de réfléchir, ce qui était peut-être mieux ainsi, car cette scansion régulière semblait le protéger de la véritable folie.

Assis face à lui, Michaud regardait Ménard surveiller la goutte et sentait ses nerfs sur le point de lâcher. S'il n'arrêtait pas cette maudite fuite d'eau, il finirait par arracher le lavabo. Il s'était levé d'un geste brusque et avait enroulé son mouchoir autour du robinet. Dès qu'il quitterait cette cellule, il ferait venir un plombier. Ménard était déjà assez perturbé sans qu'on lui inflige ce supplice. Ce dernier avait paru déçu quand Michaud avait stoppé l'écoulement de cette goutte qui le reliait au passage du temps, au retour éternel de la misère et de la mort. Michaud avait néanmoins poussé sa chaise devant le lavabo, pour que Ménard le regarde enfin. Il aurait préféré que l'autre pique une crise, qu'il fracasse sa chaise contre le mur et clame son innocence, mais il semblait vidé de toute énergie, comme s'il avait marché pendant des jours dans le désert, jusqu'à voir apparaître un filet d'eau au pied d'une dune, qu'il savait pourtant illusoire.

Incapable de tirer quoi que ce soit de Ménard, Michaud avait refermé derrière lui la porte de la cellule. En passant devant la réception, il avait demandé à Westlake de faire venir un plombier, après quoi il était allé s'asseoir dans le stationnement, où il avait fixé son attention sur les reflets irisés d'une tache d'essence rappelant ces morceaux de marbre ou d'onyx traversés de nervures, ces pierres dont la concrétion évoque des reliefs stratifiés parcourus de coulées magmatiques. L'histoire de la terre se concentrait dans ces pierres et dans cette tache d'essence s'évaporant lentement. Des milliards d'années pour aboutir à ce stationnement, à ces chaussures de cuir, à cette créature à deux jambes n'ayant eu d'autre choix que d'inventer Dieu pour défier le temps.

Quel gâchis, avait murmuré Michaud, qui s'était cependant levé pour retourner au poste. Il avait beau se dire que toute action était insensée, puisque l'arbre, le stationnement et les chaussures disparaîtraient à court terme, il ne voyait pas de meilleure façon de traverser cette vie que de continuer à poser un pied devant l'autre. En ce qui le concernait, l'illusion d'avancer remplaçait Dieu et il tenterait de maintenir cette illusion tant que ses jambes lui obéiraient. Hurry up, avait-il ajouté sans conviction, puis il s'était dirigé vers l'édifice. De nombreuses tâches l'y attendaient, de nombreux hommes aussi, qui apprendraient à se passer de lui dès qu'il aurait remis sa plaque et tourné le dos. Il téléphonerait cependant au gouverneur en rentrant, il pesterait ensuite contre la presse et attendrait que le procès de Gilles Ménard soit clos pour vider ses tiroirs. Dans quelques semaines, tout serait terminé.

La fille n'était pas morte, se répétait-il pendant que le jet de la douche frappait son torse. La fille avait les yeux ouverts. La fille n'était pas morte. Un courant de panique l'avait traversé et il était précipitamment sorti de la douche pour se rhabiller. Deux minutes plus tard, il claquait la porte et sautait dans sa voiture pour faire croire qu'il allait en ville. Il s'était garé dans la montée à Juneau, derrière une bâtisse abandonnée, et avait pris par les bois pour rejoindre Otter Trail. Son cœur battait à ses tempes et il avait l'impression de se retrouver là-bas, sous les tirs des Maschinenpistolen allemands, quand la terre se brisait autour de lui. En contournant un arbre tombé, il avait trébuché et entendu par-dessus lui le sifflement des balles. Run, Little Hawk, run !

Hors d'haleine, il était enfin parvenu à l'endroit où il avait abandonné Zaza Mulligan. Il avait aperçu la chevelure rousse, la chemise déposée sur la poitrine, et il avait failli rebrousser chemin. Quelqu'un était venu, quelqu'un qui l'observait peut-être en ce moment, et la jeune fille vivait encore. Sous la chemise apparue il ne savait comment, il voyait son cœur battre, il voyait son souffle monter, nuancer la blancheur du vêtement de gris plus ou moins sombres selon l'inclinaison de la lumière. Il avait rapidement scruté les arbres autour de lui, y cherchant l'ennemi embusqué, et il avait rampé jusqu'à la fille. À l'instant où il refermait les mains sur son cou, il avait senti la peau froide et aperçu les yeux fermés.

Who's there? avait-il lâché d'une voix anxieuse. Who's there? Mais personne n'avait répondu à Little Hawk. Il avait de nouveau scruté la forêt, où quelques oiseaux piaillaient, des mésanges ou des merles, et peut-être des tangaras, des Zaza aux ailes rouges. Il s'était emparé de la chemise pour s'assurer que la poitrine était inerte et, dans un élan de tendresse venu de ses lointaines années de guerre, don't cry, Jim, il avait essuyé les blessures de la fille. Un craquement avait retenti, who's there? alors qu'il palpait la déchirure de la jambe, et la pluie s'était mise à tomber, qui laverait ses traces, effacerait le bruit de ses pas.

Profitant de cette pluie providentielle, il s'était faufilé entre les arbres. Sans y penser, il avait emporté avec lui le vêtement abandonné sur le corps de Zaza Mulligan par un autre homme, un promeneur qui avait trouvé l'adolescente et l'avait peut-être achevée.

FRENCHIE

Les Morgan avaient quitté Bondrée en même temps que les Mulligan. L'automne s'en vient, avait murmuré ma mère en voyant passer la station wagon des Morgan chargée à ras bord, dans la lunette arrière de laquelle une boîte portant l'inscription « Fragile » était tassée dans un coin, près d'autres boîtes qui devaient contenir les effets personnels de Sissy, vêtements, bijoux, 45 et 33 tours, toutes ces choses que la disparition de leur possesseur rend vulnérables, prêtes à s'effriter au moindre toucher. Ma mère savait bien que le départ des Mulligan n'était pas simplement lié à la venue de l'automne, que nous disposions de quelques semaines encore avant que les nuages se chargent de gris plus sombres, mais elle préférait associer ce départ au cours des saisons plutôt qu'aux drames ayant marqué l'été. Dans deux semaines, nous partirions aussi pour la rentrée des classes, mais l'été, ce que j'appelais l'été, avec ses odeurs de foin coupé et ses écolières aux genoux croûtés, serait là jusqu'à la fin septembre. C'est à Bondrée, à Bondrée seulement, que l'automne était précocement arrivé, drapé de ses airs de deuil et portant ses pièges recouverts de feuilles mortes.

Après l'arrestation de Gilles Ménard, l'atmosphère ne s'était pas allégée, bien au contraire, comme si Gilles Ménard avait été emmené dans un corbillard et non dans une voiture de police. La mort avait frappé une troisième fois, nous laissant tous dans le même étonnement ou la même colère. Il y avait ceux qui croyaient à la culpabilité de Ménard et salissaient son nom devant les caméras de télé, ceux qui juraient que son arrestation était une erreur et ceux qui demeuraient bouche bée, comme les poissons qui agonisaient dans le panier d'osier de Pat Tanguay. Mes parents faisaient partie de ceux qui refusaient de croire que Gilles Ménard cachait une face de maniaque sous sa face blême. Quand mon père était revenu à Bondrée, le jeudi matin, devançant sa fin de semaine de deux jours après avoir appris qu'on avait embarqué Ménard, il était entré dans une sainte colère. La police se met le doigt dans l'œil, Ménard aurait brûlé sa chemise si c'était lui, yé pas assez cave pour se promener avec un écriteau marqué « coupable » dans le front ! De toute façon, ça peut pas être lui, ça y prend toute pour pas perdre connaissance quand y voit une goutte de sang.

Mon père avait gueulé ce qu'il avait à gueuler afin de faire sortir le méchant, la bile qui lui brûlait l'estomac, puis il était parti voir Jocelyne Ménard pour essayer de l'encourager. Durant son absence, incapable de tenir en place, ma mère s'était lancée dans la pâtisserie. Elle avait disparu dans un nuage de farine et j'étais sortie avant d'être asphyxiée.

La journée était belle et personne ne semblait s'en rendre compte. Même Franky-Frenchie n'était pas étendue sur la plage avec sa radio et son maillot de bain. Elle devait ruminer sa chicane avec Meyer ou digérer sa peine d'amour, selon que leur engueulade avait été fatale ou non. Puisque je n'avais toujours pas le droit de m'éloigner, j'étais allée dans ma cabane, sous le pin, histoire de me déprimer un peu plus, je suppose, car l'endroit ne ressemblait plus à la grotte odorante et sombre où rien ne pouvait m'atteindre. Je m'y sentais soudain à l'étroit et j'avais l'impression que les lourdes

branches me forçaient à m'incliner au lieu de m'envelopper. J'avais peut-être grandi, mais ce qui m'inquiétait
le plus, c'est que j'avais vieilli, que j'étais en train de
perdre cette capacité de ramper sous les arbres. Depuis
ma séance de manucure, devenir une jeune fille ne
m'intéressait plus. Je regardais le sol tapé par le poids
de mon corps en me répétant que je ne voulais plus
de soutien-gorge ni de bas de nylon, plus de vernis à
ongles ni de sang entre mes jambes. Je voulais des
arbres auxquels grimper, je voulais des pichous crottés,
qui courent cent fois plus vite que les pichous neufs et
les sandales de fille, et ne voulais surtout pas sentir que
ce qui m'avait jusque-là poussée en bas du lit tous
les matins allait finir par m'entrer par un œil pour me
ressortir par l'autre, pendant que la vie continuerait
sans moi. Ça me faisait trop mal de penser que la
vieillesse rabotait les matins et laissait des éclisses de
bois neuf à l'entrée de votre chambre.

J'avais rageusement déterré ma boîte de fer-blanc,
dans laquelle subsistaient quelques vieux bonbons
collés à leur emballage, de même qu'une lune de miel
fondue, figée au fond de la boîte sous les plumes de
colvert et les peaux de couleuvre. Mon coffre au trésor
aussi avait perdu son aspect magique. Aucune fée ni
aucun génie des bois ne pouvaient désormais en
surgir. J'avais tout de même glissé une plume de
colvert dans mes cheveux et j'avais déballé un cara-
mel, here, littoldolle, mais celui-ci me collait aux dents
et avait un goût amer. Ma mère avait raison, l'été était
fini et il n'avait duré que quelques secondes, conden-
sées dans ce contenant de fer-blanc rouillé. Si je l'avais
pu, j'aurais enfourché ma bicyclette et quitté Bondrée

sur-le-champ, au lieu de quoi j'avais remis la boîte en place, pour Millie, et traîné mes pichous jusqu'au bord du lac.

Il n'était que dix heures et je tournais déjà en rond, ce qui est une façon de parler, car mes ronds étaient tout croches. Je pilotais plutôt dans l'espèce de gris pâle qui s'étalait autour de moi, incapable de réagir aux odeurs qui me débouchaient normalement les oreilles et m'écarquillaient les yeux dans le sens du vent, tout à coup perdue dans la beauté du familier et gâchant une journée magnifique avec des états d'âme, des états d'adulte, l'âme des enfants n'étant pas si compliquée, trop neuve pour s'éparpiller en pure perte aussitôt qu'une journée est plantée de travers. Et celle-là l'était. Emma était en ville avec sa mère et ne reviendrait qu'en fin de semaine, Bob était parti avec Scott Miller couper du bois dans la montée à Juneau et Millie jouait avec Marie Ménard, dans le chalet triste de Ménard. Il ne restait que ma mère, qui enfournait ses tartes ou passait le balai à l'intérieur, de même que Jane Mary Brown, qui s'éventait toujours sur sa galerie en lisant des romans nuls et en s'engraissant aux crottes de fromage. Une journée bancale, où même les poissons devaient dériver la tête penchée, les yeux pleins d'eau salée.

Je m'apprêtais à me donner un coup de pied dans le derrière, littéralement, un bon coup de talon entre les deux fesses, pour aller enfiler mon maillot, histoire de dérider un peu les poissons, quand j'avais entendu crier dans le chalet des Lamar, qui commençaient aussi à plier bagage. Frenchie était sortie tout de suite après en claquant la porte, talonnée par sa mère, qui lui disait que si elle savait quoi que ce soit, elle devait parler. Fuck, mom, ça fait cent fois que je te dis que je sais rien, avait-elle hurlé. Sur ce, elle était partie en courant, pieds nus sur le gravier de Turtle Road. Madame Lamar était demeurée les yeux dans le vague, à ce point fatiguée que même ses yeux n'avaient plus envie de bouger, plus envie de voir, plus envie de faire leur travail. Finalement, Butterscotch, un matou de maison qui devait peser quarante livres, s'était glissé par la porte entrouverte pour se frotter contre ses jambes, la faisant du même coup revenir à la vie. Viens, mon beau Butterscotch, on va aller manger, avait soupiré Suzanne Lamar en prenant le chat dans ses bras, puis elle était rentrée.

J'étais restée figée sur place. La scène dont je venais d'être témoin était aussi poche que cette journée traînante. Frenchie Lamar avait dit fuck à sa mère, la mère avait perdu trois ou quatre minutes de sa vie pendant que son corps faisait la grève, mais au moins, il se passait quelque chose, et cette chose avait un lien avec la mort de Zaza, de Sissy ou des deux, j'en aurais mis ma main au feu, car quel secret à ce point important qu'il avait fait brailler sa mère Frenchie Lamar pouvait-elle détenir, si ce n'est un secret lié au meurtre de ses amies. J'en avais déduit que si Franky-Frenchie cachait des informations à ce sujet, Gilles Ménard n'était pas coupable. Ça signifiait aussi qu'elle était toujours en danger, même si les flics qui faisaient le pied de grue devant chez elle avaient été rappelés après l'arrestation de Ménard. Son père devait penser la même chose, car il passait son temps à guetter Frenchie pour s'assurer qu'elle ne sortait pas de la cour. Je l'avais vu parler à mon père quand celui-ci avait quitté le chalet pour rendre visite à Jocelyne Ménard. Les deux hommes s'étaient entretenus à voix basse, faisant des signes en direction de la baie, puis ils s'étaient serré la main. Peu de temps après, monsieur

Lamar était monté dans sa voiture en disant à sa femme de surveiller Frenchie, look for my baby, honey, et la chicane avait éclaté. Frenchie avait crié fuck en claquant la porte et elle était partie comme ça, sans souliers, avec ses longues jambes exposées aux branches et aux picous. Si je n'avais pas été certaine de me faire revirer de bord, j'aurais couru derrière elle pour lui dire d'aller se barricader, mais Frenchie Lamar m'enverrait promener comme elle avait envoyé promener sa mère et je rebondirais les quatre fers en l'air. Je n'avais pas le choix, il fallait que je mêle ma mère à cette histoire. Si je m'enfonçais la tête dans le sable pendant que Frenchie se faisait charcuter, je m'en voudrais à mort jusqu'à mes quatre-vingt-dix-neuf ans pour ensuite aller croupir dans l'enfer des coupables par omission, là où les innocents se frappent la poitrine à longueur de jour à coups de mea-culpa.

Ma mère descendait justement sur la plage à ce moment, avec son maillot de bain rose à jupette, sa serviette du même rose et ses sandales de caoutchouc. Je ne m'habituais pas à voir ma mère ainsi, à demi nue. Exposée à la lumière, sa peau blanche m'obligeait à admettre qu'elle avait un corps sous ses vêtements, un corps duquel j'étais sortie neuf mois après que mon père s'était couché dessus, et je préférais ne pas penser à ça.

Arrivée près de moi, elle avait étendu sa serviette sur le sable et s'était allongée face au soleil en me demandant pourquoi je n'étais pas en train d'essayer d'apprendre le langage des sourds à une famille d'écureuils, ou quelque chose du genre. C'était une bonne idée, j'y repenserais. En attendant, je m'étais concentrée sur l'ecchymose qui parcourait sa cheville gauche pour ne pas avoir à regarder ses cuisses trop pâles, cherchant comment j'aborderais le sujet de Frenchie avec elle. C'était la première fois, depuis des semaines, que ma mère s'installait pour se faire bronzer, attendant probablement le départ des Morgan et des Mulligan, devant qui il aurait été indécent de s'abandonner aux bienfaits de l'été, et je m'apprêtais à lui gâcher ce plaisir. T'as pas l'air dans ton assiette, la puce, qu'est-ce que tu mijotes? avait-elle ajouté en déposant un foulard de soie blanche sur son visage, et j'avais plongé, je lui avais raconté la chicane de Frenchie avec sa mère, le fuck de Frenchie, la mine déconfite de la pauvre madame Lamar, en insistant sur le fait que même si Frenchie méritait une paire de claques, elle était en danger.

Puisqu'elle était convaincue de l'innocence de Gilles Ménard, ma mère savait pertinemment que Frenchie n'était pas à l'abri du meurtrier, raison pour laquelle elle passait son temps à la surveiller par la fenêtre de la cuisine, mais l'engueulade lui avait échappé à cause de la radio, dont elle avait monté le son pour mieux entendre Chet Baker chanter *My Funny Valentine*. Je vais parler à madame Lamar, avait-elle poursuivi en laissant glisser son foulard de soie sur le sable, puis elle m'avait pris la main et m'avait souri. Le soleil faisait étinceler le cercle jaune qui se diluait autour de ses iris, pareil à un anneau de minuscules pépites d'or en fusion. Il y avait un tel amour dans ces yeux que j'avais pensé que jamais, de toute ma vie, je n'en reverrais de si beaux. J'avais détourné le regard pour ne pas être pétrifiée et m'étais de nouveau attardée sur le bleu, plutôt un mauve, en fait, qui maculait sa cheville.

Je passe une robe par-dessus mon maillot et on y va, avait-elle déclaré en se levant. Je l'avais regardée monter vers le chalet, même pas fâchée que j'aie bousillé sa séance de bronzage, et j'avais ressenti un pincement au cœur, un pincement d'amour, en voyant sa jupette voleter sur ses hanches. Je vieillissais, il n'y avait pas d'autre explication, et prenais lentement conscience que ça pouvait être aussi douloureux que chiant.

Quand elle avait frappé à la porte de Suzanne Lamar, ma mère avait perdu son assurance et lissait les pans de sa robe, étant donné qu'elle n'avait pas de ceinture à tortiller. En quittant le chalet, elle m'avait avertie de me tenir tranquille et de la laisser parler, mais j'aurais mis ma main au feu que la nervosité l'empêchait de réfléchir, qu'elle avait oublié la phrase d'introduction qu'elle avait préparée en enfilant sa robe et qu'elle la cherchait désespérément dans ce coin de la mémoire que la timidité peinture en blanc dès qu'un ou deux nerfs s'affolent. Je lui faisais toutefois confiance pour improviser, ma mère trouvait toujours quoi dire, même lorsqu'il n'y avait absolument rien à dire mais qu'il fallait parler.

J'avais reculé d'un pas quand Suzanne Lamar avait ouvert la porte dans une robe de chambre qui devait dater de sa nuit de noces, quasi transparente, avec plein de dentelle qui s'effilochait. Je ne l'avais vue que de loin, tout à l'heure, mais elle était pâle à faire peur et cernée jusqu'au menton. Elle avait appliqué de l'ombre à paupières mauve sur ses yeux rouges, ce qui n'arrangeait rien, et à voir son nez gonflé, il était clair qu'elle avait pleuré comme une Madeleine à la puissance dix. Surprise par son allure de déterrée, ma mère avait tout de suite posé une main sur son épaule et Suzanne Lamar s'était remise à pleurer. Sans attendre son invitation, maman était entrée, m'entraînant à sa suite, et avait fait asseoir madame Lamar pendant qu'elle préparait du thé. J'étais demeurée debout près de la porte, pas trop certaine de vouloir assister aux épanchements de Suzanne Lamar, qui finirait toute nue si elle ne lâchait pas les pans de sa robe de chambre. J'ignorais ce qu'avaient les femmes à toujours se jouer avec un bout de peau ou d'ongle ou à chiffonner un morceau de tissu. Les hormones, probablement.

Viens m'aider, la puce, m'avait soufflé maman depuis le comptoir où s'alignaient des pots de confitures et de marinades, et j'avais cherché des tasses dans les armoires, contente de pouvoir fouiller sans me faire chicaner. Pendant que le thé infusait, maman avait apporté des mouchoirs à madame Lamar, toujours prête à s'occuper des autres, étrangers ou pas, au détriment de ses propres besoins, car elle devait bien avoir envie, parfois, de se faire bronzer tranquille sans qu'un de ses trois morveux se pointe. Il était cependant trop tard, la morveuse en chef avait rappliqué et ma mère avait laissé sa serviette de plage se faire bronzer toute seule. Une mère, dans le vrai sens du terme, qui s'oubliait dès qu'un enfant braillait ou qu'une autre femme avait besoin d'aide. À la voir se démener de la sorte, je m'étais depuis longtemps promis que je n'aurais jamais d'enfant et ne pourrais de ce fait oublier que j'existais.

J'avais finalement déniché des tasses avec des outardes dessinées dessus, d'autres à l'effigie de la reine, mais j'avais choisi les outardes, la reine me rappelant trop les contes de fées passés date. J'avais sorti la pinte de lait du frigidaire et apporté trois tasses sur la table. Ma mère, assise sur le bout de sa chaise, avait pris les mains de Suzanne Lamar, des mains fanées avant terme, légèrement potelées, où la brillance des ongles contrastait avec la flétrissure de la peau, puis Suzanne

Lamar, touchée par la sollicitude de ma mère, avait hoqueté qu'elle ne dormait plus, qu'elle s'inquiétait pour sa fille, qui refusait de se confier à elle, et qu'elle ne savait plus comment se comporter.

Avec tout le tact et toute la douceur dont elle était capable, maman lui avait parlé de la scène dont j'avais été témoin, en précisant que si Frenchie détenait des informations, il fallait en aviser la police. À la mention du mot « police », Suzanne Lamar avait brusquement retiré ses mains de celles de ma mère, hurlant presque qu'il était hors de question de mêler la police à ça tant que Françoise ne lui aurait pas révélé ce qui la tracassait. Il y avait de la peur dans ses yeux et, plus que cela, de la terreur, qui avait poussé ma mère à reculer loin du vent froid qui venait de se lever dans la pièce. De mon côté, j'avais baissé le regard sur les pantoufles de madame Lamar, car l'épouvante qui transformait son visage déjà amoché par la peine m'était rentré dedans comme un truck de pitounes.

On n'a pas besoin de la police, avait-elle ajouté, puis elle avait signifié à ma mère qu'elle pouvait partir, que la crise était passée et qu'elle saurait se débrouiller. On avait à peine eu le temps d'entamer notre thé que Suzanne Lamar nous raccompagnait dehors en s'excusant de s'être emportée. Cette femme cherchait à protéger sa fille, on le voyait bien. Maman n'avait pas insisté, elle aurait agi de la même façon si j'avais été dans le trouble. En nous disant au revoir, madame Lamar avait répété que tout allait bien, qu'elle était simplement bouleversée, on l'aurait été à moins, mais ses yeux fuyaient de droite à gauche, incapables de se fixer sur le moindre objet et cherchant du secours là où ils ne pouvaient en trouver, dans le vide affolé où le lac, les arbres et la montagne se précipitaient, tous catapultés dans un déferlement d'eau et de verdure au creux du gouffre qui les aspirait.

Maman descendait l'escalier de la galerie quand Millie, qui revenait de chez les Ménard avec mon père, avait couru vers elle. En voyant la poupée qui pendait au bras de Millie, Suzanne Lamar avait écarquillé les yeux, avait étouffé un cri avec ses mains potelées et elle s'était ruée dans son chalet.

Dehors, maman, papa, Millie et moi, on était demeurés bouche bée, nous demandant en quoi Bobine avait pu pousser Suzanne Lamar à fuir comme si elle avait aperçu le fantôme de Bobinette.

Assis à la table de la cuisine, mon père avait abattu un journal sur la nappe de plastique à motifs de fruits, écrasant un raisin vert déjà troué d'une brûlure de cigarette et sur lequel tout le monde s'acharnait. Il venait de prendre une décision. Il irait téléphoner à la police dès que Millie serait couchée.

Pendant qu'ils préparaient le souper, ma mère et lui avaient discuté de l'attitude de Suzanne Lamar, de celle de Frenchie, de celle de Bob Lamar, qui ne quittait pas Frenchie d'une semelle quand il était à Bondrée. Ces gens savaient des choses, il n'y avait pas à en douter, mais maman hésitait. Elle était convaincue que Suzanne Lamar voulait avant tout épargner de nouveaux tourments à sa fille et elle aurait eu l'impression de la trahir en appelant la police trop vite. Bobine avait toutefois été l'argument massue. Quand mon père m'avait demandé où je l'avais retrouvée, ma mère et lui avaient manqué s'étouffer avec leur blé d'Inde. On avait récupéré la chemise tachée de sang sous le même tas de planches, ainsi qu'un paquet de cheveux ayant apparemment appartenu à Sissy Morgan, information qui avait failli m'expédier dans les vapes – un scalp, joualvert! – et que les adultes avaient encore gardée pour eux, au cas où on aurait éprouvé un sentiment d'attachement pour ce tas de planches, au cas où on aurait commencé à perdre nos cheveux par empathie ou à se les arracher par sympathie pour Sissy, pourquoi pas?

Mon père avait couru recracher son blé d'Inde dans l'évier, ma mère s'était précipitée à sa suite et j'avais renversé mon verre de Fanta sur la nappe, noyant au passage le raisin torturé. Je n'avais pas pris la peine d'aller chercher un torchon, le raisin s'en remettrait, et j'avais hurlé pourquoi vous me l'avez pas dit? question à laquelle personne n'avait de réponse. Parce que j'étais cave, je suppose, trop innocente pour tracer une ligne d'un point A à un point B sans m'enfarger dans une autre lettre. Si j'avais su, je me serais ouvert la trappe plus vite, la police aurait examiné Bobine et reviré le tas de planches à l'envers, ce qui aurait peut-être empêché l'arrestation de Gilles Ménard, la désintégration de Suzanne Lamar, l'abrutissement de Franky-Frenchie, la tristesse de la petite Marie et le gaspillage de deux douzaines d'épis de blé d'Inde.

Dans le silence de mort qui s'était abattu sur la pièce, Bob avait échappé un câlisse de stupéfaction, que n'avaient relevé ni ma mère ni mon père, trop sonnés pour réagir. Le tic-tac de l'horloge en forme de théière qui surmontait le poêle avait été le seul bruit perceptible jusqu'à ce que Millie demande si sa poupée avait saigné. Maman l'avait rassurée en lui jurant que Bobine n'avait pas perdu une goutte de sang, mais son regard contredisait ses paroles. Vu son état, Bobine avait sûrement saigné, après Zaza, avant Zaza, qu'importe, prisonnière des mains gluantes qui lui avaient arraché les yeux. Personne ne savait ce que la catin de Millie fabriquait dans cette histoire. On était tous persuadés, cependant, qu'elle avait été cachée sous le tas de planches par la personne qui y avait également déposé la chemise de Ménard et les cheveux de Sissy, à savoir l'assassin, ou quelqu'un qui essayait de le protéger en faisant passer les meurtres sur le dos de Ménard.

J'y vas tout de suite, avait finalement lâché mon père, incapable d'attendre l'arrivée de la fée des dents et probablement effrayé, comme moi, à l'idée de rôtir en enfer pour ne s'être pas grouillé assez vite. Il venait à peine de se lever que Suzanne Lamar entrait en trombe dans le chalet. Elle avait cherché Frenchie partout et celle-ci demeurait introuvable.

Il était sept heures trente à l'horloge de la cuisine, sept heures trente-trois à la montre de Sissy Morgan, et mon père avait maintenant deux bonnes raisons de sortir Stan Michaud de son La-Z-Boy.

D'humeur trop sombre pour profiter de son premier soir de congé depuis des lustres, Stan Michaud tondait le gazon derrière sa maison en pensant à Gilles Ménard, qui devait guetter l'évolution d'une araignée au plafond de sa cellule ou être absorbé dans la contemplation d'une fissure dans le plâtre jauni, quand Fred Crosby, qui remplaçait ce soir-là Anton Westlake, lui avait téléphoné. Dottie avait pris l'appel, espérant que ce soit l'une de ses collègues de la bibliothèque, ou bien la sœur de Stan, son oncle, sa tante, un vendeur d'aspirateurs terminant miraculeusement sa tournée dans le coin, n'importe qui n'ayant rien à voir avec le boulot de son mari.

En voyant la mine sombre de Dottie s'encadrer dans la porte, il avait tout de suite compris que quelque chose n'allait pas et souhaité qu'un mur du salon se soit effondré, ce qui aurait expliqué les froncements de sourcils de sa femme, mais tous les murs étaient en place et, près de celui qui fermait le boudoir, le combiné du téléphone reposait sur une table basse. Freddy Crosby, l'avait informé Dottie, et elle était sortie dans le jardin. À son retour, elle avait trouvé Stan dans la chambre à coucher, qui remplaçait ses vêtements de travail par un pantalon propre en grognant qu'il savait, qu'il savait, qu'il savait, for Christ's sake. Peux-tu appeler Cusack? avait-il demandé à Dottie en passant une chemise, mais celle-ci lui avait répondu que non, elle ne pouvait pas, que Laura ne lui pardonnerait jamais.

Une troisième fille a disparu, Dot, c'est sérieux. Le mariage aussi, avait-elle rétorqué en déposant un baiser sur son front et en lui recommandant d'appeler quelqu'un d'autre. Il avait d'abord essayé Westlake, pour raccrocher au bout de quinze sonneries, puis Conrad, puis Demers, mais ces derniers avaient les meilleures raisons du monde de ne pas pouvoir l'accompagner, le premier dans tous ses états parce que sa femme venait de crever ses eaux, le second parce qu'il était tombé de son cabanon quelques minutes plus tôt, lui avait raconté sa femme, et saignait du crâne comme un veau. S'il saigne, c'est que tout va bien, avait grommelé Michaud en songeant qu'il serait privé de deux de ses hommes le lendemain, et il n'avait eu d'autre choix que d'appeler Cusack, au risque de provoquer un divorce.

Frenchie Lamar, avait-il soupiré quand Cusack avait décroché, et l'autre avait également soupiré au bout du fil. Passe-moi Laura, je vais lui parler, avait ajouté Michaud devant le silence de son collègue. Il s'était évidemment empêtré dans des explications vaseuses et Dottie lui avait pris l'appareil des mains avant qu'il empire la situation. J'arrive, avait-elle murmuré, puis elle avait déposé un autre baiser sur le front de Stan, mais son visage ne souriait plus. Elle se rangeait du côté des femmes, des femmes vivantes, qui n'en peuvent plus de passer après la mort.

Pendant qu'il s'aspergeait d'eau de Cologne, Dottie avait enfilé un chandail et Michaud l'avait déposée chez les Cusack, où Jim l'attendait en faisant les cent pas sur la pelouse, sans thermos de café, cette fois, sans petites bouchées pour la route. Jim avait pris la place de Dottie sur le siège avant, Dottie celle de Jim dans la cour des Cusack, un échange de couples façon flics, et la voiture avait démarré.

À la première intersection, Michaud avait murmuré sorry. Jim avait balayé l'air de son bras gauche, manière de dire qu'il n'avait pas à être désolé, que c'était le métier, la vie, sa vie. À la hauteur de North Anson, il s'était raclé la gorge, puis il avait annoncé à Michaud qu'il avait annulé une réservation dans un motel de Kennebunkport, où Laura et lui devaient célébrer leur troisième anniversaire de mariage. Laura ne parlait que de ça, du chapeau de paille qu'elle s'achèterait, des coquillages qu'on vendait dans des petits filets verts ou jaunes, de la nacre polie par le passage des vagues, de la couleur du soleil levant, de ces minces bandes roses et crème, you know, s'élevant au ras de la mer. Michaud, qui pensait à ses propres vacances, avait failli mettre une main sur l'épaule de Cusack, mais il y avait la route, et cette maudite distance jusqu'à l'épaule, trop longue, infranchissable.

Le reste du trajet s'était déroulé dans les odeurs de mer évoquées par Cusack, dans un climat perturbé par la pudeur, le regret de ne pouvoir répondre à la détresse cachée sous le parfum des algues, lequel s'était peu à peu dissipé à l'approche de Boundary et de Frenchie Lamar, qui courait à ce moment dans les bois, pieds nus, une large blessure à la joue droite, une estafilade en forme de *M*, peut-être, ou de *W*.

Il n'y avait pas beaucoup d'hommes à Boundary ce jour-là si on comptait que certaines familles étaient déjà parties, que Ménard était en prison, que les fils Mulligan avaient levé le camp dans l'après-midi après avoir fermé le chalet pour l'hiver, mais tous ceux qui s'y trouvaient, du plus vieux au plus jeune, avaient répondu à l'appel désespéré de Suzanne Lamar. Ils n'étaient qu'une poignée, Sam Duchamp et son fils Bob, Ed McBain, Scott Miller, le fils de Gary, Pat Tanguay, qui avait réussi à traîner avec lui son fils Jean-Louis, Brian Larue, Conrad Plamondon, le propriétaire du camping, et Bill Cochrane, avec sa jambe de bois, réunis derrière le chalet des Lamar, où Florence Duchamp passait un châle autour des épaules de Suzanne Lamar, qui grelottait dans sa robe de nuit quasi translucide, son chagrin presque indécent au regard de sa tenue.

Avant que les hommes se dispersent, Sam Duchamp avait demandé à cette dernière où elle avait cherché Frenchie. Partout, elle avait regardé partout, dans le sentier de la Loutre, dans celui de la Belette, en haut de la côte Croche, sur le chemin de bûcherons, en pleurant son nom, Frenchie, ma petite Françoise. On va regarder encore, avait promis Duchamp, chargé malgré lui d'organiser la battue puisqu'il était le plus costaud et que c'est vers lui que Suzanne Lamar avait accouru, un homme honnête, s'était-elle dit, qui l'aiderait à retrouver son enfant.

Duchamp consultait Larue quand ils avaient vu apparaître quelques femmes, Stella McBain et Harriet Miller, Madeleine Maheux, Martha Irving, Juliette Lacroix, des femmes qui n'avaient pas de jeunes enfants à surveiller et refusaient de demeurer à leur fenêtre, à faire les cent pas pendant qu'une autre des leurs était peut-être victime des fantasmes d'une ordure. Non, cette fois, elles allaient participer aux recherches et retrouver Frenchie avant qu'il soit trop tard.

Stella McBain et Harriet Miller s'éloignaient déjà sur Turtle Road quand la voiture de Jocelyne Ménard avait presque dérapé en prenant un tournant. Elle avait freiné dans un nuage de poussière en apercevant l'attroupement près du chalet des Lamar et était sortie précipitamment de la voiture, sa petite Marie dans les bras, qu'elle avait confiée à Florence Duchamp, s'il te plaît, Flo. On avait maintenant la preuve que Gilles n'était pas coupable et elle voulait être la première à cracher au visage de l'assassin. Elle paraissait soudain deux fois plus grande qu'elle ne l'était en réalité, plus grande que tous les hommes réunis, que Sam Duchamp, que Brian Larue, que Scott Miller, ses yeux brillaient comme les yeux d'une femme amoureuse, d'une lumière qui brûle, et personne ne doutait que si quelqu'un pouvait flairer la piste de l'assassin, c'était elle, cette femme amoureuse.

Puis des piaillements étouffés avaient retenti dans la semi-obscurité de Turtle Road et on avait vu courir Flora Tanguay, trop grosse pour courir de la sorte, Flora qui agitait ses bras au-dessus de sa tête et qui était tombée pendant que les piaillements s'amplifiaient, car ce n'était pas Flora qui criait ainsi, non, Flora râlait, Flora cherchait son souffle. Jean-Louis, son mari, s'était précipité pour lui porter secours, suivi de Florence Duchamp ou de Madeleine Maheux, peut-être bien les deux, et la source des cris était apparue, Frenchie Lamar, du sang qui coulait sur son front et ses joues, ses longues jambes lacérées par les branches, et ses pieds qui saignaient aussi, nus, aussi nus que la jambe de Zaza Mulligan au fond des bois. Elle avait voulu accélérer sa course en voyant sa mère se ruer vers elle, les bras tendus, toutes deux les bras tendus et qui pleuraient, puis Frenchie avait trébuché à son tour, une jeune fille aux longues jambes dont la longue chevelure blonde avait tournoyé vers l'avant, recouvert son visage et ses cris, qui s'étaient brutalement éteints au contact du sol.

Dans la nuit qui tombait, seule Suzanne Lamar criait encore.

Quand Stan Michaud et Jim Cusack avaient tourné sur les chapeaux de roues dans la cour des Lamar, Frenchie était allongée sur le canapé du salon, toujours inconsciente, pendant que Hope Jamison, qu'on avait envoyé chercher, pansait ses plaies et appliquait des compresses sur son front. Suzanne Lamar, quant à elle, était assise dans un fauteuil jouxtant le canapé, son regard rivé sur Frenchie, dont l'âme d'enfant s'envolait en légères volutes au-dessus de son corps souillé. Florence Duchamp lui avait apporté du thé, qu'elle n'avait pas touché, puis un verre de vermouth, mais ni le verre ni la tasse n'avaient bougé. Stella McBain, à genoux devant elle, tentait de la consoler en s'accrochant aux quelques mots de français qu'elle connaissait, ignorant que Suzanne Lamar vivait en anglais depuis si longtemps qu'elle s'étonnait lorsqu'on ne l'appelait pas Susan. Tout va bien, now, tout va bien, la petite is here, répétait-elle de sa voix la plus douce, et elle repartait en anglais, poor thing, poor little girl.

C'est le tableau qu'avaient découvert Stan Michaud et Jim Cusack en poussant la porte du chalet après que Brian Larue, dehors, les avait mis au courant des faits, quatre femmes en état de choc, l'une quasi catatonique, les trois autres s'efforçant de cacher leur anxiété pour épargner la première, et une jeune fille allongée sur un canapé fané, une belle au bois dormant écorchée par les ronces étouffant la forêt où s'écroulait son château.

Devant ces femmes, Michaud s'était immédiatement senti comme un chien dans un jeu de quilles et avait regretté d'être du côté des hommes, du côté de la mort, de n'être pas capable, comme toutes les Dottie du monde, d'apaiser les femmes en détresse. Il avait repensé à sa maladresse avec Laura Cusack au téléphone et avait eu envie de prendre ses jambes à son cou tellement il se sentait idiot devant cette solidarité féminine. Il s'était néanmoins avancé jusqu'à Suzanne Lamar, mais celle-ci n'était pas en état de parler, pas plus que sa fille, Frenchie, qui commençait à s'agiter, probablement parce qu'elle avait entendu sa voix du fond de son évanouissement, une voix lui rappelant celle d'un autre homme ou de tous les hommes. Quand il avait demandé à Hope Jamison si, selon elle, la jeune fille allait s'éveiller bientôt, celle-ci avait répondu qu'elle ne savait pas, qu'il fallait attendre le médecin. It's him ! s'était-elle écriée en entendant trois coups frappés contre la porte, soulagée qu'arrive enfin quelqu'un qui pourrait réveiller Frenchie et endormir Suzanne Lamar à l'aide de comprimés qui feraient fondre l'écran vitreux posé sur son regard, un regard effaré qui lui donnait des frissons dans le dos.

Ce n'était cependant pas le médecin qui arrivait, mais Conrad Plamondon, venu aviser la police que Mark Meyer s'était enfui du camping. Tu vas appeler du renfort, avait immédiatement ordonné Michaud à Cusack, et que ça saute ! Sur ces entrefaites, Bob Lamar, qui avait été retardé par une panne de moteur et venait d'apprendre ce qui était arrivé à sa fille, gueulait contre tout un chacun en accusant les flics d'être des incapables. En entendant la voix de son père, Frenchie avait ouvert les yeux et imploré celui-ci de l'aider. No dad! No! Help me! Please… Help me! Mais Bob Lamar était déjà reparti en trombe, jurant qu'il allait retrouver Mark Meyer.

J'étais derrière ma mère avec Millie quand Frenchie Lamar était apparue sur Turtle Road. Elle marchait les jambes raides, pareille à Bill le robot, pareille à Frankenstein, et elle saignait de partout, pareille aux victimes de Frankenstein, avec ses joues qui n'avaient pas dénoirci depuis trois jours, mais sur lesquelles de longues gouttes rouges se mêlaient aux larmes. En d'autres circonstances, j'aurais déguerpi vite fait, certaine qu'elle se précipiterait sur moi pour m'agripper dans ses grands bras raides, mais j'étais paralysée, comme l'étaient tous les gens réunis sur Turtle Road, sauf Suzanne Lamar, qui s'était presque envolée dans sa robe de chambre, traînant derrière elle un voile blanc dans la nuit qui tombait. Une mère vampire, si ça existe, une vieille princesse transylvanienne qui était enfin parvenue à soulever le couvercle de son tombeau, accourant vers sa fille zombifiée.

Qu'est-ce qu'elle a, la madame ? avait pleurniché Millie. Ma mère, plongée pour un moment dans un état second, s'était vivement retournée pour prendre Millie dans ses bras et lui dire que la madame était tombée, que c'était pas grave. Ma mère s'améliorait en matière de réalisme, car il n'y a pas longtemps, elle aurait raconté à Millie que les Lamar se préparaient pour l'Halloween. Elle lui avait essuyé le menton, où la tonne de beurre dont elle avait enduit ses épis avait laissé des traces semées de petits morceaux de peau de blé d'Inde, puis Millie avait changé de bras pour aboutir dans ceux de mon père, pendant que ma mère, avec les autres saintes de la place, allait ramasser Suzanne et Frenchie Lamar, même pas effrayée à l'idée qu'elle pouvait se faire mordre ou charcuter. Les femmes les avaient ensuite ramenées au chalet des Lamar avec l'aide de Brian Larue, de mon frère Bob et de Scott Miller, qui commençait à ressembler à James Dean avec sa couette blonde qui lui tombait sur le front. Deux ou trois années de plus, et c'est avec Scott que Zaza serait allée frencher dans le sentier de la Loutre, pendant que Sissy aurait peut-être entraîné Bob dans un autre sentier, car il avait de l'allure, mon frère, même s'il n'y en avait pas deux comme lui pour faire le maudit niaiseux, mais ça lui passerait avec ses derniers boutons, du moins je l'espérais.

J'avais toutefois ressenti un pincement au cœur en pensant que ni Zaza ni Sissy ne frencheraient plus jamais personne, mais il restait Frenchie, qui serait toujours présentable une fois débarbouillée et qui retrouverait peut-être le goût, un jour, de mettre sa main dans celle d'un gars. Pour ce qui est de frencher, ça prendrait sans doute un sacré bout de temps, à moins que Frenchie porte son nom jusque dans ses tripes, là où le besoin de manger est plus fort que la peur de s'empoisonner avec n'importe quel morceau de viande avariée.

Je pensais aux restants de boutons de Bob, à travers lesquels poussait une barbe de plus en plus drue, quand il était ressorti du chalet des Lamar avec Scott Miller et Brian Larue. Les femmes les avaient mis dehors, ce qui se passait dans ce chalet-là était une affaire de femmes. Les hommes, du moins l'un d'entre eux, avaient déjà causé assez de dommages. On se passerait de leur présence. On se soignerait entre femmes. À ce moment-là, j'avais été fière d'être une fille, l'une de celles à qui on permet d'entrer dans les chambres d'accouchement et qui peuvent s'occuper des blessées, parce qu'elles savent à quoi ça ressemble, une blessure de femme. Je venais encore de prendre quelques mois en une soirée pour me rapprocher de la moitié menstruée de la planète, même si je retardais, ainsi que le disait ma grand-mère à ma mère en lui demandant pourquoi elle ne m'habillait pas comme une fille.

Encore perdue dans tes pensées, punaise, avait dit mon père en m'ébouriffant gentiment les cheveux, et ce geste m'avait donné envie de brailler parce que bientôt, mon père n'oserait plus me passer la main sur la tête de cette façon, pour la simple raison que j'étais de moins en moins punaise, que je me dépunaisais à la vitesse grand V, pareille à toutes les filles qui se mettent soudainement, d'un jour à l'autre, à refuser les becs de bonne nuit de leurs parents. Il m'avait ensuite entraînée dans le chalet avec Millie pendant que Bob restait avec les autres, dehors, à attendre la police et la prochaine chasse à l'homme.

Mon père venait de border Millie après lui avoir raconté une version écourtée des *Trois petits cochons* quand Cusack et Michaud avaient débarqué dans un crissement de pneus au milieu des mouches à feu, la barbe pas faite et l'air de sortir d'une valise. Les hommes s'étaient rassemblés autour d'eux, Bob un peu à l'extérieur du cercle, n'osant pas trop s'affirmer encore en tant que membre à part entière de la grande confrérie mâle, puis Michaud s'était passé la main sur le crâne, soulagé d'apprendre que Frenchie était vivante et essayant probablement de repousser les images de pièges qui lui grignotaient le cerveau depuis qu'on l'avait tiré de son lit, de son La-Z-Boy, de sa chaise à bascule ou de ses pensées moroses. Le crâne lissé, il était ensuite entré chez les Lamar avec Cusack.

Normalement, mon père m'aurait dit d'aller me coucher, qu'il était tard, et bla-bla-bla, mais puisque tout marchait de travers, il m'avait permis de rester dans la véranda pour observer le va-et-vient chez les Lamar. Quant à lui, il s'était assis dans le salon, le corps penché, la tête entre les mains, et j'avais préféré demeurer où j'étais. Qu'est-ce qu'une fille de douze ans peut dire à son père quand celui-ci s'effondre et ne comprend plus rien? Je ne voulais pas voir mon père dans cet état. J'avais beau être une fille, je n'étais pas encore une sainte, une missionnaire ni quelque chose d'approchant. J'avais rivé mon regard sur la cour des Lamar, essayant de percer l'obscurité qui tombait, et j'avais vu Bob s'allumer une cigarette qui n'était sûrement pas la première en compagnie de Scott Miller. Il vieillissait, lui aussi. J'aurais à peine le temps de tourner le dos qu'il conduirait sa propre voiture, que Millie porterait des talons hauts et que mon père aurait des cheveux gris.

Heureusement que Conrad Plamondon avait fait diversion, car j'étais sur le point de nous allonger tous dans nos cercueils. Plamondon était reparti quelques minutes plus tôt pour le camping en traînant la patte, aussi déboussolé que mon père, mais il revenait en courant, le toupette en l'air, pour aller frapper à la porte des Lamar. Une autre Zaza avait été trouvée, une autre Sissy, voilà ce que j'avais conclu en essayant d'imaginer de qui il pouvait s'agir, Sandra Miller ou Jane Mary Brown, peut-être, que je détestais mais à qui je ne souhaitais pas de mourir dans un piège. J'allais courir vers mon père quand Conrad Plamondon était ressorti du chalet en s'essuyant le front de la même façon que Michaud, pour ensuite passer sa main sur sa chemise, qui porterait des traces d'idées noires. Après, ç'avait été le branle-bas de combat et j'avais été atteinte d'une autre crise de paralysie, debout dans la véranda à me demander pourquoi tout le monde devenait fou. Bob Lamar s'était garé dans sa cour avec une voiture crottée et s'était mis à jurer comme un bûcheron après avoir accosté Conrad Plamondon, Plamondon avait agité les bras, les autres s'étaient rapprochés, parlant tous en même temps, puis Cusack avait quitté le chalet des Lamar rien que sur un runner et je n'avais pas entendu un mot de ce qui se disait.

C'est ma mère, venue chercher une bouillotte et vérifier si tout allait bien, qui nous avait appris ce qui se passait. Elle était allée s'asseoir près de mon père dans le salon et avait murmuré c'est le petit Meyer, y paraît que c'est le petit Meyer.

On avait retrouvé Mark Meyer le lendemain matin, dans une cabane à proximité de Coburn Gore, grâce à l'appel d'un routier qui l'avait fait monter dans son camion sur la route 27. Le jeune homme était hagard, ses vêtements étaient déchirés et on pouvait voir, à la bosse que formait sa chemise près de son cou, qu'il s'était démis une épaule. Les agents qui lui avaient mis le grappin dessus avaient essayé de le faire parler, mais Meyer ne répétait que deux mots, fucking bastard, qui étaient peut-être adressés à l'un ou l'autre des agents ou au fantôme qui poursuivait Meyer, enfermé dans une colère qui durcissait son regard, transformait ses yeux en deux perles noires dont la luisance exprimait toute la violence contenue dans son mutisme.

Après avoir joint Michaud sur une radio qui grésillait, les policiers avaient menotté Meyer au poêle de fonte qui rouillait dans la cabane, car Michaud avait été formel, vous le bougez pas de là, je suis dans le secteur, j'arrive. Il avait pourtant fallu plus d'une heure avant que Michaud se pointe avec ses hommes, durant laquelle les deux agents s'étaient relayés auprès du prisonnier, sortant tour à tour pour respirer l'air frais du matin ou griller une cigarette en vue de fuir l'odeur de pourriture de la cabane, sous laquelle ils soupçonnaient la présence d'un rat crevé, d'un renard, d'un raton laveur, ou pire. On ne savait jamais, avec ces malades. Il était la plupart du temps impossible de connaître le nombre de leurs victimes, jeunes filles en fugue jamais retrouvées, voyageurs de commerce disparus entre deux villages par une nuit de janvier, pas plus qu'on n'arrivait à se figurer quels endroits ils avaient pu dénicher pour cacher les corps. Mais les policiers, Armstrong et Carpenter, s'étaient abstenus de fouiller sous la cabane. Ils n'étaient que de simples agents de la route et une telle tâche ne relevait pas de leurs fonctions. Ils laissaient ça aux gars formés pour ce travail.

Quand la voiture de Michaud, suivie de deux autres véhicules, était apparue sur le chemin cahoteux qui serpentait entre les arbres, Armstrong pissait sur une vieille clôture en pensant qu'il ne se serait pas gêné pour démolir Meyer si son coéquipier s'était absenté, à coups de poing et à coups de matraque, en souvenir des filles assassinées, des adolescentes à peine plus âgées que sa petite sœur, qui n'avaient encore rien vu, rien connu, à peine quelques frémissements. Il avait remonté sa braguette en marmonnant que si quelqu'un s'avisait de toucher à sa sœur, il le torturerait jusqu'à ce que l'autre le supplie de l'achever, puis il s'était dirigé vers Michaud et ses hommes, une bande de gars aux yeux cernés qui auraient tous eu besoin d'une douche et d'un rasoir.

Michaud avait tenu à procéder à l'interrogatoire seul avec Cusack, à qui il avait demandé de se taire, you observe, that's all, mais il avait fait emmener Meyer dehors, la cabane empestait, et ordonné aux membres de l'équipe technique qui l'accompagnait de fouiller l'endroit et de trouver la source de la puanteur, qui ne lui disait rien de bon à lui non plus, qui lui rappelait l'odeur du dépotoir de Salem où le corps d'Esther Conrad avait été abandonné; où son parfum de jeune fille s'était évaporé dans les miasmes s'élevant des monticules de légumes pourris jouxtant les cartons détrempés et les boîtes de conserve chauffées de soleil.

Il avait entraîné Meyer à l'ombre, là où quelques bûches encerclaient un reste de feu noirci, et l'avait fait asseoir devant lui, mains menottées sur le ventre, étant donné sa blessure à l'épaule, on n'était pas des sauvages, pendant qu'il sortait lentement son carnet et son stylo de sa poche pour s'empêcher de sauter à la gorge du jeune homme et de l'étrangler sur place.

Why? avait-il demandé, mais Meyer, devenu cramoisi à force de serrer les mâchoires, s'était contenté de river son regard dans celui de Michaud, le mettant au défi de lui arracher la moindre parole. Michaud avait soupiré, ce n'était pas la première fois qu'il avait affaire à une raclure pour qui la nécessité de justifier ses actes ressemblait à une farce. Why? avait-il hurlé, puis il s'était levé d'un bond, si bien que Meyer, sous le coup de la surprise, était tombé de sa bûche bancale, avait hurlé à son tour en sentant la douleur irradier dans son épaule et avait rampé vers l'arrière, incapable d'utiliser ses bras pour se relever, pendant que Michaud s'avançait vers lui et le dominait de sa stature, une stature de géant au visage mauvais qui n'a pas eu son déjeuner et tuerait pour une côtelette saignante.

You'll talk, you son of a bitch, et Michaud avait ouvert les vannes pour lui parler de Zaza, so young, so beautiful, une vie entière devant elle, pour lui décrire doucement, sans se presser, sans négliger aucun détail, la souffrance que peuvent provoquer les mâchoires d'un piège, la déchirure jusqu'à l'os, la peau et les muscles déchiquetés, la brûlure intolérable, puis le sentiment, avec l'afflux du sang et la perte progressive de conscience, que la mort approchait, la mort, for Christ's sake! Il avait évoqué la boue dans la blessure de Zaza, les insectes de nuit, pour passer ensuite à Sissy, sweet and lovely Sissy, so young, so bright, puis à Frenchie Lamar, poor little Franneswoise, qui ne se remettrait jamais de son traumatisme, ne se débarrasserait jamais de la large cicatrice qui barrerait sa joue, et de bien d'autres cicatrices encore, moins visibles, mais combien plus profondes. Tout à l'heure, Michaud avait essayé d'interroger celle-ci, sans succès. Why, Meyer? Why? Pourquoi Frenchie demeurait-elle muette? Pourquoi protégeait-elle les couilles d'un salopard?

Pendant le long soliloque de Michaud, Meyer n'avait pas bougé, mais le soleil s'était déplacé, projetant l'ombre de Michaud sur la moitié gauche de son visage, puis illuminant la perle noire enfoncée dans son orbite droite, qui avait semblé s'y enfoncer davantage et s'était dilatée quand Michaud avait mentionné le nom de Françoise, les blessures de Françoise, et que Meyer avait crié no! not Frenchie, you lie, you're a fucking liar!

Ces mots avaient résonné sous la canopée, you lie, you're a fucking liar, puis dans la tête de Michaud, qui entendait le chant d'un merle à travers les gémissements de Meyer, no, not Frenchie! Quelque chose ne collait pas, le sifflement du merle sonnait faux et le bruissement des feuilles devenait tonitruant, empêchant Michaud de réfléchir calmement, alors il avait frappé de nouveau, était revenu à la charge en détaillant avec minutie les blessures de Frenchie, pas belles, nombreuses, pendant que Meyer continuait à s'agiter en jurant que cette histoire était un tissu de mensonges.

Au bout de quelques minutes, Michaud s'était tu et avait regardé Cusack dans le blanc des yeux : Meyer ne mentait pas. Meyer ignorait que Frenchie avait été agressée. Meyer n'était pas leur homme.

APRÈS FRENCHIE

Il avait fallu plusieurs heures pour faire cracher le morceau à Mark Meyer, qui se taisait pour protéger Frenchie, parce que Frenchie le lui avait demandé et qu'il aimait Frenchie et son sourire, un sourire qui ne le trahirait jamais.

Tout avait commencé au début de l'été, quand Zaza Mulligan et Sissy Morgan avaient consenti à écouter *A Whiter Shade of Pale* dans la chambre de Frenchie. Après, Frenchie avait cru qu'elles étaient devenues amies et elle leur avait collé au cul, c'est ce que prétendaient Sissy et Zaza, qui la laissaient néanmoins les suivre parce qu'elles pouvaient la traiter de haut tout en riant de son accent, de ses vêtements, de son bronzage pourtant parfait.

Tout avait commencé quand Frenchie Lamar était tombée amoureuse de lui, Mark Meyer, et en avait conçu une jalousie sans bornes à l'endroit de Zaza Mulligan. C'est à ce moment qu'elle avait piqué la poupée de la petite Millie Duchamp, que l'enfant avait oubliée sur la plage, près d'un château de sable s'effritant au soleil. Elle avait profité de ce que les Duchamp étaient rentrés souper pour examiner ce tas de guenilles que Millie traînait partout. Une catin sale dont les joues grises étaient parsemées de freckles. Éphélides, l'aurait corrigée sa mère, mais elle s'en foutait, éphélides, freckles, taches de rousseur, de son ou de whatever, car la poupée avait les cheveux aussi roux que Zaza Mulligan, et des petits maudits yeux verts qu'elle avait spontanément eu envie d'enfoncer dans la tête molle de la catin. Sans une pensée pour Millie Duchamp, elle avait saisi la poupée et l'avait emportée chez elle, où, dans la pénombre de sa chambre, elle avait arraché un à un ses cils interminables, one for Zaza, one for my love and one for me, pour ensuite la rouer de coups de pied, take this, Zaza, and this, and this, and that.

What do you do with this doll? lui avait demandé sa mère lorsqu'elle était rentrée, mais Frenchie avait claqué la porte de sa chambre et Suzanne Lamar n'avait plus entendu que cela, take this, and this, and that.

De retour à la maison, son père l'avait surprise en larmes, la poupée à ses pieds. Il était demeuré assis près d'elle jusqu'à ce qu'elle lui raconte tout, les humiliations, la colère, Meyer, la jalousie. Il s'était ensuite levé, avait marché sur la poupée et avait promis à Frenchie qu'il s'occupait de régler ça, qu'elle n'avait plus à s'en faire. Tout avait commencé là, quand Bob Lamar avait vu souffrir sa petite Françoise, sa poupée à lui, son ange. Nobody will ever hurt my wife, my daughter, my father, my dog.

Ce n'est qu'en fin de journée, le vendredi 18 août, qu'on avait retracé la piste de Bob Lamar. On avait cherché sur les routes, installant des barrages aux frontières et sur à peu près tout ce que l'État du Maine comptait de voies carrossables, mais Lamar s'était dirigé vers les bois, là où tout avait commencé. Sa voiture avait été aperçue par un hélicoptère de la police d'État tout près de Boundary, dissimulée dans une éclaircie que masquaient les broussailles.

Michaud s'était rendu sur place avec son équipe et avait emprunté le sentier battu dans l'herbe haute par Lamar, pour perdre ses pistes sitôt arrivé sous le couvert des arbres. On avait alors divisé les effectifs en trois groupes qui sillonneraient la forêt direction nord, est et ouest. Michaud avait choisi de se diriger vers l'est, obéissant à son intuition. Si son sens de l'orientation ne le trompait pas, il rejoindrait bientôt Otter Trail mais, à mesure qu'il avançait, un sentiment d'urgence incontrôlable le poussait à presser le pas, à écarter violemment les branches qui barraient le passage, forçant Cusack à esquiver les coups de fouet qui cinglaient l'air humide. Mais Cusack s'en souciait peu, car il éprouvait les mêmes craintes que Michaud. Il se prenait les branches en plein visage, essuyant la sueur qui coulait sur son front tout en essuyant les pincements provoqués par les coups de fouet.

Ils avaient débouché sur Otter Trail et s'étaient mis à courir vers les lieux du premier meurtre, celui de Zaza Mulligan, Cusack plus rapidement que Michaud, qui avait dû ralentir le pas et s'arrêter avant de tourner de l'œil. Il s'était alors penché, avait appuyé ses mains veineuses sur ses genoux et avait compté jusqu'à vingt-cinq, ce nombre lui paraissant suffisant pour éviter de s'effondrer, un nombre à la magie duquel il voulait croire. À vingt-six, il soufflait encore comme un bœuf. Il était néanmoins reparti au trot derrière la tache blanche que formait de loin en loin la chemise de Cusack, collée à son dos comme une deuxième peau.

Tout s'était passé trop vite, tout s'était toujours passé trop vite, comme s'il avait été stupide au point de ne pouvoir prévoir la mort au cœur même du carnage, de ne pouvoir anticiper l'impact des projectiles pour se précipiter vers Latimer, l'impact des insultes pour secouer Pete Landry, pour plaquer Latimer au sol et respirer la boue à ses côtés. Lorsqu'il avait vu sa petite Françoise, my daughter, my love, se diriger vers la forêt, pieds nus, jambes nues, à deux ou trois milles de Boundary Pond, il avait failli percuter un arbre et avait abandonné sa voiture dans le fossé pour courir vers Frenchie, sa fille, son ange.

Wait for me! Wait for me, baby doll, mais Frenchie s'était mise à courir aussi, trop vite, et de plus en plus vite, avec ses jambes et ses pieds nus, don't, don't touch me, dad. En enjambant une pierre, elle avait trébuché, comme Zaza avant elle, comme Sissy, qu'importe, comme Sissy dans la boue, ses cheveux se jetant sur son dos tel un interminable et lumineux voile de mariée, tant de beauté, my love, une longue et vaporeuse robe de soie pâle accrochant les vacillements du couchant. Don't!

Quand il s'était agenouillé près d'elle, il avait vu la peur de Latimer dans les yeux de sa fille, puis la peur de Sissy, don't... pendant qu'un mince filet de sang naissait sur sa joue droite. My girl, avait-il murmuré en caressant son front, en embrassant son front, mais Frenchie s'écartait, se poussait loin de lui, mais

Frenchie se relevait, why? des blessures meurtrissant ses pieds, et repartait en sens inverse, vers les bras de Meyer, son voile tournoyant derrière elle, vers les bras de sa mère, son voile accrochant la dernière lumière, interminablement.

Lamar était demeuré là, à genoux sur la mousse, à observer le sang tombé de la joue de Frenchie sur une pierre blanche, a tear, a drop of red rain. Sans s'en rendre compte, il était ensuite retourné vers le chalet, où des hommes étaient attroupés, où sa fille reposait sur le divan. En entendant quelqu'un, Plamondon ou Cusack, prononcer le nom de Meyer, Bob Lamar avait vu rouge, aussi rouge que le sang de Latimer sur le sol noir d'Omaha Beach. Il allait de ce pas faire la peau de cet enfoiré de Meyer, car c'était avec lui que cette guerre, ce massacre, ce carnage avait commencé. Il avait bondi dans sa voiture et avait retrouvé Meyer au croisement de West Forks, qui attendait Frenchie dans la nuit noire.

Là encore, tout s'était passé trop vite. Le gamin lui avait échappé et ses cauchemars l'avaient rattrapé, Latimer, Landry, des cadavres derrière lesquels marchait lentement Françoise, avec du sang sur sa joue noire. Ce sang venait de lui. Il en était la cause. Il avait alors su ce qu'il devait faire. La nuit tombait lorsqu'il avait caché sa voiture et s'était dirigé vers Otter Trail, là où tout avait commencé, Zaza, la guerre, son amitié avec Landry. En arrivant au bout du sentier, il s'était agenouillé pour une dernière prière: nobody, not even myself, will from now on hurt my only child.

Dans le silence de la forêt, Michaud n'entendait que le bruit de sa respiration, plus rauque à chaque pas, et les battements de son cœur vibrant lourdement de sa poitrine à son crâne. La lumière commençait à descendre et les arbres alentour noircissaient à vue d'œil. Il avait allumé sa lampe de poche, dont le halo bondissait à chacune de ses enjambées, n'éclairant que le désordre de sa course, que la maladresse de son corps trop lourd. Puis il avait aperçu le faisceau de la lampe de Cusack, braqué sur la forêt immobile à une centaine de pieds, mais n'éclairant pour sa part que la mort, feuilles mortes, aiguilles mortes, bois pourri. Dans un dernier effort, Michaud avait accéléré le rythme, bondissant avec la lumière par-dessus les obstacles. Lorsqu'il avait rejoint Cusack, celui-ci était accroupi au pied d'un arbre, observant le silence et les feuilles mortes.

Les deux hommes étaient arrivés trop tard. Devant eux, se balançaient les jambes de Bob Lamar, pendu à un érable gris dont les feuilles avaient précocement rougi.

APRÈS LAMAR

Après la mort de Bob Lamar, certains disaient que le cauchemar était fini, mais un cauchemar d'une telle ampleur ne peut prendre fin aussi rapidement. La rumeur qui l'enveloppait continuait à se faufiler d'un chalet à l'autre en semant l'angoisse et la confusion sur son passage. Il suffisait de tendre l'oreille pour entendre les gens chuchoter que c'était la folie qui avait agi ainsi, la folie engendrée par la guerre, et la haine après elle, la haine et la colère, l'orgueil, une insondable vanité. On additionnait tous ces sentiments et on pouvait aligner les sept péchés capitaux contre un mur sur lequel on tirait à boulets rouges pour soulager sa propre rage, oublier ses propres péchés. À cette rumeur, s'en était ajoutée une autre, qui parcourait les bois et s'échouait près du lac. À l'orée d'Otter Trail, on percevait les cris de Zaza Mulligan, étouffés par la lourde canopée ou se métamorphosant en une forme de chant païen, de mélodie fantomatique rappelant les prières funèbres ou les supplications dont les échos se répercutent sur les couloirs poisseux de l'enfer. Puis à cette voix se mêlait celle de Sissy Morgan, qui volait de la clairière jusqu'au sentier, enflammant les arbres au passage, déclenchant des tempêtes et des vents violents dans ces portions de la forêt où plus personne, avant longtemps, n'oserait s'aventurer.

Le cauchemar avait emporté le rêve et Bondrée n'était plus que décombres. Dès qu'on avait découvert le corps de Bob Lamar dans la forêt, les mères avaient décidé que c'en était assez, les pères avaient entrepris de ranger les chaises, les barbecues, les auvents. Dans quelques jours, Bondrée serait fermé pour l'hiver et peut-être à jamais.

Du côté des Lamar, un va-et-vient continuel entourait le chalet, des voitures inconnues se garaient dans la cour, des amis ou des membres de la famille venus apporter leur soutien à Suzanne et à Frenchie, quand rien ne pourrait effacer les marques laissées par Bob Lamar sur le corps de sa fille, quand rien, semblait-il, ne pourrait contraindre Suzanne Lamar à enlever le vieux déshabillé dans lequel elle errait telle une âme perdue, traînant ses pantoufles roses jusqu'au lac, se demandant comment elle était arrivée près de ce lac, puis remontant vers le jardin, où l'accueillait l'impuissance d'une belle-sœur qui n'osait la prendre dans ses bras, de peur qu'un simple effleurement de la main transforme Suzanne en une harpie qui lui tailladerait les joues.

Par décence, les gens essayaient de ne pas prêter attention aux portes qui s'ouvraient et se refermaient sur le bruit confus des chuchotements, sur les cris de Frenchie qui réclamait les bras de Mark Meyer, mais le chalet était d'une lourdeur telle qu'il était impossible d'ignorer qu'il s'enfonçait dans la terre et que, bientôt, des hommes masqués d'épais foulards viendraient y mettre le feu comme d'autres avaient autrefois incendié la cabane de Peter Landry, pour qu'il ne reste aucune trace tangible de cette lourdeur, qui n'en continuerait pas moins à écraser les lieux jusqu'à ce que tout souvenir de cet été soit effacé.

Stan Michaud avait pour sa part rendu sa plaque d'inspecteur trois jours après avoir découvert le corps de Bob Lamar. Il avait ensuite sauté dans sa voiture pour prendre la direction de Portland et de l'Evergreen Cemetery, où reposaient côte à côte, dans la mort comme dans la vie, les dépouilles de Zaza Mulligan et de Sissy Morgan. Accroupi devant les pierres tombales, il avait cherché dans le soir tombant les noms gravés dans le granit rose, où un arbre imprimait la marque de son ombre, puis il avait murmuré sorry, Elisabeth, sorry, Sissy, pendant que le corps de Bob Lamar se balançait dans le couchant.

Après avoir déposé deux roses sur la terre encore fraîche, l'une rouge pour la rousse, l'autre blanche pour la blonde, il avait cherché ce qu'il pouvait dire aux jeunes filles, puisqu'il n'avait plus aucune question à leur poser, ni de why, Zaza, ni de who Sissy. Rest in peace, avait-il conclu en se signant. La nuit était entière lorsqu'il avait tourné le dos aux pierres tombales et fait face aux lueurs qui surplombaient la ville.

Contrairement à ce qu'il avait promis à Laura, Jim Cusack, pour sa part, n'avait pas eu le courage de démissionner, car Zaza Mulligan et Sissy Morgan étaient malgré lui devenues ses Esther Conrad, des boomerangs dont il ne pourrait esquiver les coups en se réfugiant loin de la violence. Avant de claquer la porte du poste de police, Michaud l'avait néanmoins obligé à prendre quelques jours de congé dont il n'avait su que faire. Allongé dans la cour de sa maison, il avait essayé de se perdre dans des images qui sentaient la mer et le foin coupé, des images où Laura courait en faisant voler les pans de sa robe ou en le mettant au défi de la suivre dans l'eau glacée, come on, you coward, mais le visage hébété de Bob Lamar lui revenait sans cesse, puis l'ombre des souliers usés caressant l'écorce de l'arbre du haut duquel se balançait le corps. Ces visions l'obsédaient, de même que l'odeur d'urine imprégnant les souliers. Il tentait vainement de substituer la joie de Laura à cette scène insistante, Laura faisant tourbillonner sa jupe, Laura croquant dans un cornet de crème glacée, un cornet à deux boules, l'une jaune et l'autre orange, soleil et fruit fondant dans la lumière du jour, mais la terre finissait toujours par déferler, une avalanche venue du ciel qui ensevelissait Laura et son sourire, ne laissant à la surface qu'une longue mèche de cheveux roux qui s'enfonçait dans le sol alors qu'il s'efforçait de l'en extirper. Cusack se réveillait chaque fois de ces cauchemars en criant le nom de sa femme : Laura ! Laura ! Mais aucune voix ne lui répondait.

Je n'ai jamais remis la montre de Sissy Morgan à ses parents, par timidité, parce que je craignais d'affronter leur douleur ou parce que je considérais que cet objet m'appartenait, qu'il était le legs de Sissy Morgan à la littoldolle lui ayant survécu. Je la conserve encore, dans une petite boîte au fond tapissé de velours vert, vert forêt, vert profond de Bondrée. Lorsque j'en soulève le couvercle, j'ai l'impression d'ouvrir une boîte à musique d'où s'échappent les airs de l'été 67, sur lesquels tournoient deux figurines aux vêtements colorés. Il est rare que je la porte, sauf quand je veux vivre à l'heure de Bondrée et forcer le passé à se souvenir. Ce sont des dizaines de figurines qui m'apparaissent alors au milieu des éclaboussures d'eau douce, du chuintement des vagues et du vent, du crissement des criquets.

Je ne suis jamais retournée à Bondrée. Dès le printemps suivant, mes parents ont vendu le chalet, incapables d'imaginer que le bruit des vagues puisse un jour recouvrir les plaintes lancinantes venant de la forêt. Avec l'argent de la vente, ils ont acheté une tente-roulotte et une nouvelle auto avec lesquelles, de juillet en juillet, nous avons sillonné les routes de la Beauce, de la Mauricie, de l'Abitibi, ne nous arrêtant jamais plus d'une semaine au même endroit, jamais plus d'une semaine où le souvenir de la beauté pouvait blesser l'un d'entre nous. Au fil des années, mon nouveau coffre au trésor a doublé de volume, s'emplissant de galets noirs et de plumes de cormoran, mais jamais il n'a pu égaler en magie celui de Bondrée. Une fois le coffre oublié, j'ai rencontré une version améliorée de Mark Meyer, que j'ai jetée avec le coffre quand nous avons repris la route, puis j'ai croisé une ou deux Zaza Mulligan, une ou deux Sissy Morgan, que je regardais de loin se trémousser en rejetant la fumée de ma Du Maurier king size.

Je ne suis jamais retournée à Bondrée, mais j'ai appris par Emma, que je vois deux ou trois fois par an, quand le soleil brille et que nous avons envie de lever nos verres aux amitiés d'été, que tous les chalets, y compris le nôtre, avaient été abandonnés, à commencer par celui de Gilles Ménard, qui l'a détruit à mains nues avant de tourner définitivement le dos à Bondrée avec sa femme et son enfant, non sans avoir auparavant gravé en lui une image de la forêt précédant la chute des grands arbres et l'assèchement des eaux pures. L'un des derniers à avoir quitté les lieux a été Pat Tanguay, tombé de sa chaloupe par un matin d'août 72, terrassé par la vieillesse ou attiré par les miroitements de l'eau. Son chapeau a doucement flotté dans la baie des Ménard, son embarcation a dérivé, puis son corps a échoué sur la plage bordant la baie, là où sa bru, une trentaine d'années plus tôt, s'était enfoncée dans la boue en allant rendre visite à Pete Landry. Après le départ de l'ambulance venue recueillir sa dépouille, Jean-Louis et Flora, son fils et sa bru, sont montés dans leur voiture, le chapeau du vieux Pat sur le siège arrière. Le bruit de leur moteur a été le dernier à se mêler au chant des oiseaux.

Aujourd'hui, Bondrée doit ressembler à l'un de ces lieux de villégiature fantômes où l'on se prend parfois à se représenter le passé, l'existence des gens qui séjournaient là, où l'on dépose quelques vêtements colorés sur la plage, où l'on invente des voix, Michael, Marnie, supper time, Sugar, Sugar Baby, come on, my love, où l'on envie la douceur d'étés qui nous échappent en ramassant un jouet cassé enfoui dans le sable chaud.

La plupart des chalets doivent encore tenir debout, mais la peinture s'y est écaillée et la végétation a envahi les terrasses, les galeries, les vérandas aux carreaux brisés. Ici et là, un hangar s'est effondré, un quai a été emporté par la houle, mais quelques plantes vivaces survivent dans le jardin en friche de Stella McBain et dans celui de Hope Jamison, où le rouge domine, rouge vif, rouge tangara. Dans notre cour, sous le pin devenu gigantesque, une boîte de fer-blanc rouillée surgit de la terre, dans laquelle quelques plumes non identifiables reposent sur la poussière d'anciennes peaux de couleuvre. Un vieux transistor repose également sous la terrasse des Mulligan, de même qu'un album délavé de *Sgt. Pepper's Lonely Hearts Club Band*.

En amont d'Otter Trail, cependant, les derniers vestiges de la cabane de Pete Landry ont disparu et personne ne pourrait dire qu'un trappeur a vécu là un jour et qu'il y a rêvé en chantant sweet Maggie, Tangara de Bondrée. Dans quelques décennies, il en sera de même des chalets construits dans l'éden de Landry, la pierre et le bois seront retournés à la terre, les arbres auront progressé jusqu'à effacer la route, anticipant ces jours où l'homme aura déserté la surface du globe. La nature aura repris ses droits, sa juste place, en attendant que d'autres chasseurs arrivent, d'autres familles qui couperont les arbres et érigeront des habitations de bois frais s'ouvrant sur la beauté des ombres vertes, ignorant que la forêt de Bondrée est une forêt jonchée de pièges, un territoire où le vacillement de la lumière peut facilement vous faire basculer du côté de la nuit.

Je ne suis jamais retournée à Bondrée, mais j'en garde un souvenir vivace me permettant de toucher à la fragilité du bonheur chaque fois qu'un froissement d'ailes soulève un parfum de genièvre et qu'un renard détale, vivant, à l'orée d'un sentier.

NOTE ET REMERCIEMENTS

J'ai emprunté les mots « arg, argul, gargul », qui apparaissent à la page 119, à un ami fort regretté, Jacques Hardy, qui voulait les mettre dans la bouche de l'un des personnages d'un roman qu'il n'a malheureusement jamais achevé. Merci, mon grand ami.

Comme toujours, je tiens aussi à remercier Pierre, mon chum, pour sa présence, sa patience et son aide précieuse, ainsi que M. Jacques Fortin, pilier des éditions Québec Amérique, pour son toujours indéfectible soutien. Je remercie également tous les gens de Québec Amérique qui ont travaillé à la production de ce roman dont, en premier lieu, Marie-Noëlle Gagnon, Mylaine Lemire, Nathalie Caron et Isabelle Longpré, qui a amorcé le travail d'édition. Merci à Yvette Gagnon pour ses conseils linguistiques. Merci enfin à tous ceux et celles que j'oublie, à tous ceux et celles qui ont été là, près de moi, durant les trois années que j'ai passées à Bondrée, parmi lesquels il me faut compter ma mère, et aussi mon père, disparu depuis fort longtemps, depuis trop longtemps, pour m'avoir permis de connaître ce lieu qui a marqué mon enfance et, de ce fait, ne pouvait que devenir lieu de fiction.

MARQUIS

Québec, Canada

RECYCLÉ
Papier fait à partir
de matériaux recyclés
FSC® C103567

Imprimé sur du papier Enviro 100% postconsommation
traité sans chlore, accrédité ÉcoLogo et fait à partir de biogaz.